dtv

premium

Ulrich Woelk

# Schrödingers Schlafzimmer

Roman

Deutscher Taschenbuch Verlag

Von Ulrich Woelk
sind im Deutschen Taschenbuch Verlag erschienen:
Freigang (13397)
Liebespaare (13092)
Die letzte Vorstellung (13253)
Einstein on the lake (24427)

Originalausgabe
Dezember 2006

www.dtv.de
Umschlagkonzept: Balk & Brumshagen
Umschlagbild: ›Der Traum‹ (1927) von Tamara de Lempicka
(VG Bild-Kunst, Bonn 2006)
Gesetzt aus der Janson 11/14,5'
Satz: Greiner & Reichel, Köln
Gesamtherstellung: Kösel, Krugzell
Gedruckt auf säurefreiem, chlorfrei gebleichtem Papier
Printed in Germany
ISBN-13: 978-3-423-24561-6
ISBN-10: 3-423-24561-1

Es kann durchaus nützlich sein, etwas zu untersuchen, das am Ende gar nicht existiert.

BERNHARD J. CARR, STEVEN B. GIDDINGS
*Quantum Black Holes*
*Scientific American, Mai 2005*

ESTRAGON: Wir finden doch immer was, um uns einzureden, daß wir existieren, nicht wahr, Didi.
WLADIMIR: Ja, ja. Wir sind Zauberer.

SAMUEL BECKETT
*Warten auf Godot*

| | | | |
|---|---|---|---|
| 16 | 3 | 2 | 13 |
| 5 | 10 | 11 | 8 |
| 9 | 6 | 7 | 12 |
| 4 | 15 | 14 | **1** |

Hier ist gerade nichts los …«, sagte Oliver Schwarz, und seine Stimme im Hörer nahm einen dunkleren, anzüglichen Klang an, als er nach einer kurzen Pause hinzufügte: »… und ich stelle mir vor, daß du nackt bist.«

Do blieb stehen und sah sich um. Der Klang des Wortes nackt erschien ihr unerwartet hart und unpassend. Sie stand in ihrer Geschenkboutique mit den sorgfältig arrangierten Waren und der Aura der Kultiviertheit. Während der ersten Minuten des Gesprächs hatte sie ein paar Batistservietten zu kleinen gekerbten Fächern aufgefaltet. Doch bei nackt rutschte ihr der zwischen Kopf und Schultern eingeklemmte Hörer weg, und sie mußte ihn in die Hand nehmen, um ihn wieder ans Ohr zu führen.

Da sie nichts sagte, fühlte Oliver sich ermuntert, einen Schritt weiter zu gehen, und er fuhr fort: »Ich stelle mir vor, daß ich die Ladentür abschließe und nach hinten in die Werkstatt gehe …«, er sprach jetzt ein wenig überhastet und flüsterte fast, »… wo du nackt auf mich wartest, auf dem alten grünen Sofa, du weißt schon, mit geschlossenen Augen und breitbeinig, und ich …«

Was er sagte, rief ihr in Erinnerung, daß es einmal so

gewesen war: Sie hatte dort gesessen und auf ihn gewartet. Aber es gelang ihr nicht, sich mit dem Hörer in der Hand auf die erotische Echtheit seiner Fantasie einzulassen. Sie bedauerte es selbst, aber es ließ sich nicht ändern. Und um ihn nicht in die etwas gedämpfte Leere ihrer Stimmung an diesem Nachmittag laufen zu lassen, unterbrach sie ihn: »Oliver, es kann jederzeit jemand ins Geschäft kommen, sowohl bei mir als auch bei dir.«

»Heute ist Mittwoch«, erwiderte er mit normaler Stimme und ein wenig so, als sei er ungerecht behandelt worden. »Es ist absolut ruhig hier in der Straße.«

Ach ja, Mittwoch!, dachte Do. Das bedeutete, sie würde bis drei arbeiten und dann von Ruth abgelöst werden, um sodann Jenny zum Ballett und Jonas zum Fechten zu fahren. Danach bliebe ihr eine Dreiviertelstunde zum Einkaufen, bevor Jonas wieder abgeholt werden mußte. Wenigstens würde Jenny von Helma mitgenommen werden, um bis sechs mit Maja zu spielen. Dann wäre allerdings auch sie abzuholen, und um halb sieben würde Oliver aus dem Geschäft kommen und reden wollen über diesen aus seiner Sicht so ereignisarmen Mittwoch. Es stimmte schon, was Helma immer sagte: Tage sind Reißverschlüsse, und wenn es beim Verzahnen der Minuten irgendwo klemmt, bist du geliefert.

»Bist du noch dran?«, fragte Oliver.

»Ja, mir ist nur eingefallen, daß ich nicht vergessen darf, Crunchy-Honigflocken zu kaufen. Heute morgen waren keine mehr da.«

»Zu dumm«, sagte er ernüchtert und selbstmitleidig. »Ich denke an Sex und du ans Einkaufen.«

»Ich würde auch gerne an Sex denken, Oliver.«

»Warum tust du's dann nicht?«

»Was glaubst du denn, warum?«

Oliver war Optiker. Manchmal stellte Do – sie hieß Doris, aber Oliver hatte sie von Anfang an Do genannt – sich vor, wie er von all den leeren augenlosen Brillengestellen angestiert wurde, die in seinem Laden an den Wänden hingen. Er hatte sie angerufen, weil er sich nach ihr sehnte, und das konnte sie ihm nicht zum Vorwurf machen. Sie gab ihm ja recht: Sie schliefen zu selten miteinander. Versöhnlich, wenn auch mit einem bestimmten Schuß Ironie, der ihr unwillentlich entschlüpfte, sagte sie: »Vielleicht sollten wir einen bestimmten *Tag* dafür festlegen.«

Grimmig antwortete er: »Einen in der *Woche* oder einen im *Monat*?«

»Oliver«, beschwichtigte sie ihn. Sie nahm den Hörer ans andere Ohr und verschob mit der rechten Hand eine Duftkerze. »Es ist nicht so, als würdest *nur du* in dieser Hinsicht zu kurz kommen.«

»Sehr *präzise* ausgedrückt«, seufzte er resigniert. »Vielleicht sollten wir's einfach mal wieder *tun*.«

»Du hast recht«, sagte sie und fügte entgegenkommend hinzu, allerdings mehr um das Gespräch jetzt zu beenden: »Wie wäre es denn mit heute abend?«

Geradezu gierig ging er darauf ein: »Ja, laß uns das unbedingt festhalten. Vergiß es nicht. Ich werde solange bohren, bis du dich wieder dran erinnerst.«

»Sei nicht ganz so präzise. Im übrigen warst du schon mal witziger«, sagte sie und senkte ihre Stimme, als hätte soeben ein Kunde das Geschäft betreten: »Ich muß Schluß machen, es kommt jemand.«

»Na bestens. Wenigstens einer, der kommt«, knurrte er mißgelaunt. Sie spürte, daß er die Unehrlichkeit ihres Manövers durchschaute. Trotzdem blieb sie bei ihrer Lüge und schickte den imitierten Hauch eines verstohlenen Kusses durch die Leitung. Als sie den Hörer zurück zum Kassentresen brachte, fiel ihr Blick auf einen schaukelnden Metallhasen im Schaufenster. Es war kurz vor Ostern. Angetrieben von einer hin- und herpendelnden Gußeisenkugel, schob der Hase unermüdlich eine Schubkarre voller buntbemalter Eier vor und zurück. Die Geschenkboutique hatte Do vor vier Jahren zusammen mit ihrer Freundin Ruth Weiß eröffnet. Die Gelegenheit war günstig gewesen, weil damals infolge der abstürzenden Börsenkurse die Ladenmieten ins Rutschen gerieten. Außerdem kannte sich Oliver mit Geschäftsräumen gut aus und wußte, worauf zu achten war. Sie nannten die Boutique *Schwarz & Weiß*.

Licht und Dunkelheit. Sehen und nicht sehen. Es entsprach einem Gefühl von ihr. Als sie Oliver kennengelernt hatte, war sie fasziniert gewesen von seiner Lichtsucht. Er hatte sich schon Anfang der neunziger Jahre als Optiker selbständig gemacht. Sein Geschäft lag in einer Zeile alteingesessener Schuh-, Wäsche- und Papiergeschäfte, die damals kaum mehr gewesen waren als Überreste einer steinzeitlichen Ladenkultur, die in der Epoche von Einkaufszentren und Erlebnisshopping drohte unterzugehen. Er hatte frischen Marketingwind in den Straßenzug gebracht. Er war Künstler. Er zeichnete viel und manisch, und seine Schaufensterdekorationen wiesen ihn als jungen Wilden aus: Er befestigte seine Brillengestelle rittlings auf grellfarbigen Neonröhren oder skizzierte auf einem langen Stück Rauhfasertapete mit wenigen breiten Filzstiftstrichen die Silhouette einer großen nackten Frau, setzte ihr durch zwei Löcher im Kopf eine Designer-Sonnenbrille auf und ließ sie selbstbewußt (oder verächtlich) auf den Gehsteig hinabsehen.

Er selbst war nicht besonders groß, nur wenig über einssiebzig. Als Do ihm zum ersten Mal in seinem Laden gegenüberstand, inmitten seiner Brillenarmee, mußte sie an Napoleon denken. Ein Feldherr im Kampf gegen die Dunkelheit. Hornhautverkrümmungen, Astigmatismen, Altersweitsicht: Es gab eine Menge Fehlsichtigkeiten – wie sie im Laufe der Jahre erfuhr –, gegen die er seine Gestellsoldaten in den Kampf schickte. Sein Blick war präzise beobachtend (er war ja Zeichner), und er wirkte sehr selbstsicher, fast ein wenig arrogant. Bei den Verkaufsgesprächen, die sie hatten – Do wollte eigentlich nur eine Sonnenbrille kaufen, aber sie ließ sich *viel* Zeit damit –, verliebte sie sich in ihn. Es gefiel ihr, daß er diese Künstleraura hatte, aber noch etwas anderes spielte eine Rolle. Es forderte sie gewissermaßen heraus, ihn, den Ingenieur des Fernsinns, für bestimmte Vorzüge der Nahsinne zu begeistern. Was *diese* Dinge betraf, war er nämlich keineswegs ein Draufgänger, wie sie schnell herausfand. Im Innersten eher schüchtern, verbarg er sich hinter der Maske des avantgardistischen Optikers. Ihn, den Herrn des Sehens, zu verführen hatte einen sehr romantischen Reiz gehabt. Denn damals dachte Do (und sie dachte es heute noch), daß zu lieben zuinnerst bedeutete, die Augen zu schließen.

Am Abend nach Olivers Anruf bemühte Do sich, seinen Ausflug ins Reich des Telefonsexes als Kommunikationskapriole zu sehen, die den heißhungrigen Atem ihrer frühen Liebesjahre verströmte. Sie ging noch einmal ins Kinderzimmer, um sich zu vergewissern, daß Jenny und Jonas schliefen. Dann wandte sie sich zum Schlafzimmer. Auf dem Weg gaben die alten gewachsten Fichtenbohlen im Flur unter ihren Fußsohlen warm und samten nach und knarrten vertraut. Die Schlafzimmertür wurde durch eine Straßenlaterne schimmernd beleuchtet.

Als Do die Tür öffnete, fiel ein blasser Lichtkeil in den Raum, der sich zum Bett hin weitete. Kopfkissen und Decken wurden sichtbar, noch zerwühlt vom morgendlichen Aufstehen. In dem schwachen indirekten Licht sahen sie menschenähnlich und gespenstisch aus, und obwohl Do nicht an Übersinnliches glaubte (oder nur maßvoll, sie wünschte sich etwas, wenn sie eine Wimper fand, oder sah in Träumen ernstzunehmende Botschaften), war sie froh, das Licht einschalten zu können. Mit ihrem Eintreten zwang sie die Dinge aus dem Reich spiritistischer Möglichkeiten zurück in die diesseitige Ordnung ihrer Ehepaarwirklichkeit. Im besonderen stand der Umsetzung jener nachmittäglichen, telefonischen und für ein Ehepaar nicht eben ehrgeizigen Verabredung zum Sex jetzt nichts mehr im Weg.

Do ging zum Fenster und suchte in sich nach einer Empfindung, die einigermaßen zu der erotischen Erwartungshaltung paßte, mit der Oliver in ein paar Minuten das Zimmer betreten würde. Sie horchte in ihren Körper hinein und fand dort neben einer schwelenden abendlichen Müdigkeit eine Art Unvollständigkeit ihres Wesens, ein fadenscheiniges Ich. Außerdem (so stellte sie im weiteren fest) fröstelte sie. Es war, als zirkulierte eine unterschwellige, bald ausbrechende Infektion in ihren Adern. Durch die Fensterscheibe meinte sie sogar zu spüren, wie deutlich sich die tagsüber von der Sonne erwärmte Luft wieder abgekühlt hatte. Klare Nächte bedeuteten Frost. Im Westen verabschiedete sich der Märztag mit einem beinahe romantischen Dämmerungsfinale. Das Blau über den Dächern war malerisch: angesiedelt irgendwo zwischen dem einer Delfter Kachel und dem Farbton einer bestimmten Art von Blumenvasen, vor kurzem neu ins Sortiment aufgenommenen Art-déco-Nachbildungen, die sich erfreulich gut verkauften.

Do glaubte in der glasklaren Transparenz der Luft noch die Nähe zum Winter zu spüren und legte die Hand auf den Heizkörper; er war kalt. Oliver und sie vertrugen die trockene Zentralheizungsluft nachts nicht. Sie bekamen dumpfe, hartnäckige Kopfschmerzen davon. Zu einer Zeit, als diese noch ziemlich teuer und exotisch gewesen waren, hatten sie hypoallergene Mikrofaserdecken und Antimilben-Matratzenschoner angeschafft. Oliver sagte immer (und er hatte gewiß recht damit), Heizkörper seien Startrampen für Viren und Bakterien aller Art. Andererseits (dachte Do) konnte man sich nicht in einem Kühlschrank lieben. Mit ihrer Doppelfunktion als Stätten sowohl der Nachtruhe als auch des Liebesmiteinanders waren Schlafzimmer Räume mit eigenartig unklarer Bestimmung. Entspannt zu schlafen und befriedigenden Sex zu haben war jedenfalls nicht dasselbe.

Do gab es auf, in sich hineinzuhorchen, um ein Fünkchen Lust auf Sex in sich aufzuspüren. Oliver putzte sich die Zähne, und sie lauschte auf das helle, mechanische Hin und Her der Zahnbürste und das anschließende Spülen und Gurgeln. Oliver gurgelte auf eine kurze eruptive Art, als müßte er aus der Tiefe seines Rachens einen Fremdkörper hervorholen, eine Gräte oder ein Haar. Do zog die Fensterrollos herab und schaltete ihre Nachttischleuchte ein. Meistens liebten Oliver und sie sich im schwachen Schimmern der Gaslaternen, das durch die Vorhänge drang. Die unfaßliche phosphoreszierende Helligkeit verlieh ihren Liebesgebärden substanzlose Flüchtigkeit, etwas Verwischtes und Traumhaftes. In Dos Träumen war die Liebe eine Verdichtung von Gefühlen, nicht von Materie. Sie begann, sich auszuziehen, und hoffte, lesend (mit Brille) im Bett zu liegen, bevor Oliver fertig wäre. Doch in diesem Moment öffnete sich die Badezimmertür. Gehüllt in seinen knielangen flaschengrünen Frotteebademantel kam er hinein und brachte den Geruch von warmem Wasserdampf und Shampoo mit ins Zimmer.

»Wir hätten die Heizung andrehen sollen«, stellte er fest und setzte sich auf die Bettkante. »Was meinst du, sollte ich vielleicht den kleinen Heizlüfter aus dem Keller holen. Er müßte irgendwo beim Werkzeug stehen.«

»Besser nicht«, sagte sie, »es ist zu staubig dort unten. Wir bekämen auf der Stelle Asthma.«

»Du übertreibst. Gasthermen arbeiten staubfrei.« Mit Daumen und Zeigefinger zwirbelte er sich ein mitgebrachtes Wattestäbchen ins Ohr. »Ich bin jeden Tag froh, daß wir den alten Ölbrenner rausgeschmissen haben, auch wenn einen die Gasversorger mit ihren Fantasiepreisen gnadenlos über den Tisch ziehen. Wird Zeit, daß diesen Monopolgangstern endlich jemand das Handwerk legt.«

Die Erinnerung an den Kauf und die Renovierung des Hauses vor fünf Jahren rief Do etwas ins Gedächtnis, das sie Oliver schon den ganzen Abend über hatte erzählen wollen. Es war eine Neuigkeit, die möglicherweise geeignet war, ihn von dem Gedanken an Sex abzubringen. Sie sagte: »Ach weißt du übrigens, was Helma zu berichten wußte?«

»Wie sollte ich?« Er fuhr mit dem Handtuch, das er sich wie ein Boxer um den Nacken gelegt hatte, über die Haare am Hinterkopf, der einzigen Stelle, wo man sie mit einigem Wohlwollen noch als dicht bezeichnen konnte.

»Das Haus am Ende der Märkischen Straße«, fuhr Do fort, »du weißt schon, dieses Le-Corbusier-artige Gebäude, das schon seit mehr als einem Jahr leer steht und aus irgendeinem Grund nicht zu verkaufen war, hat endlich einen neuen Besitzer.«

»Hm, na schön.«

»Helma hat ihn abgefangen, als er mit ein paar Handwerkern auf dem Grundstück herumgelaufen ist. Offenbar müssen neue Rohre verlegt werden. Er will schon in sechs Wochen einziehen, hat er gesagt, und innen wird zur Zeit mit Hochdruck gearbeitet.«

»Ist mir noch gar nicht aufgefallen.« Oliver hatte sich den Bademantel nur locker umgegürtet. Zwischen den dunkelgrünen Revers wurde ein Streifen seiner unbehaarten Brust sichtbar, noch gerötet vom intensiven Frottieren. Do wußte, daß er wußte, daß sie es nicht mochte, wenn sein Körper feucht dabei war. Und die Tatsache, daß er sich offenbar gründlichst abgetrocknet hatte, machte ihr klar, daß er alles dransetzte, um für das Geplante die denkbar besten Voraussetzungen zu schaffen. Sie fühlte sich durch dieses demonstrative Erfüllen ihres Willens aber unter Druck gesetzt, und ihre Bereitschaft, mit ihm zu schlafen, nahm weiter ab.

»Stell dir vor«, fuhr sie fort, »das Haus soll wieder so schneeweiß gestrichen werden, wie es auf alten Bildern wohl einmal gewesen ist. Allerdings ist es für Außenarbeiten noch zu früh. Man muß warten, haben die Maler zu Helma gesagt, bis die Frostgefahr vorbei ist. Auf jeden Fall glaubt Helma, daß die Renovierung unser Viertel aufwerten wird. Man kann ja sagen, daß es sich bei dem Haus beinahe um ein Baudenkmal handelt.«

»Das Ding auf Vordermann zu bringen dürfte nicht billig sein«, überlegte Oliver. Er hob den linken Fuß auf die Bettkante und klemmte den Gürtel des Bademantels zwischen den großen Zeh und dessen dünnen, gekrümmten Zehennachbarn, um auch den engen Zwischenraum zwischen diesen beiden Außenposten seines Körpers von allen eventuellen Feuchtigkeitsresten zu befreien. »Da kommt schnell was zusammen. Wer ist denn der neue Besitzer? Irgend so ein Bankdirektor oder Notar mit einer perfekten Frau und zwei verzogenen Blagen?«

»Warum bist du denn so *negativ* eingestellt?«, sagte Do. Das akribische Reinigen seiner Zehenzwischenräume zwang sie dazu, ständig auf seine Füße und das Vor und

Zurück der Frotteewulst zu starren. »Ich finde, es ist eine *großartige* Nachricht. Außerdem liegst du mit deiner Vermutung in Bezug auf den neuen Besitzer vollkommen falsch. Das ist nämlich der eigentliche Clou bei der ganzen Geschichte. Du wirst niemals darauf kommen, *wer* dort einzieht.«

»Ich bin sicher, du wirst es mir gleich sagen.«

Do streifte sich den Pullover über den Kopf. »Sei doch kein Spielverderber. Bist du denn kein bißchen neugierig?«

Er war jetzt bei der Ritze vor dem kleinen Zeh angekommen, in die sich der Bademantelgürtel aber kaum noch hineinpressen ließ. »Doch, bin ich. Wer ist es?«

Sie zog den Reißverschluß ihrer Jeans herunter. »Es ist wirklich eine Sensation! Der neue Besitzer ist ein … *Zauberer*!!«

Er unterbrach seine Reinigungszeremonie. »Wie bitte? Ein Zauberer?«

Sie nickte. »Ja. Ein Zauberer.«

»Jeder kann behaupten, ein Zauberer zu sein.«

Sie zog ihre Hose aus und legte sie auf den Klapphocker neben der Spiegelkommode. »Es kann auch jeder behaupten, Optiker zu sein.«

»Das ist nicht das Gleiche. Ich meine, wie läuft das? Macht er sich ein Schild ans Haus: Karl Mustermann, Diplom-Zauberer, oder wie hat man sich das vorzustellen?«

»Ich weiß gar nicht, was dich daran stört. Es *gibt* doch Zauberer. Ich meine, sie *treten auf*.«

»Schon. Aber *wo* tritt er auf? Wie heißt er überhaupt?«

»Wo er auftritt, weiß ich nicht. Aber er hat einen verrückten Namen. Einen echten Zauberer-Namen.«

»Ja?«

»Er hat sich Helma vorgestellt. Er heißt *Balthasar Schrödinger.*«

Sie öffnete die Schranktür und entzog sich dadurch seinem Blick. Rasch streifte sie das Unterhemd ab und hakte den BH-Verschluß auf. Doch dann mußte sie feststellen, daß sie die zuletzt gewaschenen Nachthemden nur unordentlich in den Schrank gestopft hatte, gemixt mit ein paar schlichten Baumwoll-T-Shirts, die mit den Nachthemden die helle Musterung und das Schicksal teilten, als Sechzig-Grad-Wäsche in ein und derselben Trommel gelandet zu sein.

Sie hörte Oliver vom Bett her sagen: »Das ist Unsinn. *Niemand* heißt Balthasar Schrödinger.«

»Und wieso nicht? Die Menschen heißen auch Boris Becker und Oskar Lafontaine.«

»Was machst du denn da so lange?«, fragte Oliver.

»Ich suche ein wärmeres Nachthemd. Du sagst ja selbst, daß es kühl im Zimmer ist.«

»Nicht im Bett, Schatz.«

Sie wollte ihm jetzt nicht nackt gegenübertreten und blieb hinter der Schranktür stehen. »Ich frage mich, was mit dir los ist? Wir bekommen einen neuen Nachbarn, das ist alles, was ich dir sagen wollte, und du machst eine komische Geschichte daraus.«

»Was für eine Geschichte denn? Einen Nachbarn zu bekommen, der sich Balthasar Schrödinger nennt und behauptet, Zauberer zu sein, ist ja nicht alltäglich. Aber ich bin sicher, Helma und du, ihr werdet ihm schon auf den Zahn fühlen. Tut mit leid, wenn meine Äußerungen negativ geklungen haben sollten. Ich bin ein wenig ungeduldig, Schatz. Wir haben ja noch etwas vor.«

Sie zog sich eins der T-Shirts über, das aber nur bis zur Taille reichte, und schloß die Schranktür. Oliver saß mit weit gespreizten Beinen auf dem Bett. Er würde in jedem Fall mit ihr schlafen wollen. Und er würde ihr entgegenhalten, daß es ihr eigener Vorschlag gewesen war.

Sie sagte: »Ich bin nicht besonders entspannt. Vielleicht hätten wir ein Glas Wein trinken sollen.«

»Können wir«, sagte er. »Wie wär's mit diesem samtigen Languedoc?«

»Besser nicht. Ich habe morgen früh ein Gespräch mit Jennys Mathelehrer.«

Er sah sie an. »Was soll das, Do? Du sagst, du brauchst Wein, um in Stimmung zu kommen. Nun gut. Und dann sagst du, daß du keinen Wein trinken *kannst*. Das erinnert mich fatal an dieses Regel-eins-Regel-zwei-Spiel. Regel eins: kein Sex. Regel zwei: Wenn Sie scharf sind, tritt automatisch Regel eins in Kraft.«

»Es sind meine Empfindungen. Du solltest nicht in diesem Ton darüber reden«, sagte sie.

»Was soll ich denn tun, Do? So wie ich die Sache sehe, gibst du mir keine Chance.«

In diesem Moment klingelte das Telefon auf ihrem Nachttisch. Do versuchte, sich nicht anmerken zu lassen, daß sie erleichtert darüber war, so ungewöhnlich das Klingeln um diese Zeit auch sein mochte. Aber sie spürte, daß Oliver nicht bereit war, den Gedanken an Sex schon aufzugeben. Sein Blick signalisierte ihr, daß er erwartete, daß sie das Gespräch nicht entgegennehmen würde. Sie sollte abwarten, bis der Anrufbeantworter ansprang – üblicherweise nach fünf oder sechs Klingelzeichen. Instinktiv ging ihr noch etwas anderes durch den Kopf: Vielleicht würde Jonas von dem Klingeln wach, und sie fragte sich, ob sie es nicht darauf ankommen lassen sollte. Wenn Jonas einmal wach war, würde er nur noch an ihrer Seite einschlafen, das wußte auch Oliver, und jeder Gedanke an Sex wäre vom Tisch. Doch drittens (all das ging ihr in den zwei oder drei Sekunden nach dem ersten Klingelzeichen durch den Kopf) würde niemand nach zehn Uhr anrufen, es sei denn aus einem wichtigen Grund.

Oliver spürte, daß sie das Gespräch entgegennehmen wollte und sagte: »Verflucht, Do, wahrscheinlich ist es deine Mutter, die sich langweilt.«

Sie sagte: »Ich mache es kurz«, und hob ab. Es war ihr Vater. »Oh … hallo«, sagte sie. Sie brauchte ein paar Sekunden, um sich darauf einzustellen. »Wie geht es dir?«

»Nicht besonders«, sagte ihr Vater mit müder Stimme, er erwartete Zuwendung. »Das weißt du ja.«

»Ja … ich meine, nein. Ist denn etwas geschehen? Nimmst du deine Tabletten?«

»Wieso fragst du mich, ob ich meine Tabletten nehme? Ist das alles, was dir einfällt, wenn ich sage, daß ich mich nicht wohl fühle? Das kenne ich nur von deiner Mutter. Habe ich euch gestört?«

»Nein, nein. Wir haben gelesen.«

Oliver stand auf und schloß den Bademantel. Im Hinausgehen sagte er halblaut, aber so, daß sie es deutlich verstehen konnte: »Zum Teufel, Do, warum kannst du denn nicht einfach mal unkompliziert scharf sein?«

Ihr Vater fragte: »War das Oliver? Was hat er gesagt?«

»Ich soll dich von ihm grüßen«, sagte Do.

»Wie läuft es bei euch?«

»Gut, Papa.«

»Deine Mutter hat eine völlig unrealistische Vorstellung von Medikamenten. Seit wir uns kennen, liegt sie mir damit in den Ohren«, sagte er. »Medikamente können Menschen nicht ändern, selbst Drogen können das nicht. *Wenn* sich jemand mit Medikamenten auskennt, dann ja wohl ich. Ich weiß seit dreißig Jahren, daß mein Serotoninspiegel bestimmten Schwankungen unterliegt. Das ist ein funktionelles Problem, dem man Rechnung tragen muß, so wie man beim Auto regelmäßig den Ölstand zu kontrollieren hat. Ich weiß damit umzugehen und komme mit meinen MAO-Hemmern bestens klar.«

»Papa, hast du angerufen, um mir das zu sagen?«

Nach einer Pause sagte er: »Entschuldige. Heute war so ein schöner Tag. Es wird Frühling, die Luft war wunderbar. Ich bin über die Felder bis zu der Stelle am See spaziert, wo wir früher immer gesessen haben. Es ist alles noch so wie damals. Das ist erstaunlich, nicht wahr. Die Sonne steht schon sehr hoch am Himmel. Sogar jetzt ist es noch ganz mild, wenn ich das Fenster öffne.«

Offenbar schwelgten die beiden wichtigsten Männer in ihrem Leben heute in Erinnerungen an gemeinsame Stunden mit ihr, dachte Do. »Hier war es auch schön«, sagte sie. »Aber jetzt ist es wieder kalt geworden. In der Nacht soll es Frost geben.«

»Bei euch im Osten sind die Nächte zu kalt«, sagte ihr Vater mit Bestimmtheit. Aber woher wollte er das wissen.

Nachdem sie aufgelegt hatte, starrte Do auf die gewachsten Holzdielen unter ihren Füßen. Oliver saß vor dem Fernseher. Er wollte, daß sie dachte, daß ihre sexuelle Kompliziertheit oder Kälte ihn in die Ödnis eines mitternächtlichen Mattscheibenuniversums aus fünften Krimiwiederholungen, moralisierenden Minderheitenreportagen und preisgekrönten Filmkunstdramen in Originalsprache mit Untertiteln aus Taiwan oder Uruguay verstoßen hatte. Sie sollte sich schuldig fühlen.

Einmal (es war aber schon einige Jahre her) hatte sie an einem Strand in Lotushaltung neben ihm gesessen. Mit ausgestreckter Hand befreite sie seinen salzwasserschrumpeligen Schwanz aus den Badeshorts (unter einem wie zufällig in seinen Schoß gerutschten Handtuch) und behandelte ihn so lange in geeigneter Weise, bis sich auf dem Frotteestoff dunkle Flecken bildeten. Viele der jungen Frauen an diesem Strand trugen kein Bikinioberteil, und Do befriedigte sich mit der anderen Hand selbst. Sie war *nicht* sexuell kompliziert. Aber es wäre sinnlos gewesen, ihn jetzt daran zu erinnern.

Sie rollte sich in ihre Decke. Oliver hatte das Licht brennen lassen, und sie schaltete es aus. Dann stand sie noch einmal auf und öffnete eins der Rollos. Das Laternenlicht hob die noch blattlosen Äste der Straßenlinden aus der Nacht. Als sie die Augen schloß, fluktuierte die Dunkelheit. Als Kind hatte sie in der Dunkelheit hinter ihren geschlossenen Lidern immer ein Geheimnis vermutet, etwas, das ihr aufgegeben war zu entdecken. Sie spürte etwas Unsichtbares in dem Schwarz, ganz nah und doch unfaßbar. Doch bevor es ihr gelang – auch jetzt wieder –, weiter vorzudringen in diesen geheimnisvollen lichtlosen Innenraum, löste ihr Bewußtsein sich auf. Seit siebenunddreißig Jahren war es Abend für Abend das gleiche, auch wenn sie es gelegentlich für unmöglich hielt: Sie schlief ein.

| | | | |
|---|---|---|---|
| 16 | 3 | **2** | 13 |
| 5 | 10 | 11 | 8 |
| 9 | 6 | 7 | 12 |
| 4 | 15 | 14 | 1 |

Oliver Schwarz war am Meer aufgewachsen, an der Nordsee in der Nähe von Wilhelmshaven. Offizielle Wetterstatistiken weisen für diese Gegend jährlich rund achthundertfünfzig Liter Regenwasser pro Quadratmeter aus und hundertdreiundzwanzig Sonnentage. Rein rechnerisch kommen auf einen Sonnentag somit ungefähr zwei Regentage. Oliver war vier Jahre alt, als sich sein Vater diesem ernüchternden Verhältnis entzog und mit einer jungen Kroatin durchbrannte, die er als Leichtmatrose bei einem Landgang kennengelernt hatte. Er ging mit ihr nach Spanien und ließ danach nichts mehr von sich hören.

Er hatte wohl viele Affären gehabt, aber Oliver wußte nur wenig darüber. Von seinen tuschelnden Schwestern, die sieben beziehungsweise sechs Jahre älter waren als er, erfuhr er das eine oder andere, aber insgesamt nicht viel. Irgendwann stellte er sich vor, wie sein Vater die wellenartigen Linien des weiblichen Körpers, diese geheimnisvolle Dünung, an das Ufer seiner Männlichkeit hatte branden lassen zur Erzeugung jener weißen Gischt, von deren Existenz und Bestimmung er noch kaum etwas wußte. Die heimliche Bewunderung für seinen abwesenden Vater quälte ihn lange mit Gewissensbissen gegenüber seiner tüchtigen soliden Mutter, die ihn und seine Schwestern allein durchbringen mußte.

Da er in einem rein weiblichen Haushalt aufwuchs, manifestierte sich die Übermacht des Femininen in seinem Leben nicht nur moralisch, sondern auch zahlenmäßig Tag für Tag. Und so wuchs sich die offensichtlich verwerfliche und mutterbeleidigende Neigung, das Leben seines Vaters erotisch zu verklären, in der Pubertät zu einer unterschwelligen Manie aus, einer uneingestandenen Obsession. Er wünschte zu sein, was sein Vater offenbar gewesen war: ein Frauenheld. Doch sagte ihm eine innere Stimme, daß es damit niemals etwas werden würde. Denn offensichtlich hatte er nicht die stattliche strahlende Natur seines Vaters geerbt (an die er sich noch zu erinnern meinte), sondern die etwas geduckte, o-beinige, kompakte Körperlichkeit seiner Mutter. Der Mann in ihm, so glaubte er irgendwann zu begreifen, hatte vom anderen Geschlecht genetische Fesseln angelegt bekommen, auf daß verhindert werde, daß er eines Tages unter vollen Segeln auf das Meer der erotischen Möglichkeiten hinaus- und davonsegelte.

Von seiner Mutter erbte er aber auch eine gewisse Beharrlichkeit. Gezwungen, den Lebensunterhalt für ihre drei Kinder allein zu verdienen, hatte sie schon früh damit begonnen, Nordseekrabben zu schälen, beziehungsweise zu pulen, wie es in der Region um Wilhelmshaven hieß. Das Krabbenpulen war eine Fingerfertigkeit, die sich nicht durch Konzentration oder analytische Vergegenwärtigung des zu Tuenden erwerben ließ, sondern einfach nur durch (ganz und gar im Wortsinne zu verstehende) millionenfache Übung. Jeden Morgen wurden die winzigen rötlichgrauen, frisch gefangenen und gekochten Krabbentierchen kanisterweise angeliefert und waren bis zum Abend zu schälen. Danach wurden sie in diversen Restaurants, Feinkostgeschäften oder heimischen Küchen mit Mayonnaise vermischt oder mit dem damals in Mode gekommenen Thousand-Island-Dressing.

Olivers Mutter war *so* beharrlich, daß es ihr gelang, im Laufe ihres Lebens ein Eigenheim zusammenzupulen. Zu Beginn der siebziger Jahre zog sie mit ihren Kindern dort ein. Wenn man davon ausging, daß für das Kilo Krabbenfleisch als Handelsware in den sechziger Jahren etwa vier Mark bezahlt wurden, und man ferner zugrundelegte, daß eine einzelne gepulte Krabbe etwa ein halbes Gramm wog, dann verdiente man pro Krabbe etwa zwei Zehntel Pfennig, was bedeutete, daß für das Eigenheim, das damals ungefähr achtzigtausend D-Mark gekostet hatte, etwa vierzig Millionen Krabben zu pulen gewesen waren, was wiederum bei einer Pulzeit von drei bis vier Sekunden pro Krabbe und auf der Basis einer Vierzig-Stunden-Woche zu einer Eigenheimfinanzierungspuldauer von gut zwanzig Jahren führte, Zinsbelastungen nicht eingerechnet. Da gleichzeitig aber noch drei Kinder und Olivers Mutter selbst zu ernähren und die Kreditzinsen zu bedienen waren, läßt sich sofort einsehen, daß das erforderliche Pulprogramm die Kräfte und Möglichkeiten einer einzelnen Krabbenpulerin überstieg, weshalb Oliver und seine Schwestern von Anfang an in das Eigenheimpulprojekt mit einbezogen wurden. Aus dieser Zeit stammte Olivers

Begeisterung für optische Vergrößerungsinstrumente, für Brillen, Linsen und Lupen aller Art.

Immer wenn er als Junge in der vom Meerwassergeruch der Krabben erfüllten Küche saß, überkam ihn ein nahezu zwanghaftes Bedürfnis, die grauen, von Ferne nur wie gekrümmte Larven aussehenden Gebilde durch die vergrößernden Sehhilfen seiner vom ständigen Pulen weitsichtig gewordnen Mutter zu betrachten. Die Brillen offenbarten eine erstaunliche Fülle von anatomischen Details. Sie machten aus den kleinen Krabbentierchen wahre Monster; winzige Scherchen wurden sichtbar und haarfeine Fühler, schuppig gegliederte Schwänze und kurze gekrümmte Beinchen. Der Vergrößerungseffekt kam Oliver wie Zauberei vor, wie eine wundersame Vermehrung von Realität. Die Brillenwirklichkeit schien reichhaltiger zu sein als die unbebrillt wahrgenommene, abenteuerlicher und gefährlicher.

Später, als junger Mann, stellte er sich vor, es müßte etwas Besonderes sein, Frauen durch Brillen zu betrachten. Er selbst brauchte keine, jedenfalls damals nicht. Seine ersten sexuellen Erfahrungen waren hungrige, aber wenig draufgängerische Liebeserlebnisse, die ihm das Gefühl vermittelten, nichts oder viel zu wenig über die Liebe zu wissen. Vielleicht stand die zu entdeckende Wahrheit in einem Buch, sagte er sich. Oder ihre Kenntnis ließ sich nur als Erfahrung auf der Straße erwerben, dort, wo die Jungen die Mädchen verachteten, die trotzdem, wie zur Belohnung, mit ihnen schliefen. Aber es gelang Oliver nicht, Frauen zu verachten, obwohl er sich ihnen immer unterlegen gefühlt hatte (und auf eine unbestimmte Weise noch fühlte). Immer wenn er mit einer Frau zusammen war, kam es ihm vor, als würde er irgend etwas übersehen. Aber er kam nie dahinter, was es war. Und eine Brille, die ihm diese Wahrheit gezeigt hätte, fand er nie.

Als seine Mutter starb, verkauften seine beiden Schwestern und er das zusammengepulte Haus einvernehmlich und zügig und drittelten den Erlös. Einst in einem bäuerlich geprägten Vorort gelegen, war das Grundstück (das Haus selbst war mehr oder weniger wertlos) als Immobilie inzwischen fast auf das Zehnfache seines ursprünglichen Wertes gestiegen. Es wurde für Oliver zu einem Eigenkapitalgrundstock, den er zur Finanzierung seines Hauses nutzte. Er staunte darüber, daß die von ihm einst im zarten Alter von sieben oder acht Jahren gepulten Krabben jetzt, in seinen mittleren Jahren, derart üppige Zinsen abwarfen. Genaugenommen hatte er also bereits als Junge damit begonnen, unter der beharrlichen Regie seiner Mutter ein Eigenheim zu erwirtschaften. Als sie nur noch Asche war, fühlte er sich zutiefst schuldig, weil er ihr niemals die Liebe gegeben hatte, auf die sie ein Anrecht gehabt hätte. Wahrscheinlich würde es ihm nicht gelingen, jemals zu ergründen, was Frauen im Innersten von ihm erwarteten; aber für seine krabbenpulende Mutter war die männliche Seele kein Mysterium, sondern das Mark eines Groschenromans gewesen: Frauen hatten es mit unverbesserlichen Herumtreibern zu tun.

An einem Tag im April saß Oliver im Wagen und fuhr von seinem Geschäft nach Hause. Kurz nach dem Tod seiner Mutter waren Do und er diese Strecke zum ersten Mal gefahren, ausgestattet mit einem Makler-Exposé, um das

Haus zu besichtigen, das sie vielleicht kaufen wollten, da er nun Geld hatte. Das war fünf Jahre her; Oliver hing seinen Erinnerungen nach und sah nachdenklich aus dem Fenster. Die Ahornbäume an der S-Bahnstation verschatteten sanft die Straße, bei den Eichen vor dem Postamt konnte man die Blattsprossen erahnen, aber die Äste der knorrigen Robinien griffen noch so nackt und klauenhaft in den Himmel, als sei der Frühling ein bloßes Gerücht – eine Austriebsvorsicht, die an diesem lauen Abend unpassend wirkte, geizig oder sogar ungastlich, weil die Vögel damit begonnen hatten, ihre Nester zu bauen, und auf dem Präsentierteller eines kahlen Geästes würden sie sich nicht niederlassen. Oliver dachte: Wer sich zulange ziert, geht am Ende leer aus.

Vor drei Wochen hatte Do ihm erzählt, daß ein Zauberer das seit einem Jahr leerstehende »Le-Corbusier-Haus«, wie sie es nannte, gekauft hatte. Oliver steuerte den Wagen gemächlich vom Weißdorndamm in die Märkische Straße, und das Kopfsteinpflaster ließ die Armaturen vibrieren. Üblicherweise nahm er nach Geschäftsschluß einen schnelleren Weg, aber an einem Abend wie diesem gefiel es ihm, durch das alte Viertel mit seiner hundertjährigen Vegetationspatina zu zuckeln. Ein paar mit kleinen Säulenportalen versehene Häuser stammten noch aus der ersten Besiedlungswelle zur Kaiserzeit; in den zwanziger und dreißiger Jahren waren andere, einfachere hinzugekommen, eingebettet in das vielfältige Grün der Gärten und Baumkronen, als wäre das ganze Viertel weich bemoost.

Oliver war neugierig auf dieses »Le-Corbusier-Haus«. Die intensiven Strahlen der niedrig stehenden Sonne trafen die frisch gestrichene Fassade dramatisch, und es leuchtete im dunklen Moosgrün des Viertels auf wie ein Barren Gold. Oliver ließ den Wagen langsamer werden. Das Gebäude war rechteckig mit einer links aufgesetzten tellerrunden Dachterrasse, deren Ränder über den ersten Stock hinausragten. Dahinter erhoben sich dunkle, majestätische Tannen in den Himmel, allem Anschein nach war die Gartenbepflanzung ebenso alt wie das Gebäude selbst, so daß sich ein auffälliger Kontrast zwischen dessen klassischer Modernität und einer Art Caspar-David-Friedrich-Naturkulisse ergab. Es überraschte Oliver, wie scheinbar unsichtbar das Haus für ihn gewesen war, solange es noch sandgrau und mit abblätterndem Putz im Schatten der Bäume vor sich hingedämmert hatte.

Er ließ den Wagen an den Straßenrand rollen. Dabei dachte er an das von Helma Kienapfel vor einem Monat in die Welt gesetzte Gerücht, der neue Besitzer sei Zauberer. Er stieg aus und betrat das Grundstück. Der Sockel vor dem Hauseingang war aus dunklem Basalt und übersprenkelt mit Farb- und Putzspritzern. Weil er sich beobachtet fühlte, huschte Oliver um die rechte Gebäudeecke und tauchte zwischen zwei Rhododendronbüschen durch, die wie zwei alte, mehr als mannshohe Wächter den hinteren Teil des Gartens zur Straße hin abriegelten. Der frische weiße Fassadenanstrich, der auf der Gebäudevorderseite sonnenhaft geleuchtet hatte, verbreitete im Reich der alten Tannen die Lichtstimmung ständiger bläulicher Dämmerung.

Die gläserne Terrassentür war nur angelehnt. Oliver glaubte nicht, daß innen noch gearbeitet wurde, er nahm an, daß man vergessen hatte, die Tür zu schließen. Als Nachbar, dachte er, könnte er es wagen einzutreten. Innen roch es säuerlich nach frischem Putz und den Ausdünstungen trocknender Wandfarbe. Er betrat eine Art Salon mit L-förmigem Grundriß, der Raum hatte fünf hochformatige, bis zum Boden reichende Fenster, deren mittleres zugleich die Glastür war. Auf dem Boden war Pappe ausgerollt, und das allgegenwärtige Renovierungsgrau verbreitete ein gespenstisches Licht. Oliver hatte das Gefühl, sich in einen Schatten zu verwandeln. Rohranschlüsse verschwanden dunkel in den Wänden, und Elektrokabel hingen schlaff von den Decken. In der Mitte des Hauses führte eine Treppe hinauf, von dort fiel ein farbiger Lichtrest, eine Sonnenandeutung ins Erdgeschoß.

Und es klangen Stimmen herunter. Oliver fragte sich, was besser wäre: zu verschwinden oder sich als Nachbar vorzustellen. Unentschlossen blieb er auf dem Treppenabsatz stehen. Genaugenommen war es nur eine Stimme, die dort oben mehr oder weniger monologisierte, kehlig und tief, lässig und einnehmend und ohne erkennbaren Dialekt. Dies, verkündete sie soeben, solle das Schlafzimmer werden! Hier sei etwas Besonderes zu finden, etwas ganz und gar Einzigartiges, eine Farbsensation, die den Raum gleichsam verschwinden lasse, die seine steinerne Materialität in Licht, in ein lebendiges Spiel von Schwingungen auflöse.

»Als Maler«, sagte die Stimme, »sollte Ihnen das, was ich sage, nicht vollkommen fremd sein.« Oliver hörte das Schnappen eines Feuerzeugs und das gedehnte Ausblasen von Rauch. »Was hier in diesem Raum geschehen soll, sind Verwandlungen! Ich beschäftige mich beruflich mit dem Senden und Empfangen von geistiger Energie. Was halten Sie von Lavendelblau? Oder dem vollen sämigen Farbton von Akazienhonig. Ich könnte mir auch das rötliche Schimmern des Mars vorstellen, also eine Art inneres Rubinleuchten. Oder aber das transparente präzise Grün mit mal bläulichem mal gelblichem Einschlag, wie man es in den Augen von Katzen findet...«

Die über Farbnuancen räsonierende Stimme kam näher, und Oliver beschloß, lieber zu verschwinden. Indem er die Füße langsam aufsetzte und eilig abrollte, ging er durch den Flur zurück ins Wohnzimmer und huschte durch die Terrassentür in den Garten. Im Schutz der beiden gewaltigen Rhododendren schlich er zur Grundstücksgrenze, und da niemand ihm etwas nachrief, nahm er an, daß er unentdeckt geblieben war. Aber als er sich auf dem Gehweg seinem Wagen näherte, kribbelte sein Rücken, als sende ihm Balthasar Schrödinger, auf seiner Dachterrasse stehend, mit ausgestrecktem Arm und Zeigefinger einen jener magischen Bannstrahlen nach, die in Zeichentrickfilmen durch glitzernde gezackte Linien dargestellt werden.

Zu erregt, um sogleich nach Hause zu fahren und Do in seinem nervösen Zustand gegenüberzutreten, gondelte Oliver noch ein wenig durchs Viertel. Die Natur beruhigte ihn. Die Äste der Kastanien hatten sich unter dem Gewicht ihrer jungen Blätter der Straße entgegengesenkt und formten dämmrige Tunnel. Seitlich sprenkelten helle Nadelbaumtriebe die Vorgärten. Endlich war die Natur wieder größer als die Zäune. Heckenschößlinge schlängelten sich durch Drahtmaschen, bis sie wieder gekappt werden würden. Dieses ständige Ringen um Vorherrschaft, die Natur als eigentlicher Zauberer: Kaum sieht man nicht hin, ist auch schon etwas da, wo vorher nichts war. Das große Varieté des Frühlings: Blüten in allen Knopflöchern der Vegetation. Büsche, die mit Hunderten von Knospen jonglieren. Die Hochseilakte der Eichhörnchen, der Cancan der Tulpen in den Brisen. Und Pusteblumen, die auf den Wiesen schaukeln wie Schaumblasen. Die Natur ein Theater der Illusionen, eine Zauberei aus dem Nichts, ein großes glamouröses Prahlen zum Zweck der Fortpflanzung. Oliver dachte: Das Geheimnis bei jedem Zauber ist die Ablenkung, und vermutlich ist es bei der Liebe genauso. Zum ersten mal seit langer Zeit dachte er wieder an seinen Vater und dessen Liebesabenteuer. Na schön, dachte er, vielleicht bin ich der Sohn eines Zauberers. Na schön, warum auch nicht. Aber wie geht es nun weiter?

| | | | |
|---|---|---|---|
| 16 | **3** | 2 | 13 |
| 5 | 10 | 11 | 8 |
| 9 | 6 | 7 | 12 |
| 4 | 15 | 14 | 1 |

Es war – wenig verwunderlich – Helma Kienapfel, Dos beste Freundin, die es in die Hand nahm, Balthasar Schrödinger gesellschaftlich in seine zukünftige Nachbarschaft einzuführen. Von Anfang an war Helma stets aufs präziseste informiert gewesen über den Umbau des »Le-Corbusier-Hauses«, wie auch sie die von Schrödinger erworbene Immobilie zu nennen pflegte. Sie entlockte den Handwerkern, diesen ewig wortkargen Seelen, wichtige Renovierungsdetails, und es gelang ihr als »unmittelbar betroffene Anwohnerin« beim zuständigen Bauamt (nicht ganz legal) Einsicht in die Flurkarten zu nehmen. Sie analysierte die architektonischen Entwurfszeichnungen aus den zwanziger Jahren, die als vergilbte Originale in irgendeinem Archiv die Zeiten überdauert hatten, und ihre Recherchen förderten in etwa folgende Geschichte zutage: Das »Le-Corbusier-Haus« war von einem gewissen Ulf von Schwielow in den späten neunzehnhundertzwanziger Jahren entworfen worden. Von Schwielow (fand Helma auf irgendeiner Internetseite) hatte in der Gruppe um Walter Gropius kurzzeitig eine aufstrebende Rolle gespielt, bis er auf geheimnisvolle Weise verschwand. Sein damaliger

Auftraggeber, ein mittelständischer Handschuhfabrikant aus Vorpommern, lebte mit seiner Familie nur zwei oder drei Jahre in dem avantgardistisch konzipierten Haus. Danach verkaufte er es nach einer Reihe von offenbar glücklosen Spekulationen. Helma kannte ein altes Ehepaar, das bereits seit siebzig Jahren im Viertel ansässig war. Die beiden erzählten ihr bei Kaffee und Kuchen, daß der ambitionierte Bau ungewöhnlich häufig den Besitzer gewechselt hatte. In den siebziger Jahren ließ ein ungarischer Nachtclubbesitzer einen Swimmingpool mit einer direkt aus dem Schlafzimmer im ersten Stock hinausführenden Wendeltreppe als Direkteinstieg anbauen. Doch kaum war der Swimmingpool fertig, wurde der Ungar bei einer Auseinandersetzung im Rotlichtmilieu erschossen. Ein junger Architekt und Stilpurist ließ den Pool in den späten Achtzigern wieder zuschütten und die Treppe entfernen, kurz bevor seine kinderlose Ehe zerbrach und das Haus erneut den Besitzer wechselte. Es wurde vermietet und verkam zusehends. Die Bäume begannen die Fassade zu überwuchern, der Putz blätterte ab, und schließlich wollte niemand mehr darin wohnen. Unter den Anwohnern im Viertel setzte sich die Meinung durch, daß irgendwann eine junge Familie die Immobilie erwerben und das Haus vermutlich abreißen würde. Nun war es zur Überraschung aller anders gekommen. Helma Kienapfel befand, daß das Haus für eine einzelne Person im Grunde viel zu groß sei. Aber natürlich konnte man nicht wissen, wie viele Räume ein Zauberer wirklich brauchte und ob es beispielsweise einen Bedarf für Laboratorien und Werkstätten gab. Sonderbarerweise ging niemand – weder Helma noch Do noch eine ihre Freundinnen, Bi Odenthal oder Heike Degen oder irgendwer – je davon aus, Balthasar Schrödinger könnte verheiratet sein und Familie haben. Daraus läßt sich vielleicht schließen, daß der spirituelle Ruf von Zauberern dem vom Priestern oder Asketen gleicht. Man nimmt an, daß ihnen bestimmte menschliche Aktivitäten wie Familiengründung oder Fortpflanzung nicht viel bedeuten, weil sie *wissen*, daß die materielle Welt nur ein großangelegtes religiöses oder philosophisches oder psychologisches Täuschungsmanöver ist. Doch wie auch immer: Es stellte sich schließlich heraus, daß Balthasar Schrödinger tatsächlich unverheiratet war. Und damit ergab sich als eine der ersten Fragen, die in nächster Zeit von den Bewohnern des Viertels zu beantworten sein würden (beispielsweise bei solchen Abenddiners in intimer Runde, wie Helma Kienapfel sie mit großer organisatorischer Perfektion zu veranstalten wußte), wozu der frisch hinzugezogene Zauberer die sieben Zimmer des »Le-Corbusier-Hauses« im einzelnen eigentlich brauchte.

Do stand mit einen Blumenstrauß und einer Flasche Wein als Gastgeschenk in der Hand in Helmas Vorgarten und wartete auf Oliver, der das Gartentor schloß. Der Weg zur Haustür war malerisch angelegt. Unregelmäßig gebrochene gelbe Natursteinplatten führten an einem mückenumschwirrten Ginster und zwei üppig austreibenden Rosenstöcken vorbei. Die Abendsonne flimmerte golden durch die noch lichten, frisch belaubten Kronen der Birken im Garten. Über allem lag (wie sollte es auch anders sein) ein sehr frühlingshafter Zauber.

Helma Kienapfel war eine große breite Blondine. Die Brauen über den blaßgrünen Murmeln ihrer Augen waren unentwegt in lebhaftester Bewegung. Sie gehörte zu jenem Typus von Frauen oder Alltagszauberinnen, in deren Kraftfeld alle Dinge kuschen; in Helmas Haushalt herrschte schockierende Ordnung. Ihre akkurat lackierten Zehen standen unter dem fliederfarbenen Querband der Samtpantoffeln vor wie kleine, perfekt in Reih und Glied angetretene Schönheitssoldaten. Unter dem Bogen ihres flexiblen Leopardenmusterhaarreifs schwebte ihr Lächeln sanft und kursgenau wie eine Hollywoodschaukel durch die Luft. Wenn sie jemanden umarmte, wie jetzt Do, begrub sie ihn nahezu unter sich. »Liebste!«, rief sie aus. Dann flüsterte sie konspirativ: »Ich bin *so froh*, daß ihr kommt. Ich bin in Schweiß gebadet, und Mark steht nur im Weg herum, weil er sich langweilt. *Er* ist noch nicht da.«

Danach hieß sie Oliver willkommen. Er reckte sich ihr entgegen, küßte sie auf die gepuderten Wangen und überreichte ihr den mitgebrachten Blumenstrauß. Es handelte sich um eine blütenreiche Komposition aus Freesien und Mohn. Helma schrieb in ihrer Freizeit Gedichte und bezeichnete den Strauß als »poetische Frühlingsverdichtung«. Kaum im Wohnzimmer, flog ihr auch schon von irgendwoher eine Vase zu. Und keine Minute später erstrahlte der Strauß im durch die gartenseitige Fensterfront hereinströmenden Abendlicht.

Mark, Helmas Mann, begrüßte Do in seiner üblichen, steifen Art, die nie ganz frei war von einem Rest plumper Förmlichkeit. Als Leiter einer Sparkassenfiliale war ihm die apersonale Seriosität des Bankgeschäfts in Fleisch und

Blut übergegangen. Er war ein großer ungelenker Mann, der stets wie pure Masse herumstand und dabei enorm schwer wirkte, obwohl er keineswegs signifikant übergewichtig gewesen wäre. Er hatte dichtes schwarzes, pudelartig gekräuseltes Haar, das sich über den Ohren ergrauend ballte. Seine fleißige unkreative Natur half ihm, bei seiner Arbeit mit sicherem Instinkt zwischen soliden und abenteuerlichen Kreditanträgen zu unterscheiden. Die von ihm geleitete Sparkassenfiliale und Olivers Brillengeschäft lagen nur hundert Meter voneinander entfernt, und gelegentlich versorgte er Oliver halblegal bei einer Tasse Kaffee mit dem einen oder anderen finanztechnischen Insidertip. Doch keiner dieser Tips war bisher so heiß gewesen, daß Oliver aus seinen Freizeittransaktionen via Internet bedeutende Summen herausgeholt hätte.

Es läutete, und Helma verschwand eilig in den Hausflur. Nach wenigen Sekunden ertönte ihr Begrüßungssingsang, in den sich eine kehlig-tiefe, räumlich schwer zu ortende Stimme mischte. Höflich und unaufgeregt verbreitete sie einen etwas altertümelnden Habe-die-Ehre- oder Gnädige-Frau-Charme. Kurz darauf führte Helma den Zauberer herein, im Arm ein betörend üppiges Blumenbouquet in einer Zellophanhülle, die das Licht der hereinscheinenden Sonne strahlenförmig brach, so daß es im Raum wie von Hunderten kleiner zusätzlicher Lichtquellen ein wenig heller zu werden schien. Einer dieser Lichtsplitter zerstob in Dos Proseccoglas und brachte die schwächlich sprudelnde Flüssigkeit innerlich zum Leuchten.

Balthasar Schrödinger war ein großer, heller, aus zarten Rosétönen modellierter Mann, der auf die sechzig zuging.

Für eine Einladung zum Abendessen war er überraschend leger gekleidet. Er trug ausgewaschene Jeans, die sich über den sandfarbenen Wildledermokassins stauten, ein helles Baumwollhemd und ein schlaffes, in den Rockschößen knittriges kremfarbenes Leinensakko. Mit seinen silbrig melierten Haaren, die so voll waren, als wären sie von einer inneren Kraft erfüllt, und den blaßblauen Augen stand er insgesamt da wie ein sanft koloriertes Aquarell. Und doch wirkte er zugleich schwer. Sein Oberkörper unter dem Leinenstoff war weit, sein Kopf groß und seine Hände fleischig. Je nachdem, unter welchem Aspekt man ihn betrachtete, gewann man den Eindruck, einer unreflektierten Dandynatur gegenüberzustehen oder einem zurückhaltenden sensiblen Künstler. Seine Art verband einen lässigen Nonkonformismus mit dem Einhalten klassischer Gesellschaftsregeln. Kurzum: Er hatte Stil. Die beiden Männer im Raum fürs erste ignorierend, ging er auf Do zu, reichte ihr seine große Hand und stellte sich vor.

Do war nervös, weil sie mit Helma schon so viel über diesen Mann geredet hatte. Jetzt, da er vor ihr stand, kam ihr das ungehörig vor, als hätte sie ihn ohne sein Wissen über längere Zeit beobachtet. Daß er so enorm große Hände hatte, überraschte sie. Unbewußt hatte sie angenommen, daß Zauberer eher zarte, sehr kleine Hände haben müßten, gewissermaßen um jedes Atom einzeln bewegen zu können. Ihre Unsicherheit brachte sie dazu, nachdem sie sich vorgestellt hatte, noch hinzuzufügen: »Meine Freunde nennen mich Do.« Das kam ihr sofort unpassend vor, weil sie ihm damit dieses Do, das zudem noch klang wie ein Du, zu früh und zu unmotiviert anbot.

»Do …«, sagte Schrödinger sinnierend und ohne ihre Hand loszulassen. »In der Musik bezeichnet man mit Do das C, den lichtesten und wirklichsten aller Grundtöne.« Er betrachtete sie wie einen faszinierenden, noch ganz und gar unerforschten Gegenstand. »Ich bin mir aber nicht sicher, ob Ihnen das Do tatsächlich entspricht. Es gibt nur sehr wenige echte Do-Charaktere: glückliche Seelen, gewiß. Aber eigentlich ist es ja das Unsichtbare, das Geheimnisvolle, das uns als Menschen interessant macht.« Dann richtete sich seine Aufmerksamkeit auf drei Kohlezeichnungen, flüchtig aufs Papier gewischte Aktstudien, die an der linken Zimmerwand in silbernen Wechselrahmen über einem dekorativen Rosenholzbüffet aus den zwanziger Jahren hingen. Er geriet sofort ins Schwärmen: »Sind das Originale? Die sind ja großartig! Diese verblüffende Leichtigkeit der Linienführung. Irritierend beiläufig und doch: ein grandioser Dialog von Beobachtung und Gestaltung! Ein verblüffendes Nebenhin von reinster weiblicher Schönheit. Perfekt! Von wem stammen diese Studien? Es *sind* doch Originale, oder?«

»Der Künstler ist anwesend!«, verkündete Helma.

Oliver wurde nicht gern auf seine Zeichnungen angesprochen. Im Freundeskreis erntete er viel Lob für diese Arbeiten, die wirklich nur nebenbei entstanden. Doch gelegentlich dachte er, daß dieses Lob sein Leben als Optiker und Familienvater herabsetzte. Er sagte: »Hin und wieder zeichne ich, aber in letzter Zeit komme ich nur noch selten dazu.«

Schrödinger war voller aufrichtiger Bewunderung. »Ja, *leben* Sie denn nicht von Ihren Bildern? Ich bin sicher, diese Blätter würden weggehen wie warme Semmeln. Ich habe in meinem Haus, wie Sie sich vielleicht denken können, zur Zeit eine Menge weiße Wände. Haben Sie noch mehr von diesen fantastischen Studien? Sie treffen da genau meinen Geschmack.«

Ein schwer einzuordnender Hauch (österreichischer?) Melodik machte seine Sätze weich und gefällig. Do betrachtete den Mann mit einer Mischung aus Faszination und Unbehagen. Alles an ihm war auf eine unaufdringliche Art gewinnend, und es schien ihr instinktiv notwendig, auf Distanz zu seinem Wesen zu gehen. Sie vergegenwärtigte sich die Tatsache, daß Schrödinger rund zwanzig Jahre älter sein mußte als sie. Helma servierte als Vorspeise ein mit Limettensaft beträufeltes Seeteufelcarpaccio und erkundigte sich, ob der Zauberer sich in seinem Haus eingelebt habe.

Schrödinger sagte: »Ich habe lange gesucht, um ein Haus wie dieses zu finden. Es ist die Verwirklichung einer philosophischen Idee, des Urprinzips von wohnen. Wußten Sie, daß *wohnen* sprachlich mit dem Verb *gewinnen* zusammenhängt, das auf die indogermanische Wurzel *wen* zurückgeht, die ursprünglich die Bedeutung von verlangen, begehren, lieben hatte? Das altindische *vanati* kommt daher, das ebenfalls begehren und lieben heißt, und vanas – Verlangen, Lust, woraus sich wiederum das lateinische *venus*, der Liebesgenuß, und schließlich der Name der Liebesgöttin entwickelt hat. Die Vanitas, die Eitelkeit, stammt daher, aber auch unser Wort *wün*schen. Und im Gotischen bedeutete ga*winnan* zeitweise sich quälen, leiden, aber auch erobern, erringen!«

Mark, für den Eigenheime in erster Linie zu finanzierende Objekte waren, hob die Augenbrauen. »Na so etwas! Ein so harmloses Wort wie wohnen.«

»Ganz harmlos war es nie«, sagte Schrödinger. »Lange Zeit war einander bei*wohnen* ja ein Synonym für die Liebe.«

Do sagte: »Ihr Haus ist sehr geometrisch. Und Mathematik ist nicht gerade das, was man mit Liebe und Magie verbindet.«

Er lächelte wieder. »Do, ich verrate Ihnen gleich ein Geheimnis über mich. Naturwissenschaftlern, insbesondere Physikern, ist mein Nachname sehr geläufig. Es war ein gewisser Erwin Schrödinger, der in den zwanziger Jahren des vergangenen Jahrhunderts eine berühmte Gleichung aufgestellt hat. Sie heißt bis heute Schrödinger-Gleichung. Diese Gleichung ist Mathematik, gewiß Do, und doch ist sie zugleich der Schlüssel zum Reich der Magie!«

Das letzte Wort verhallte parallel zum Verlöschen der letzten Sonnenstrahlen. Eben noch hatten alle Gesichter sowie Helmas Tischdekoration aus miteinander verflochtenen Efeuranken und Tulpen gleichsam in Flammen gestanden. Jetzt legte sich dämmriges ungreifbares Zwielicht über die Tischgesellschaft, und alle schwiegen unter dem Eindruck der schnellen Wandlung.

Da niemand etwas sagte, fuhr der Magier fort: »Materie – das ist es, was die Schrödinger-Gleichung zum Ausdruck bringt – ist eine *Verdichtung von Möglichkeiten*. Man kann es so sagen: Alles ist möglich, aber nicht alles verdichtet sich auch. Ich gebe zu, das ist schwer zu verstehen. – Do, halten Sie es für *möglich*, daß Ihre Ururgroßmutter im Nebenraum ist?«

Der Gedankensprung verwirrte sie. »Nein, das ist nicht möglich.«

»Sind sie sich sicher? Ich sage: *Es ist möglich*.«

»Das ist es nicht.«

»Beweisen Sie mir das.«

»Aber ... ich bräuchte doch nur nachzusehen.«

»Ich sage: Nun gut, wenn Sie die Tür öffnen, wird Ihre Ururgroßmutter sich auflösen, weil sie von Ihnen nicht gesehen werden möchte.«

»Aber das ist doch grotesk.«

»Warum? Die Wahrheit ist, daß Sie mir nicht beweisen können, daß sie *nicht* da war.«

Mark löste das Problem nach Sparkassenart. Er sagte: »Nun, wir könnten eine Videoüberwachung installieren.«

»Dann wird Dos Ururgroßmutter sich einen anderen Raum für ihre Auferstehung suchen.«

»Den können wir ja auch überwachen.«

»Ja, Mark. Aber Sie können nicht das *ganze Universum* überwachen. Das ist der Witz: Irgendwo bleibt immer ein Schlupfloch.« Und danach überraschte er alle am Tisch mit dem Folgenden: »Erwin Schrödinger, der übrigens 1933 den Nobelpreis für Physik bekommen hat – ist mein Großvater, beziehungsweise er war es. Leider habe ich ihn nie kennengelernt. Mein Großvater, müssen Sie wissen, war nicht nur ein physikalisches Genie, sondern auch ein erfolgreicher Schürzenjäger. Er liebte das Theater und die Literatur. Stellen Sie sich vor, er verfaßte und übersetzte Gedichte! Heutzutage undenkbar. Das Kulturleben hat die Naturwissenschaften abgehakt. Aber Erwin Schrödinger war ein echter Bohemien und hatte immer eine Reihe von Freundinnen. Ich finde, das wirft ein anderes Licht auf seine Theorie. – Entschuldigung, darf ich rauchen? Ich weiß, es ist ein atavistisches Laster, aber es gelingt mir einfach nicht, es mir abzugewöhnen.«

»Können Sie es denn sich nicht ab*zaubern*?«, sagte Oliver.

Helma stellte einen Aschenbecher vor Schrödinger hin, was praktisch einer Unterwerfungsgeste gleichkam. Sie hatte das Rauchen »vor einer Ewigkeit« aufgegeben, wie sie zu betonen pflegte. Und sie wurde nicht müde, Tabakkonsum auf eine Stufe mit Umweltskandalen und technischen Desastern zu stellen, als sei jede in geschlossenen Räumen gerauchte Zigarette eine Art vorsätzliches Wohnzimmer-Tschernobyl.

Zwischen Schrödingers Fingern tauchte wie aus dem Nichts ein Zigarillo auf. »Leider nein«, sagte er. »Man kann sich nicht selbst verzaubern, das ist ein magisches Grundprinzip. Wenn es im Märchen heißt, daß jemand sich unsichtbar macht oder sich in ein wildes Tier oder einen Prinzen verwandelt, dann verzaubert er in Wirklichkeit nicht sich selbst, sondern den Blick der anderen dahingehend, in ihm ein wildes Tier oder einen Prinzen zu sehen. Und das heißt, Oliver, ich könnte vielleicht erreichen, daß alle am Tisch in mir einen Nichtraucher *sehen* – das würde meiner Lunge aber wenig nützen.« Beim Anzünden des Zigarillos schienen bis auf das Feuerzeugflämmchen alle Lichter im Raum zu verlöschen, so daß nur noch sein goldbeleuchtetes Gesicht zu erkennen war. »Als mein Großvater ein Jahr nach seiner Habilitation zum Militär eingezogen und an die italienische Front geschickt wurde«, fuhr er rauchend fort, »verließ meine Großmutter Wien, ging zurück nach Deutschland, und lernte dort einen Brauereibesitzer kennen, der bereit war, sie trotz ihrer unehelichen Tochter – meiner Mutter – zu heiraten. Erwin Schrödinger ist 1962 gestorben, und erst danach hat mir meine Mutter gesagt, daß er ihr Vater und also mein Großvater war. Meine Großmutter hat nie versucht, ihn zur Anerkennung der Vaterschaft zu zwingen. Offiziell hat Schrödinger nur eine Tochter, ebenfalls unehelich übrigens. Zu Beginn meiner Karriere habe ich mir den Namen Schrödinger wieder zugelegt, denn ich sehe es so: Was ich fortsetze, ist das Werk meines Großvaters, der bewiesen hat, daß die Realität eine Verdichtung von Möglichkeiten ist. Und nichts anderes ist die Zauberei. Man sieht, was man zu sehen *erwartet*, was man für möglich hält. Wie ich schon sagte: Als Zauberer manipuliert man nicht die Materie, sondern die Erwartungshaltung des Publikums. Je nachdem, auf welchen Standpunkt man sich stellt, ist die Wirklichkeit mal so und mal so. Alles hat zwei Seiten, eine energetische und eine materielle. Man nennt das Welle-Teilchen Dualismus. Und jetzt frage ich Sie, Do: Ist das nicht zutiefst menschlich wie die Liebe? Ich sage nur Yin und Yang, Tag und Nacht, Dichtung und Wahrheit, männlich und weiblich. Überall Dualitäten. Mein Großvater war Avantgardist und hat nichts desto trotz etwas zutiefst Archaisches ausgegraben: den Welle-Teilchen-Dualismus. Ja, Donnerwetter, deutlicher geht's ja nun wirklich nicht mehr! Die Frau ist die Welle und der Mann das Teilchen, das Geschoß.«

Do glaubte zu bemerken, daß Schrödinger sie verhexte. Sie hatte eine beängstigend plastische Vision: In dem aufsteigenden Rauchschleier vor dem Gesicht des Zauberers sah sie fließende körperhafte Linien. Sie sah Taillen und Schultern und Schenkel und Hüften, die einander berührten und durchdrangen und wieder und wieder und in immer neuer Weise zusammenfanden. Sie sah Yin-und-Yang-Verschlingungen, einen Tanz sinnlicher sexueller Möglichkeiten, bis Schrödinger das ganze Geschehen sanft fortblies.

Später nahm sie an, daß sie zuviel getrunken hatte. Die sexuelle Symbolik ihrer Vision deutete sie als Folge eines bestimmten Mangels an Sinnlichkeit. Oliver und sie schafften es im Moment aus irgendeinem Grund nicht, miteinander zu schlafen. Aber ganz sicher, dachte sie, konnte sie in dem Punkt nicht sein. Schrödinger war ein Zauberer, ein Illusionist, und als solcher Herr über Schall und Rauch.

Helma Kienapfel bat Schrödinger um eine Kostprobe seines Könnens. »Oder verstößt das gegen irgendwelche Regeln?«

Schrödinger machte eine Handbewegung, als schraube er mit Bedacht eine Glühbirne in die Luft. »Zaubern …«

Do sagte: »Lassen Sie etwas verschwinden.«

Er entgegnete: »Man muß sehr vorsichtig sein, einen Zauberer um etwas zu bitten. Würden Sie Ihren Ehering für einen Zaubertrick hergeben?«

Sie stellte fest, daß sie außer ihrem Ehering keinen weiteren trug. Sie hätte schwören können, sich zu Hause noch einen Silberring mit Perlmutteinlage auf den Mittelfinger gesteckt zu haben. Schrödinger lächelte. Do dachte: Diese süffisante Glattheit und das eitle Überlegenheitsgehabe von alten Männern! Wirklich, er verhexte sie: Sie hatte jetzt den Eindruck, daß er doch nicht auf die sechzig zuging, sondern allenfalls Anfang fünfzig war. Um wenigstens sicher davon ausgehen zu können, betrunken zu sein, leerte sie schnell ihr Weinglas.

Schrödinger wandte sich an Helma: »Es tut mir leid, aber es ist vollkommen unmöglich, en passant eine kleine Zauberei, wie Sie es nennen, zu präsentieren. Mir ist bewußt, daß das Zaubern im allgemeinen dem Unterhaltungsfach zugerechnet wird, aber dem muß ich entschieden widersprechen. Die Magie ist kein Mittel zur Zerstreuung, sondern eine dem Komponieren oder der Malerei vergleichbare *Kunst*. Wie ein großes Kunstwerk, eine Sinfonie oder ein Gemälde, soll auch ein Zauber in uns vielfältige Emotionen wecken. Kunst soll uns nicht von der Realität ablenken, sondern geradewegs in sie hineinführen, in ihren Kern, der mehr ist als platte Kausalität und die Tyrannei des Determinismus. Picasso hat gesagt, die Kunst sei eine Lüge, damit wir die Wahrheit besser erkennen können. Voilà – nichts anderes ist Zauberei! Gewiß: Es *unterhält* uns, wenn wir eine Sinfonie hören oder in einer Ausstellung von Meisterwerk zu Meisterwerk schlendern, aber für die Schöpfer solcher Kunstwerke ist dieser Effekt, der auf ein schnelleres Verfliegen der Zeit für das Publikum, auf eine Zeitbeschleunigung abzielt, ganz und gar unbedeutend. Es ist ein Nebeneffekt, eine nicht zu verachtende, aber auch nicht überzubewertende Wirkung der Musik, der Kunst – und also auch des Zauberns. Doch in einem Punkt – und das möchte ich

Ihnen mit all dem vor Augen führen – in einem ganz und gar zentralen Punkt unterscheidet sich das Zaubern als Kunst vom Malen oder Komponieren: Wenn Sie nämlich einen Maler bitten, spontan und zur Unterhaltung einer gepflegten Abendgesellschaft ein Bild zu malen, so kann er das im Grunde tun und wird es vielleicht auch, je nachdem wie er aufgelegt ist. Oder ein Komponist könnte sich ans Klavier setzen und auf den Wunsch seiner Freunde hin ein Stück improvisieren – er setzte dabei nicht wirklich etwas aufs Spiel. Denn selbst wenn das Bild oder Musikstück, das dabei entstünde, als Kunstwerk nicht groß und geheimnisvoll wäre, sondern möglicherweise sogar schlecht und durchschaubar, so kann man doch sagen: Ein schlechtes, ein durchschaubares Bild ist immer noch ein Bild. Und ein schlechtes und durchschaubares Musikstück ist und bleibt ein Musikstück. Aber – und das ist der große, unabänderliche Unterschied – ein schlechter, ein durchschaubarer Zauber ist *kein Zauber* mehr. Ein schlechter, ein durchschaubarer Zauber ist nichts, ist ein beschämendes Scheitern, eine peinliche Niederlage gegen die Natur, ein unelegantes blamables Herummanschen in der Realität.«

Do hatte inzwischen jedes Gefühl für die Realität verloren. Irgendwann schien es ihr, daß es Zeit war, sich zu verabschieden. Und als würde die Welt ihrem benebeltem Bewußtsein gehorchen, standen alle auch schon im Terrakotta-Flur des Kienapfelschen Hauses. Balthasar Schrödinger bedankte sich warmherzig und mit formvollendeter Höflichkeit für den »wunderbaren Abend« und löste sich sodann irgendwie auf. Oliver küßte mit blassen angespitzten Lippen die sich zu ihm hinabbeugende Helma auf beide

Wangen, und Mark betätigte sich plump, linkisch und feucht auf die gleiche Weise bei Do. Dann standen sie in der kühlen Frühlingsluft auf der Straße, beduselt und desorientiert. Oliver legte ihr den Arm um die Schultern und schob sie durch das Spalier aus clematisberankten Gartenzäunen und Straßenlaternen in Richtung Schlafzimmer.

»Ich habe zuviel getrunken«, sagte sie.

»Kann schon sein.« Sie hörte, daß Oliver sich über sie ärgerte. »Dieser Schrödinger ist ein alter geiler Sack.« Er wurde immer drastisch, wenn er etwas nicht verstand.

»Wie kommst du darauf?«

»Du hast ihn angehimmelt.«

»Ach ja? Er ist irgendwie unterhaltsam. Du übertreibst.« Unterschwellig bereitete es ihr Vergnügen, sich beschuldigen zu lassen.

Oliver sagte: »Er hat einen widerlichen Charme.«

»Der Charme des einen ist die Plumpheit des anderen.«

»Du bist wirklich betrunken.«

»Wer hat mit diesem unsinnigen Gespräch denn angefangen?«

»Mir gehen diese geilen alten Säcke auf die Nerven.«

»So alt ist er gar nicht.«

»Mitte sechzig oder so.«

»Du täuschst dich, *höchstens* fünfundfünfzig.«

»Das ist lächerlich, Do.«

»Was willst du eigentlich?«

»Ich möchte herausfinden, ob ich in meinem Leben noch mal auf Sex mit meiner Frau hoffen darf.«

»Ich habe zuviel getrunken.«

»Das ist ziemlich ernüchternd.«

Daß sie seit ein paar Wochen keinen Sex mehr gehabt hatten, war nicht zu leugnen. Oliver berief sich auf den unbestreitbaren Nutzen ehelicher Ritualisierungen, aber Do erwartete, daß er wenigstens den Versuch unternahm, sie zu *verführen*. Irgendwann würde er vielleicht einsehen, daß man Sex nicht einfach einfordern konnte wie andere Formen von kommunikativer Zuwendung, auch nicht von seiner Ehefrau.

Vielleicht hätte sie seinem Drängen nachgegeben, wenn ihr dieser Punkt nicht so wichtig gewesen wäre: Er sollte endlich begreifen, wie es in ihr aussah, und das war den Einsatz von ein paar Wochen Sexlosigkeit wert. Mit seinen einundvierzig Jahren war es für ihn Zeit, daß er anfing, über *ihre* Wünsche nachzudenken. Es reichte nicht, darauf zu beharren, daß Sex nun einmal das sei, was Ehepaare von Zeit zu Zeit zu haben pflegten. Wenn sich Olivers bisherige Strategie des Klagens und Jammerns als dauerhaft erfolglos herausstellen würde, sagte sich Do, würde er sich auf seine Gefühle besinnen.

Sie konnte einfach nicht aufhören zu glauben, daß die Welt im innersten bereit war, ihre Sehnsucht nach einer bestimmten Mischung aus seelischem und sinnlichem Glück in irgendeiner Weise zu respektieren. Sich zu lieben lag im Bereich des Möglichen – das war es, was sie fühlte. Sie konnte sich vorstellen, in Olivers Armen zu liegen und mit Lust die Küsse zu empfangen, mit denen er ihren Leib bedeckte, weinend vor Bewunderung und Hingabe, weinend vor Glück. Und was man sich vorstellen konnte, mußte Wirklichkeit werden können. Hatte denn das nicht der Zauberer gesagt?

| | | | |
|---|---|---|---|
| 16 | 3 | 2 | 13 |
| 5 | 10 | 11 | 8 |
| 9 | 6 | 7 | 12 |
| **4** | 15 | 14 | 1 |

An einem verregneten Maimorgen saß Oliver in seinem Geschäft und wartete auf Kundschaft. Der Regen tauchte Berlin in das eintönige Grau feuchter Gehwegplatten, während die Halogenlampen seinen Laden mit gleichmäßiger angenehmer Helligkeit erfüllten. Es war nicht das Wetter, um eine Brille zu kaufen, dachte Oliver und stellte sich auf einen ereignislosen Vormittag ein. Mit übergeschlagenen Beinen saß er auf der Beratungscouch und blätterte einen frisch eingetrudelten Hochglanzprospekt durch. Sein Blick wanderte über die Gesichter der Models, deren Augen allesamt so schön waren, als könnten sie niemals mit dem Makel eines Sehfehlers behaftet sein. Manchmal ärgerte ihn diese Schönheit, deren Vollkommenheit nichts Menschliches mehr hatte. Aber in einem Punkt war die Natur gerecht, wenn sie es schon nicht bei der Vergabe von Körpergröße und Schönheit war: Es gab keinen Zusammenhang zwischen perfektem Sehen und perfektem Aussehen. Oliver hatte gelesen, daß Marilyn Monroe so kurzsichtig gewesen war, daß sie ihre Filmpartner gar nicht hatte erkennen können. Es spielte also keine Rolle, ob ihr Tony Curtis gegenüberstand, Clarke Gable oder irgendwer. Optisch hätte sie die Veränderung erst bei den Kußszenen bemerkt, und auch da erst im allerletzten Moment, Zungenspitze an Zungenspitze. Das verführerisch Aufgerissene, die erotische Ahnungslosigkeit ihres Blicks verdankte sie nicht ihrem sexuellen Temperament, sondern der Tatsache, daß sie eine Brille brauchte.

Wenn man die Prospekte von Gucci oder Armani ernstnahm, waren Brillengestelle sehr erotisch. Scharf sehen, scharf sein – das war die Lifestyle-Gleichung, mit deren Variablen in den Broschüren herumjongliert wurde. Auf einmal fragte sich Oliver, ob Menschen, die schlecht sahen, beim Lieben die Brille anbehielten. Die Frage schien grotesk, aber sie war es nicht. Ab einem bestimmten Grad der Fehlsichtigkeit hatte man es nur noch mit verwischten Formen zu tun, mit ungefähren Konturen, man liebte ein Phantom. Aber vielleicht brauchte die Liebe keine Wirklichkeit, vielleicht vertrug sie sie nicht einmal. Es gab noch einen zweiten Aspekt dabei: nicht nur den des Sehens, sondern auch den des Gesehen-Werdens. Die Vorstellung, beim Sex angesehen zu werden, hatte Oliver von jeher mit Unbehagen erfüllt. Er fragte sich, wie sehr sich sein Gesicht als Spiegel seiner Persönlichkeit in den flüchtigen Minuten der sexuellen Ekstase veränderte. Er wollte nicht, daß jemand ihn je so sähe, diesen Verlust von Selbstkontrolle, diese Kapitulation vor den hormonellen Mächten tief im eigenen Körper.

Oliver blätterte weiter und kam zu den Sonnenbrillen. Ein Modell hieß sinn- oder eher *un*sinnigerweise *Nightlife*. Es war ein schwarzer, von Ohr zu Ohr laufender makelloser Ring, bis auf die unvermeidliche Einkerbung für die Nase. Zur Präsentation der Brille hatte man sich für ein sehr blasses eierschalenhäutiges Model mit vollen, bordeauxrot schimmernden Lippen entschieden, das anonymen Sex versprach. Sie hatte kurze dunkle, verwegen wirkende Haare. Oliver schloß die Augen und stellte sich Do nackt vor. Ihre Haut war dunkler als die des Gucci-Models, auch im Winter, aber die Gesichter, insbesondere die dunklen Haare, hatten eine bestimmte Ähnlichkeit. Oliver wollte nicht an Sex denken, aber er dachte unwillkürlich an Sex. Es war eine sonnenbrillentragende laszive Huren-Do, die in seiner Fantasie lebendig wurde, ein zweideutiges Vexierwesen, verschmolzen mit dem Gucci-Model.

Was er dachte, erregte Oliver, und stieß ihn zugleich ab: Er stellte sich vor, wie Do mit bestimmten Diensten den Schwanz des erst seit wenigen Wochen in ihrer Nachbarschaft wohnenden Zauberers zu knorriger Altmännergröße erweckte. Er und Balthasar Schrödinger waren auf natürliche Weise miteinander befeindet wie Licht und Dunkelheit. Ihre Berufe waren einander entgegengesetzt, Schrödinger betrieb Augenwischerei. Und doch tauchte der Zauberer in Olivers erotischen Gedanken auf, als hätte er sich hineingehext. Der Magier empfing die Wonnen bestimmter Künste, für die die reale Do sich nicht auf die gleiche Weise zu begeistern gewußt hätte wie ihr Traumdouble. Jedenfalls nicht mit dieser professionellen Selbstverständlichkeit. Nachdem sie ihn hinreichend auf Touren gebrachte hatte, ging sie über dem Zauberer, der auf dem Rücken lag, in die Hocke und bog sich seinem Ständer entgegen, der aus dem grauen Gewölle seines Schritts aufragte und so mühelos in sie hineinglitt wie ein passender Schlüssel ins Schloß.

An dieser Stelle öffnete Oliver die Augen, um sich irgendwie abzulenken, was ihm zunächst auch gelang, doch dann wiederum nicht: Vor seinem Schaufenster stand ein Mann unter einem großen, leuchtend roten Regenschirm mit einer psychedelischen grünen Spirale. Mit einer übertrieben ausladenden Geste der erhobenen rechten Hand grüßte er Oliver und grinste breit. Es war Balthasar Schrödinger, der Zauberer, der seinen magisch gemusterten Schirm der Wolkendecke entgegenhielt, als wollte er den Regen zum Aufgeben zwingen. Einem äffischen Nachahmungsreflex gehorchend, erhob auch Oliver die Hand und grinste blöde, woraufhin Schrödinger zufrieden nickte, seinen Schirm schloß und eintrat.

»Ah!, ich bin richtig. Ich war mir nicht sicher, ob *Sie* es sind. Es gibt so verwirrend viele Optiker in der Gegend, mindestens drei oder vier.« Oliver sammelte sich, ging auf den Magier zu und gab ihm die Hand. Schrödinger nahm unaufgefordert am Beratungstisch Platz, senkte seine Stimme und sagte Folgendes: »Ich komme zu Ihnen, weil ich Sie kenne und Ihnen vertraue. Um es kurz zu machen: Ich brauche eine Brille, was in meinem Fall eine heikle Angelegenheit ist. Niemand, auch ich nicht, hat Einfluß auf die Qualität seiner Augen. Aber von einem Zauberer erwartet man, daß er *sieht*, egal ob mit oder ohne Brille, verstehen Sie? Ich könnte niemals *mit Brille* auftreten, dafür habe ich Kontaktlinsen. Aber wissen Sie, ich vertrage diese Linsen, selbst die allerteuersten, nicht besonders gut. Die Empfindlichkeit meines Augapfels ist enorm. Wenn ich als Kind geweint habe, waren meine Eltern über die Rötung meiner Augen derart entsetzt, daß sie es nie gewagt haben, mich zu tadeln oder zu strafen. Ich bekomme feuerrote Augen vom Weinen, bis heute. Ich brauche also eine Brille, aber die, die ich habe beziehungsweise hatte, ist beim Umzug verloren gegangen. Sie ist absolut unauffindbar, selbst für *mich*. Ich kann sie nicht *sehen*, wenn Sie verstehen, was ich meine, ist das nicht eigenartig? Als sträubte sich etwas in mir dagegen, überhaupt eine Brille zu benötigen. Aber es läßt sich nicht ändern. Sie müssen mir helfen. Ich baue auf Ihre Verschwiegenheit.«

Oliver sah es so: Es kam vor, daß Brillen bei Umzügen verloren gingen, und daß Schrödinger daraus sogleich eine spirituelle Krise konstruierte, war in seinen Augen ein klarer Beleg für dessen wichtigtuerische Natur. Aber als Optiker verhielt er sich professionell und betrachtete ihn als Kunden. Er setzte ihm die dickrandige Testbrille auf, die den Zauberer aussehen ließ wie eine Eule, deckte das linke Auge ab und wies auf den Buchstabenmonitor am Ende des Raums. »Können Sie das lesen?«

»R, K, S, D, L«, buchstabierte Schrödinger artig.

»Und jetzt?«

»A … U … I …«

»J«, verbesserte er den Magier und steckte eine erste Korrekturlinse ein. »Meine Frau würde Sie übrigens gerne mal zaubern sehen. Treten Sie in nächster Zeit irgendwo auf?«

»Eigentlich trete ich überhaupt nicht mehr auf … Hm … B … S … ein X, nein U … Ich muß meine magischen Kräfte nicht mehr öffentlich unter Beweis stellen, wissen

Sie. Es reizt mich, die Wissenschaft herauszufordern. Wir sprachen ja neulich über meinen Großvater und die krasse Fehlinterpretation seiner Gleichung, die kein deterministisches Monster ist, sondern der Schlüssel zur Zauberei. Ich sehe meine Aufgabe darin, hier korrigierend einzugreifen … D … S … G …« (C, dachte Oliver; der Mann riet jetzt also), »… oder ein C, ja, jetzt spüre ich es: Es ist ein C, musikalisch ein Do … Oh nein, jetzt ist es vorbei, ich erkenne nichts mehr … Sie haben mich im Sack … ja, jetzt ist es wieder besser … Sehen Sie, Oliver, eigentlich bedeutet zaubern, eine mentale Linse in die Vorstellungskraft des Zuschauers einzuschleusen. Auf einmal lichtet sich der dicke Nebel der Fantasie, und die Dinge sprudeln nur so aus Ihrem Kopf in die Wirklichkeit. Genaugenommen müssen wir unseren Realitätsgenerator anwerfen« – er tippte sich an den Stirnstreifen über der Korrekturbrille –, »aber wir haben total verlernt mit dem Ding umzugehen. – Ja, jetzt ist es bestens … Sie können sich das andere Auge vorknöpfen.«

»Nicht so schnell, das war die Fernsicht. Jetzt geht es darum, was auf kurze Distanz los ist.«

Schrödinger fügte sich und plauderte weiter: »Seien wir doch ehrlich! Was wäre das erste, das unser männliches Vorstellungsvermögen in die Realität schubsen würde, hm? Na klar doch, erstes Buch Mose, zweites Kapitel: Adams Schlaf gebiert Eva. Genaugenommen ist das Quantenpsychologie. Gott und diesen Trick mit der Rippe brauchen Sie dafür eigentlich nicht. Aber die Leute vor viertausend Jahren mußten's ja auch irgendwie kapieren, daher das mythologische Drumherum. E … V … N …«

»A … Sie wollen Eva wieder auferstehen lassen?«

»Nicht ganz. Wissen Sie, Evas Geschichte ist ja irgendwie dünn. Sie läßt sich von der Schlange beschwatzen, diesen Apfel zu essen, zieht Adam mit in den Schlamassel hinein, und das war's dann auch schon. Ansonsten erfährt man bei Moses nur noch, daß Adam sie ein paarmal schwängert. Aber auch als Mutter agiert sie ziemlich glücklos, kein gutes pädagogisches Händchen. Die Söhne hassen sich – Gott, wir wissen doch heute, daß Gewaltkarrieren in der Familie beginnen … Nein, mir schwebt etwas anderes vor …« Schrödinger senkte die Stimme, obgleich niemand im Laden war und die Straße immer noch wie ausgestorben dalag. »Ich möchte gleich *drei* berühmte Frauen in die Wirklichkeit zurückrufen. Oliver, ich setze jetzt ganz auf Ihre tiefe Verschwiegenheit, also, hier sind sie: Ich denke an Salome, Tullia d'Aragona und Mata Hari! Was meinen Sie dazu?«

»Hm, interessant … Rechts hätten wir es: 1,5 und 3,5 – gar nicht ohne … Es gibt übrigens eine Menge Salome-Darstellungen. Caravaggio hat sie gleich zweimal gemalt.« Oliver deckte das rechte Auge des Zauberers ab. »Bitte, Sie können wieder loslegen.«

»B, S, K, W, L … – Ich sehe, Sie sind nicht nur ein begnadeter Zeichner, Oliver, sondern auch kunsthistorisch bewandert. Aber wußten Sie, daß Salomes berühmter Tanz der sieben Schleier in Wahrheit ein religiöses Ritual war? Ist das nicht sensationell! Während *wir* das verführerische Entkleiden junger Frauen in schmuddelige Rotlichtbezirke verbannt haben und die Priesterinnen auf den Bühnen verächtlich Stripperinnen nennen, haben andere

Epochen im gekonnten Entkleiden eine heilige Handlung gesehen. Salome war Prinzessin, Tempeltänzerin und Prostituierte in einem – vor zweitausend Jahren hat man da nicht den geringsten Widerspruch gesehen. Die mächtige Göttin und Zauberin Isis trug sieben Gewänder, die den sieben Sphären des weltlichen Seins entsprachen. Und indem sie diese ablegt, wird am Ende das Wahre unserer nackten menschlichen Existenz offenbar! Aber die verlogene Lüsternheit des patriarchalischen Regimes, das die Kirche in den vergangenen zweitausend Jahren errichtet hat, ließ das mythisch-existentialistische Entblößen zum billigen Striptease, zum pornografischen Vorspann verkommen. Furchtbar. Ich sage Ihnen, Salome wußte genau, was sie tat, als sie den Kopf von Johannes dem Täufer als Preis für ihren Tanz verlangte. Sie war eine Priesterin und *Seherin*: Sie wußte, was kommen würde, und Johannes hat den Preis bezahlt für das, was die Kirche und *wir Männer* den Frauen im nachhinein angetan haben. Q ... E ... D ... nein ... O ... sonderbar.«

Der Eindruck, der sich aus dieser Rede zusammen mit der klobigen, einäugig abgedeckten Testbrille ergab, war der eines gelinden Wahnsinns. Oliver war froh, sich an die klare Prozedur der Sehstärkenvermessung halten zu können.

»Kommen wir zu Tullia d'Aragona«, faselte der Magier unterdessen munter weiter. »Ja, die Renaissance! Gewiß die letzte Epoche der europäischen Geschichte, in der zu leben sich gelohnt hätte. Tullia d'Aragona war eine der berühmtesten Kurtisanen ihrer Zeit und zugleich eine Philosophin vom Range Platons oder Augustinus'! Man stelle sich dies *heutzutage* vor – es wäre ganz und gar unmöglich! Ihr Vater war vermutlich der Erzbischof und Kardinal Pietro Tagliavia von Aragon. Und zu denen, die in Tullias Haus ein- und ausgingen, gehörten Kardinal Hippolyt de Medici, Ercole Bentivoglio, Filippo Strozzi, Lattanzio Benucci. Was für Namen, was für eine Zeit! ... Nein, jetzt ist das Bild schlechter geworden, ja so ist wieder es besser ... In ihrem berühmten Dialog ›Über die Unendlichkeit der Liebe‹ – einem philosophischen Meilenstein, Oliver! – unterscheidet Tullia zwei Arten der Liebe, die sinnliche und die geistige, und das Erstaunliche ist, daß ausgerechnet sie, die Kurtisane, der geistigen den höheren Wert beimißt, wobei sie allerdings – darin weit über Platon hinausgehend! – auch den Frauen die gleichberechtigte Teilhabe an der geistigen Liebe zugesteht. Aber davon wollten die Männer natürlich nichts hören, bis heute, logisch. Für uns Hengste sind Frauen ja nichts als zu vögelnde Stuten, die uns ansonsten in Ruhe lassen sollen. Es ist wirklich ein Jammer. Und so konnte auch der Stern Tullias in unserer abendländischen Gesellschaft nicht wirklich aufgehen: Sie starb 1556 verarmt als Prostituierte.«

Das ununterbrochene Gerede des Zauberers ließ Oliver inzwischen argwöhnen, er könne auf eine bestimmte Weise tatsächlich verrückt sein. Es gab so eine Art von Verrücktheit auf den zweiten Blick: Man glaubte, es mit normalen Zeitgenossen zu tun zu haben, und auf einmal, ohne daß man den Übergang so recht bemerkte, begannen sie, einem von Außerirdischen zu erzählen oder davon, daß die Mondlandung eine gigantische, von der CIA inszenierte Täuschung der Menschheit gewesen sei. Schrödingers Sermon über die patriarchalische Reorganisation von Religion und Gesellschaft roch stark nach dem üblichen Verschwörungsgerede.

»Kommen wir abschließend zu Mata Hari«, fuhr er enthusiastisch fort und buchstabierte schnell: »M … H … C … I … A … Welche Frau, so frage ich Sie zunächst, konnte sich denn hier in Europa zu Beginn des vergangenen Jahrhunderts, nach zweitausend Jahren chauvinistischer Diktatur, sexuell noch frei entfalten? Nein, das war vollkommen unmöglich. Aber Mata Hari, eigentlich Margaretha Geertruida Zelle, eine Holländerin, hat an der Seite ihres ersten Mannes Gott sei Dank für eine Weile in Indonesien gelebt. In der Südsee haben sich weibliche Weisheit und die Natürlichkeit der Sexualität ja trotz der intensiven Bemühungen eines Heers von Missionaren, die sich für die Etablierung bestimmter Fortpflanzungsstellungen und sittlicher Verhaltensweisen abgerackert haben, noch erstaunlich lange gehalten. Das war Margarethas Glück! Sie ließ sich scheiden und ging 1905 nach Paris, wo sie unter dem Künstlernamen Mata Hari, was ›Auge der Morgenröte‹ bedeutet, mit Schleiertänzen zu Ehren der Göttin Shiva die Tradition der rituellen Entkleidung wieder aufleben ließ. Das Publikum lag ihr zu Füßen, aber naturgemäß nicht aus religiöser Ehrfurcht, sondern aus purer Geilheit, was Mata Hari aber vollkommen durchschaute. Sie verführte den deutschen Außenminister, den holländischen Premier, den französischen Kriegsminister und noch eine Reihe weiterer Größen des politischen Establishments, das Europa in die Katastrophe des Ersten Weltkriegs geführt hat. Vielleicht hat sie ja gehofft, diesen sturköpfigen Militaristen auf ihre Weise die Augen zu öffnen, aber umsonst natürlich. Der französische Geheimdienst verhaftete sie wegen Spionage für die Deutschen, und im Oktober 1917 wurde sie im Festungsgraben von Vincennes hingerichtet. Es heißt aber, sie habe vor dem Hinrichtungskommando ihren Pelzmantel aufgeschlagen, unter dem sie nichts trug, und die Soldaten hätten alle daneben geschossen. Anschließend soll sie mit einem russischen Offizier zu Pferd in den Morgennebel entschwunden sein. Aber ich befürchte, das ist nicht mehr als eine fromme Legende. Zweitausend Jahre patriarchalischer Gehirnwäsche hat die Empfindungen der Männer verwahrlosen lassen, der Erste Weltkrieg ist ja der beste Beweis dafür. Ich befürchte, diese abgestumpften Bajonett-Trottel haben einfach abgedrückt: Peng – und wieder war eine von diesen starken Frauen weg, die unsere Weltsicht durcheinander würfeln.«

»Jetzt dürfte es eigentlich nicht mehr besser werden«, sagte Oliver und nahm dem Magier die Testbrille ab. Dessen Augen brauchten eine Sekunde, um sich wieder auf die alten, unkorrigierten Schärfenverhältnisse einzustellen.

Er sagte: »Oliver, ich vertraue Ihnen. Ich spüre eine innere Verwandtschaft zwischen uns beiden. Haben wir denn nicht sogar vergleichbare Berufe? Wir tüfteln an dem herum, was die Menschen sehen. Hören Sie zu, Oliver: Am Beispiel einer Katze in einem geschlossenen Kasten hat mein Großvater nachgewiesen, daß es eine eindeutige Grenzziehung zwischen Leben und Tod nicht gibt! Wenn Sie wollen, erkläre ich Ihnen das mal bei Gelegenheit, das ist eine heiße Sache. Seine Gedanken bringen vernagelte Deterministen bis heute gehörig ins Schwitzen. Der Punkt ist nämlich: Auch das Universum ist so eine Art Kasten mit uns als Zuschauern. Tja, und jetzt frage ich Sie: Was ist denn so ein Kasten mit Zuschauern anders als ein Theater? Wir sitzen sozusagen im Parkett der Wirklichkeit. Solange wir die Türen nicht öffnen – und seit wann können wir die Türen des Universums aufmachen? – ist *alles* möglich. Leben und Tod sind Illusionen. Ja, ich werde Salome, Tullia d'Aragona und Mata Hari zum Bühnenleben erwecken. Ich werde diesen drei mutigen, faszinierenden und von der Welt geächteten Frauen zu ihrem Recht verhelfen. Das ist mein Plan! Sie sollen auferstehen! Ihnen soll Gerechtigkeit widerfahren.«

Er stand auf und streckte Oliver die Hand entgegen. Oliver wußte nicht genau, was er sagen sollte. Er hatte versucht, den Zauberer wie einen gewöhnlichen Kunden zu behandeln, aber sehr gewöhnlich war das alles nicht gewesen. (Bis auf die Dioptrienwerte, die er gemessen hatte, die lagen im Rahmen des Üblichen.) Er sagte: »Und wo ist Ihr Atelier? Ich meine, *wo* sollen diese drei außergewöhnlichen Frauen sich wieder materialisieren?«

Die Frage schien den Magier zu überraschen. Und in einem Ton, als sei das doch selbstverständlich, sagte er: »Wo denn schon? Zunächst einmal in meinem Schlafzimmer.«

| | | | |
|---|---|---|---|
| 16 | 3 | 2 | 13 |
| **5** | 10 | 11 | 8 |
| 9 | 6 | 7 | 12 |
| 4 | 15 | 14 | 1 |

»Also das war gestern«, sagte Helma, und am Klang ihrer Stimme erkannte Do, daß sie sich im Freien aufhielt, vermutlich saß sie auf der Terrasse aus Tropenholz, die Mark und sie im letzten Jahr hatten anlegen lassen, und trank ihren geliebten Elf-Uhr-Cappuccino, befreit von Kindern und Mann: die beste Zeit des Tages.

Do hingegen mußte dringend eine Lieferung schwedischer Serviettenringe aus geschwärztem Eisen ins Gedeck-Regal räumen. Aber ebenso reizte es sie, von Helma ein paar Neuigkeiten über den Zauberer zu erfahren. Sie sagte: »Das heißt, er ist einfach so hereinspaziert, wie jeder andere Kunde auch?«

»Es ist ja nichts Ungewöhnliches«, sagte Helma, »eine Bank zu betreten. Schrödinger hat aber gezielt nach Mark gefragt und wollte mit ihm unter vier Augen sprechen. Er meinte, es sei ihm nicht lieb, wenn für andere zu sehen wäre, daß er sich mit Geldangelegenheiten beschäftigt. Er hat Angst, daß dies seinem Zauberer-Image schaden könnte. Aber zu Mark, sagte er, habe er vollstes Vertrauen. Daß er sich um sein Vermögen kümmern müsse, solle nicht unbedingt die Runde machen.«

»Wofür gibt es denn das Bankgeheimnis? Seine Geschäfte müßten doch überall vertraulich behandelt werden.«

»Schon«, sagte Helma, »aber es ist ja ein Unterschied, ob du einem Wildfremden deine Kontostände auf den Tisch legst, oder einem Freund.«

»Du würdest Mark als seinen Freund bezeichnen?« Aus irgendeinem Grund ärgerte es Do, daß Helma so tat, als seien Mark und sie mit Schrödinger praktisch per Du, nur weil sie ihn einmal bewirtet hatten. Sie spürte die Ambivalenz der Bindungskräfte in ihrem Verhältnis als Freundinnen: Einerseits mochte sie Helma, sie mochte ihre strahlende, stämmige, daueraktive Art. Doch andererseits fühlte sie sich von ihr ständig in die zweite Reihe gedrängt, und zwar in einer Weise, die sie zwang, direkt hinter Helma zu sitzen und immer auf der einen oder anderen Seite an ihr vorbeischauen zu müssen, um mitzubekommen, was lief.

»Be*freun*det, be*kannt* …«, sagte Helma jetzt, die Silben affektiert dehnend, »das ist nicht so entscheidend. Tatsache ist, daß Schrödinger aus *eigener* Initiative gekommen ist und keinen anderen sprechen wollte als Mark. Es war ihm unangenehm. Man erwartet von einem Zauberer doch, daß er stets über Geld verfügt, aus welchen Quellen auch immer. Und daher ist es ihm nicht recht, wenn sich herumspricht, daß er sich wie alle anderen um die Erhaltung und Vermehrung seines Vermögens kümmern muß.«

»Ein wenig profan ist das schon. Warum kauft er nicht einfach Aktien, von denen er *sieht*, daß sie im nächsten Jahr sprunghaft steigen?«

»Du hast es erfaßt, Liebste. Genau das ging Mark nämlich auch durch den Kopf, als er den Magier beraten hat. Glaub mir, ich habe ihn noch nie so nachdenklich erlebt wie gestern abend. Er hat das Essen – immerhin Cannelloni mit Steinpilzfüllung, du weißt schon, die aus der Märzausgabe des ›Feinschmecker‹, ich bin erst gestern dazu gekommen, sie auszuprobieren, und ich finde, sie sind mir *ziemlich* gut gelungen – also von diesen herrlich duftenden Cannelloni hat er kaum etwas gegessen, weil er einfach nicht darüber hinweggekommen ist, daß Schrödinger sich eine geschlagene Stunde lang über die Optimierung seiner Vermögensstruktur informiert und dabei offenbar einen total naiven Eindruck gemacht hat. Er kannte weder den Lingohr-Systematic-Invest oder wie das Ding heißt noch den Unterschied zwischen Geldmarkt- und offenen Immobilienfonds.«

Do sagte: »Himmel, Helma. Wer versteht schon etwas von diesen Dingen? Du mußt dir Folgendes klarmachen: Entweder man verfügt über magische Kräfte, dann legt man sein Geld in irgendeinem Allerweltsfond an, und *läßt* diesen steigen. Aber wenn nicht, dann bleibt einem nichts anderes übrig, als sich Marks Ratschlägen zu beugen. Der Punkt bei der ganzen Geschichte ist also offensichtlich, daß Schrödinger *nicht* über magische Kräfte verfügt. Jedenfalls nicht über solche, die stark genug wären, den Geldmarkt zu manipulieren. Die Geschichte beweist, daß Oliver recht hat: Er ist ein Hochstapler.«

Do spürte, daß es ihr gut tat, so reden zu können. Indem sie Helma bewies, daß Schrödinger kein Zauberer war, sondern ein Betrüger, bewies sie es zugleich sich selbst.

Helmas Antennen registrierten ihre Regungen, und sie sagte: »Liebste, paß auf, daß er *dich* nicht verzaubert.«

»Wie kommst du denn darauf? Und lenk nicht ab. Wie ging die Geschichte denn weiter?«

»Nun ja«, sagte Helma. »Mark hat sich gefragt, wieso Schrödinger sich mit einer Engelsgeduld eine Stunde lang all diese finanztechnischen Details angehört hat. Am Ende hat er sich nämlich für die Papiere einer bestimmten Firma interessiert, von der Mark noch niemals etwas gehört hatte. Er mußte sich da selbst erst kundig machen. Es handelt sich um einen Spielzeughersteller. Und das ist nicht unbedingt die Art von Papieren, die Mark seiner Kundschaft zum Kauf empfiehlt. Verstehst du, das verträgt sich irgendwie nicht miteinander: Spielzeug und Geldanlage. Die Leute denken, du wolltest ihr Anlagevermögen verschleudern und in Spielgeld verwandeln, wenn du ihnen so etwas vorschlägst. Es geht dabei um so eine Art phosphoreszierende Gummimasse, mit der sich irgendwelche bunten Formen oder Figürchen hervorbringen lassen – frag mich nicht nach Details.«

»Er will sein Geld in Knetgummi stecken?« Do dachte an die Unmengen von grellbunten Spielsachen im Zimmer von Jonas. Vielleicht hatte der Zauberer recht; vielleicht war von allen Trieben der Spieltrieb der unersättlichste und also die sicherste Investition.

»Das ist der Punkt, Do: Mark glaubt, daß dieses ganze Investmentgespräch nur ein Ablenkungsmanöver war. In Wirklichkeit hatte Schrödinger von Anfang an vor, diese Knetgummiaktien zu zeichnen. Aber es sollte nicht so aussehen, als würde er nichts anderes in Erwägung ziehen. Es sollte nicht so *gezielt* aussehen. Und warum? Weil man natürlich sofort denkt, daß er als Magier schon seine *Gründe* für den Deal haben wird. Und was für Gründe können das schon sein, außer bestimmten hellseherischen Fähigkeiten? Ich bitte dich, Knetgummi! Das ist doch eigentlich ein Witz, oder? Jeden anderen würde man für verrückt halten, aber bei einem Zauberer wird man nachdenklich.«

Do hatte das Bedürfnis, ihre gerade erst erworbene Skepsis gegenüber Schrödinger unter Beweis zu stellen. »Vielleicht ist diese Knetgummigeschichte nur ein Ablenkungsmanöver, Zauberer sind Meister der Ablenkung. Helma, er ist ein ganz normaler Bankkunde, aber gerade *das* sollen wir nicht sehen. Das Schlimmste, was einem Zauberer widerfahren kann, ist, entzaubert zu werden. Und die Tatsache, daß wir seit einer Viertelstunde über ihn reden, beweist, daß sein Manöver gelungen ist.«

Mit demonstrativer Großzügigkeit ließ Helma ihrer Freundin diesen Punkt. »Ja, Liebe, da magst du recht haben. Es könnte wirklich so sein. Ich habe Mark auch abgeraten, auf der Stelle diese Aktien zu kaufen, nur weil Schrödinger es getan hat, und das übrigens nicht zu knapp. Aber ich darf dir die Summe nicht nennen, wegen des Bankgeheimnisses. Ich glaube, Mark war wirklich versucht, mit ins Boot zu springen. Das ganze Gespräch muß wie ein sonderbarer Traum gewesen sein, ich finde, dieser Schrödinger hat wirklich eine eigenartige Aura. Er verwirrt einen, das muß man ihm lassen. Dabei sieht er so harmlos aus, wenn er so lässig mit seinen grauen Haaren vor einem steht. Durch die heruntergezogenen Augenwinkel wirkt er ja beinahe gutmütig, aber in Wahrheit scheint er äußerst durchtrieben zu sein.«

»Ja, das glaube ich auch«, pflichtete Do ihr eilfertig bei. »Durchtrieben ist der richtige Ausdruck. Wir müssen aufpassen, daß wir ihm nicht auf den Leim gehen. Wir wissen ja überhaupt nicht, was er eigentlich vorhat. – Helma, ich muß auflegen. Es kommt jemand in den Laden. Ciao, Beste.«

Wie meistens, wenn sie während der Arbeit telefonierte, hatte Do sich in die Ecke zwischen dem japanisch dekorierten Melanintisch und dem Regal mit den Samtkissen zurückgezogen. Sie trennte die Verbindung und sammelte sich eine Sekunde. Das Gespräch hatte sie aufgewühlt, vor allem, weil sie Helma gegenüber nicht ganz ehrlich gewesen war: Aus irgendeinem Grund hatte sie es für sich behalten, daß Schrödinger am Tag zuvor auch bei Oliver gewesen war, um sich eine Brille anpassen zu lassen. Diese Information hätte Helma im Gegenzug ganz eindeutig zugestanden. Es war nicht sehr fair gewesen, sie ihr vorzuenthalten.

Noch bevor sie sehen konnte, wer den Laden betreten hatte, sagte eine angenehme Baritonstimme: »Guten Tag.«

Balthasar Schrödinger, der Magier, stand neben dem Regal mit den blauen Art-déco-Vasen. Als Do auf ihn zu trat (sie nahm sich vor, ihn ganz so zu behandeln wie jeden anderen Kunden, der in den Laden gekommen wäre), sah er auf und rief voller Begeisterung in seiner sonoren Art aus: »Do, was für eine Freude, Sie zu sehen! Ich hatte es, ehrlich gesagt, gehofft. Aber wie hätte ich wissen sollen, wann Sie hier Dienst haben.«

Er trug eine luftige, helle Baumwollhose, ein blau-weiß feingestreiftes Hemd und eine offene schwarze Weste aus Nappaleder. Do war sich nicht sicher, ob er eher wie ein Vertreter oder wie ein Künstler aussah. Er nahm ihre Hand, die in seinen großen Pranken verschwand wie ein Tischtennisball. Sie sagte: »Hätten Sie nicht einfach in eine Ihrer Kristallkugeln gucken können?«

Beinahe ernst sagte er: »Do, da sehen Sie es: Wir Zauberer sind ebenso schlimm dran wie Ärzte. Immerzu werden wir auf unsere besonderen Fähigkeiten reduziert. Und dann wird auch noch alles in einen Topf gemanscht: Hexerei, Hellseherei, Schwarzkunst, Geisterbeschwörung, Okkultismus, professionelle Magie, Taschenspielertricks – einfach alles ... Aber Sie haben ja recht. Was erwarte ich denn? *Ich* bin es, der unter Verfolgungswahn leidet. Bei allem, was ich mache, frage ich mich auf der Stelle, wie es um meinen Ruf als Zauberer steht. Das ist krankhaft, absolut paranoid! Das geht soweit, daß ich mich frage, ob ich überhaupt eine Geschenkboutique betreten darf. Hören Sie, Do: Jemanden zu beschenken und jemanden zu bezaubern ist ja fast dasselbe. Sich zu beschenken ist ein uraltes magisches Ritual. Denken Sie nur an diese ganzen prächtigen Grabbeigaben oder barbarische Schlachtopfer: Man bringt blutrünstigen, grausamen Gottheiten Opfergaben dar, um sie zu besänftigen. Man schenkt einen Hammel her, um gutes Wetter für die Ernte zu zaubern. Es ist wahr, der ursprüngliche Sinn von Geschenken war es, irgend etwas herbeizuzaubern, und so wie ich die Dinge sehe, ist alles, was einmal Magie war, heute Psychologie. Im großen und ganzen hat sich nicht viel geändert: Geschenke sollen uns von bestimmten Tatsachen ablenken, zum Beispiel daß wir älter werden oder daß unsere Ehe im Eimer ist. Das Mittelalter läßt grüßen, sage ich da nur, als man noch an Schicksal geglaubt hat und daran, daß man mit ein paar Geschenken und Ablässen am eigenen Glück herumtüfteln kann. Aber sehen Sie, genau da liegt das Problem: Ich als Zauberer sollte es einfach *nicht nötig* haben, Geschenke zu kaufen, mir sollten direktere Kanäle der Einflußnahme zur Verfügung stehen – jedenfalls bin ich neurotisch genug anzunehmen, daß man das hinter meinem Rücken herumflüstern könnte. Und eins ist ja klar: Es ist absolut mißlich, wenn der Ruf, ein Zauberer zu sein, erst einmal angeknackst ist. Schließlich ist die halbe Miete beim Zaubern der Glaube des Publikums, es mit einem Zauberer zu tun zu haben. Aber das soll nicht Ihre Sorge sein.« Er klopfte mit dem Fingerknöchel gegen eine der kobaltblauen Art-déco-Vasen. »Habe ich Ihnen übrigens schon erzählt, daß ich ein absoluter Fan von Art déco bin? Meine gesamte Wohnungseinrichtung besteht daraus. Sie müssen dringend einmal vorbeikommen, Sie haben ja Sinn für diese Dinge! Also das verabreden wir jetzt, keine Widerrede. Sie müssen nur noch mit Ihrem Oliver auskaspern, wann es Ihnen am besten paßt. Ich habe genaugenommen immer Zeit. Sagen Sie mir einfach Bescheid, wir ziehen das ganz zwanglos durch, nur kein Brimborium, kleine, formlose Sache, lockere Kleidung, ich halte es am liebsten freizeitmäßig.« Danach fing er an, im Laden herumzustreifen. »Ich bin übrigens nicht wegen eines Geschenks hier, sondern suche ein paar klassisch gebundene Schreibhefte, am besten unliniert. Sie haben doch gewiß solche fadengehefteten Kladden mit schönen Leineneinbänden.«

Do nickte: »Hinten rechts. Ich zeige sie Ihnen.« Sie ging an ihm vorbei, und er folgte ihr beinahe lautlos. »Hier, die kommen aus England, säurefreies Papier, biologische Färbung des Leinens. Die gelbe Farbe macht man mit Zwiebelschalen, und das Rot gewinnt man, soviel ich weiß, aus irgendwelchen Insekten.«

»Schildläusen«, sagte Schrödinger sofort und nahm die Kladde in die Hand. »Aus der mittelamerikanischen Cochenille-Schildlaus, um genau zu sein. Die Läuseweibchen leben auf den Blättern des Feigenkaktus, und nachdem sie ein paar Wochen lang Kaktussaft gesogen haben, werden sie geschlechtsreif. Die Männchen paaren sich mit ihnen und sterben anschließend, weil sie keinen Mund haben, um sich zu ernähren. Wozu auch? Sie haben ihren Daseinszweck erfüllt, die Natur füttert niemanden um seiner selbst willen durch, sie wirft die Männer einfach weg, nachdem sie sie ausgelutscht hat. Kein Nachfüllen, kein Recycling: die pure Abfallwirtschaft – ex und hopp. Für die Schildlausweibchen sind die Männchen nichts als Einwegflaschen. Aber erstaunlicherweise waltet ja überall irgendeine undurchschaubare Form von höherer Gerechtigkeit. Der rote Farbstoff im Chitinpanzer der Weibchen ist nämlich derart leuchtend und schön, daß schon die Azteken ganz verrückt danach waren. Sie haben die Cochenilleschildlausweibchen von den Kakteenblättern gekratzt und in kochendes Wasser geworfen, um die begehrte Chemikalie herauszulösen. Der reinste Massenmord. Für einen Löffel Farbpulver mußten an die hunderttausend Läuse dran glauben. Übrigens benutzten die Azteken Harnsäure zum Fixieren des Farbstoffs auf Hosen und Ponchos, also ihren Urin. Die Archäologen haben sich über die Massen von Nachttöpfen gewundert, die sie bei ihren Ausgrabungen gefunden haben, bis sie hinter den Prozeß der Cochenilleherstellung gekommen sind. Wer weiß, Do, wie viele Schildlausweibchen ihr Leben für diese Kladden haben lassen müssen, die Sie da im Regal haben. Wunderbar! Genauso ein Heft habe ich gesucht. Es ist perfekt. Es ist eine Huldigung an die ewige Schönheit der Frauen, die sie am Ende ins Verderben stürzt.«

Der Magier legte seine Hand flach auf den roten Kladdeneinband und strich einmal zärtlich darüber. Do sah ihn an und wurde von einem Gefühl durchdrungen, das sie nicht einzuschätzen vermochte. Sie beschloß, daß es sich um Unbehagen handeln mußte, weil damit klar war, daß es keine Faszination sein konnte. Sie sagte: »So etwas. Man denkt ja immer, ökologische Methoden wären irgendwie sanft.«

»Aber nein. Die Ökologie ist näher dran an der Natur und also um Längen brutaler als jede Technik. Ich hätte Ihnen die Sache nicht so drastisch schildern sollen, denn natürlich geht es auch anders. Sehen Sie, dieses Zwiebelgelb«, er nahm Do die andere Kladde aus der Hand und legte sie auf die rote, »ist ja rein pflanzlich und läßt sich ohne jedes Gemetzel gewinnen. Und doch ist der Farbton in meinen Augen nicht weniger schön und ebenso feminin wie das Rot der kleinen Cochenilleweibchen. Überhaupt ist die Zwiebel für mich eine durch und durch weibliche Pflanze, auch wenn das in Ihren Ohren wenig charmant klingen sollte. Aber es wäre doch ganz und gar ungerecht, die Zwiebel auf ihren scharfen beißenden Geruch zu reduzieren. Es ist absolut erwiesen, daß es kein gesünderes, ja heilkräftigeres Nahrungsmittel gibt als die Zwiebel. Und außerdem, Do, symbolisiert ihr Schalenaufbau ein universelles philosophisches und existentielles Prinzip. Wir glauben, Dinge zu erkennen, und in Wirklichkeit schieben wir nur Schleier um Schleier beiseite, um sogleich auf den nächsten zu stoßen. Wir wissen niemals, ob wir wirklich zum Kern einer Sache vordringen oder noch unendlich weit von diesem entfernt sind. Und mit Menschen geht es uns ebenso! Wir versuchen, einander zu verstehen und zu durchdringen, und alles, was uns gelingt, ist, daß wir uns vielleicht ein wenig schälen. Wer hätte einen anderen jemals nackt gesehen? Wahrhaft nackt, meine ich. Insgeheim sehnen wir uns ja danach, erkannt zu werden, und doch verbergen wir uns hinter den dicken, dichten Schalen unseres Egos, unserer Eitelkeiten und oberflächlichen Ziele. Das ist so traurig und melancholisch wie das tiefe, warme Gelb dieses Heftes hier. Es ist herrlich, es ist genauso wertvoll wie das andere, das rote. Ich nehme beide, aber ich brauche drei. Unbedingt drei.«

»Wir haben auch noch klassisches Blau«, sagte sie und wies auf das Regal.

»Indigo«, nickte er. »Wußten Sie, daß man bei der Indigoherstellung aus den Blättern des Färberwaid-Strauches erst durch kräftiges Peitschen der Blätterbrühe – zum Beispiel mit einem Reisigbesen – den Farbumschlag von Grün zu Blau erreicht? Das Peitschen bringt den Sauerstoff in die Soße, und auf einmal entsteht vor Ihren Augen ein traumhafter nachtblauer Niederschlag. In der indischen Astrologie wird Indigo-Blau dem Mond zugeordnet, aber auch dem, was die Inder das ›Dritte Auge‹ nennen, das Auge der Weisheit. Der Mond beherrscht durch Ebbe und Flut das Wasser, und das heißt: die Fruchtbarkeit. Und die Tiefe des Wassers symbolisiert das Unbewußte, die psychischen Prozesse. Man darf nicht vergessen, daß Indigo-Blau das Produkt einer Gärung ist, einer stofflichen Veränderung, die das Peitschen bewirkt. In der Nacht gärt es gleichsam *in uns*. Die irischen Frauen sollen sich früher zu Ehren der Fruchtbarkeits-Göttin Anu, der Göttin des dunkelblauen Nachthimmels und des dunkelblauen Meeres, mit Indigo bemalt haben. Der Farbton symbolisierte sowohl Geburt als auch Tod, sowohl Lust als auch Schmerz. Indigo ist die Farbe des Unbeobachtbaren, des unendlichen Reichs der Möglichkeiten. Ich sagte ja schon, daß mein Großvater bewiesen hat, daß nur das Licht oder psychologisch gesprochen unser extremer Hang, alles ins Bewußtsein zu zerren, uns ins enge Korsett des vermeintlich Realen zwingt. Wenn es uns hingegen gelingt, uns davon zu befreien und ins Unbewußte fallen zu lassen, in den Indigo-Teil unserer Persönlichkeit, lösen sich alle Grenzen auf, die unserem Handeln scheinbar gesetzt sind, und wir betreten das Reich der Magie und der Leidenschaften … Ach Do, Ihre Hefte sind absolut perfekt! Ich habe nicht zu hoffen gewagt, so schnell und so reichlich fündig zu werden.«

Do nahm die Kladden entgegen und ging voraus zur Kasse. Sie fragte sich, ob irgend etwas von dem stimmte, was er ihr aufgetischt hatte. Mit Urin fixiertes Rot, durch

Besen hervorgepeitschtes Blau! Oder Frauen, die sich zu Ehren einer Göttin mit Indigo bemalten. Oder Läusemännchen, die nach dem Sex sterben mußten, weil sie keinen Mund hatten, um sich zu ernähren. – Do begriff, daß Schrödinger ein Mann der Bühne war. Er mochte es, wenn man ihm zuhörte. Und offenbar verfuhr er dabei nach dem Prinzip, daß eine gut erfundene Geschichte besser war als eine schlechte wahre.

Do war immer leichtgläubig gewesen. Sie erinnerte sich an ihr kleines moosgrünes Kinderzimmer. Und sie dachte an ihren Vater, der ihr abends Märchen vorgelesen hatte und dabei müde durch die Linsenhalbmonde seiner Lesebrille auf das Buch in seinen Händen starrte. Während er mit monotoner Stimme las, waren vor Dos innerem Auge magische Welten entstanden. Tiefe, tannendunkle Wälder und hochgelegene edelsteingleiche Schlösser. Hexen, die mit höckerigen Nasen ihr Unwesen trieben. Bärtige Könige, die in steinernen Hallen regierten, Prinzessinnen, die sträflich allein in Schloßgärten spielten. Und Prinzen, die pünktlich zur Stelle waren, wenn sie gebraucht wurden. Es dauerte lange, bis Do in der Pubertät allmählich begriff, daß all das nur Psychologie gewesen war. Die brennende Hexe: der Wunsch, die eigene Mutter zu töten. Dornröschens hundertjähriger Schlaf: die unendliche Länge der Kindheit bis zum sexuellen Erwachen. Die Tiefe der Nacht: Der Wunsch zu sterben, zu vergehen, sich selbst zu überwinden, alle Fesseln abzuwerfen.

Do spürte, daß Schrödinger sie beobachtete, als sie zur Kasse ging. Er maß sie mit seinem Blick: Ein Künstler, der eine Form abspeicherte, zur späteren Verwendung. Im

Vergleich zu ihm war sie jung, und es gefiel ihr, daß sein Alter ihres – sie war siebenunddreißig – relativierte. Deswegen war sie bereit ihm zu verzeihen, daß er ein Lügner und Geschichtenerzähler war. Irgendwann hatte sie festgestellt, daß es in guten Geschichten immer um Sex ging. Männer wollten Sex, und Frauen bekamen ihn. Die Frauen waren es, die wählen konnten, aber nicht die Männer, weil sie nicht frei waren in ihrem Triebleben. Legenden und Märchen. Als Do die Kasse erreichte und sich umdrehte, erschrak sie über den Gedanken, daß das, wonach Frauen sich sehnten, nicht Männer waren (von denen gab es genug), sondern Zauberer.

Schrödinger stand in seinem Halb-Künstler-halb-Vertreter-Outfit vor ihr. Sie sagte: »Wozu brauchen Sie die Hefte? Zum Notieren Ihrer Zaubersprüche?«

Er lächelte. »Höre ich da Ironie heraus? Ich bin eine unverbesserliche Plaudertasche. Mein Beruf bringt das mit sich: Die halbe Miete beim Zaubern ist reden. Leute bequasseln. Verzeihen Sie mir. Was bin ich Ihnen schuldig?«

Do konnte sich nicht erinnern, wann sie diese altmodische Formulierung zuletzt gehört hatte – ob überhaupt schon jemals, seit sie zusammen mit Ruth die Boutique führte. Es war ungefähr so, als hätte er sie zum Tanzen aufgefordert, ihr den Arm zum Einhaken hingehalten oder ihr einen Heiratsantrag gemacht. Während er bezahlte, das Wechselgeld einsteckte und mit seinem höflichen Schrödinger-Lächeln (das sie nun kannte) hinausging, wurde Do wütend auf ihn und seine vertrackten Manieren. Hatte er das Recht, sie zu verwirren? Warum benahm er sich nicht wie alle? Warum fragte er nicht einfach, was macht's, und sie hätte gesagt sechsunddreißig, und er hätte von ihr bekommen, wofür er bezahlt hatte.

| | | | |
|---|---|---|---|
| 16 | 3 | 2 | 13 |
| 5 | 10 | 11 | 8 |
| 9 | **6** | 7 | 12 |
| 4 | 15 | 14 | 1 |

Oliver konnte fünf Zaubertricks. Es handelte sich um schlichte Kombinationen aus kleinen Fingerfertigkeiten, Schwindeleien und Ablenkungsmanövern, mit denen sich (wenn sie denn gelangen) ein gutmütiges Publikum ein wenig verblüffen ließ. Das erste dieser fünf Kunststückchen war dabei kaum als Zaubertrick zu bezeichnen, obwohl es als einziges einem Zauberkasten entstammte, den sich Oliver zu seinem zehnten oder elften Geburtstag gewünscht hatte. (Er begann zu zaubern, aber die profane Mechanik der Tricks desillusionierte ihn damals.) Dieses erste Kunststück war in Wahrheit eine mäßig originelle optische Täuschung, die aus einer geschickten Handbewegung hervorging, die darin bestand, einen Zauberstab – zur Not tat es auch ein Bleistift – am Ende waagerecht zwischen Daumen und Zeigefinger zu halten und sodann locker auf- und abschwingen zu lassen. Eine gewisse Trägheit des Auges bewirkte dabei, daß es so aussah, als ob der Stab auf einmal aus Gummi wäre und sich abwechselnd nach oben und unten durchbiegen würde, anstatt einfach nur starr zu pendeln. Das war hübsch und, wenn man es gut machte, überraschend anzusehen, aber der Trick krankte eindeutig daran, daß niemand – selbst wenn man es mit einem sehr naiven Publikum zu tun hatte – annahm, das hölzerne Stäbchen könne nun *wirklich* aus Gummi sein. Jedem war klar, daß es sich bei der augenscheinlichen Elastizität um eine optische Täuschung handelte, was alles in allem aber nicht der Sinn von Zaubertricks ist.

Oliver war sich dieser Problematik und überhaupt der Dürftigkeit seines magischen Repertoires absolut bewußt. Und er wußte nicht, welcher Teufel ihn geritten hatte, Jonas, seinem Sohn, der im Juni – also in gut vier Wochen – sieben werden würde, anzubieten, bei der anstehenden Geburtstagsfeier eine »Zaubervorstellung« zu geben. Der Junge nahm die Offerte mit Begeisterung, ja geradezu mit Jubel auf – und in diesem Moment begriff Oliver, daß er einen nicht wiedergutzumachenden Fehler begangen hatte.

Auch Do starrte ihn ziemlich entgeistert an. Jonas rannte zu Jenny, seiner vier Jahre älteren Schwester, die sich ihm gegenüber zur Zeit ziemlich altklug gerierte, um ihr die sensationelle Neuigkeit mitzuteilen. Und als Do mit Oliver allein im Zimmer war, sagte sie: »Du willst eine Zaubervorstellung geben? Du kannst doch überhaupt nicht zaubern. Was soll das denn werden?«

»Woher willst du wissen, daß ich nicht zaubern kann?«, fragte Oliver zurück. Besonders verärgert war er darüber, daß sie im Grundsatz recht hatte. Er dachte trotzdem, es müßten etwa zehn Tricks sein, die er beherrschte, was für eine Kindervorstellung ja ausgereicht hätte, und er mühte sich den ganzen Tag über damit ab, eine entsprechende Liste zu erstellen. Er kam aber nur bis fünf, und als er abends im Bett lag, wurde ihm mit einem mulmigen Gefühl klar, daß es Nummer sechs oder sieben auf seiner Liste ganz einfach nicht gab.

Kläglich zu versagen war eine mehr als unangenehme Vorstellung, fand Oliver. Aber *vor dem eigenen Sohn* zu versagen schien ihm als Niederlage nicht nur kläglich, sondern vernichtend. Ein eigenartiger Schmerz nistete sich oberhalb seines Nackens ein, als wäre in seinem Schädel dort ein Loch, aus dem sein Gehirn herausgesaugt wurde. *Er konnte nicht zaubern* – das wurde ihm mit derart schrecklicher Gewißheit klar, daß er die ganze Nacht über keinen Schlaf fand. Er mußte die Sache unbedingt abblasen, gleich am nächsten Morgen.

Doch in aller Frühe – die ersten Sonnenstrahlen waren noch kaum ins Zimmer gekrochen – stand Jonas mit leuchtenden Augen an Olivers Bett und fing sofort an, von der Geburtstagsfeier zu plappern. Er könne es gar nicht mehr abwarten bis zur Zaubervorstellung!, sagte er fiebrig und schlang seine warmen aufgeregten Ärmchen um seinen übernächtigten geräderten Vater. Da brachte Oliver es nicht übers Herz, einen Rückzieher zu machen und seinem Kind diese Freude zu nehmen.

Er begriff in diesem Moment, wie kostbar (und auch wie verletzlich) die Fähigkeit des Jungen war, sich bedingungslos zu freuen und der Zukunft den Status eines heranschwebenden Paradieses zuzuerkennen. Und er sagte sich, daß er nicht das Recht hatte, dieses kindliche Urvertrauen zu beschädigen, indem er dem Jungen schnöde erklärte, sich in Sachen Magie überschätzt zu haben. Das schien ihm brutal und grausam, und er küßte den Jungen.

Oliver ging seine fünf Tricks einen nach dem anderen in Gedanken durch, um abzuwägen, wie realistisch seine Chancen waren, die versprochene Show einigermaßen würdig und effektvoll über die Bühne zu bringen. Zu seinem Repertoire gehörte ein Kartentrick. Hinter diesem verbarg sich zwar nicht einmal der Hauch eines »echten« Tricks, aber er erweckte den Eindruck hoher magischer Präzision. Die vier Asse, Könige, Damen und Buben eines Kartenspiels wurden dabei zunächst in vier »Krankenzimmer« gesteckt, in denen jeweils ein As neben einem König, einer Dame und einem Buben lag. Auf die Reihenfolge kam es dabei nicht an, aber es mußte in jedem »Zimmer« dieselbe sein. Auch konnte man (nicht bei einem Kindergeburtstag) statt der Krankenzimmerversion eine frivolere Schlafzimmervariante des Tricks wählen (mit weiblichen Assen), aber Oliver hatte sich angewöhnt, bei der Krankenhausgeschichte zu bleiben. Er war sich seiner Wirkung in Gesellschaft niemals sicher, wenn es schlüpfrig wurde.

Der Trick ging folgendermaßen: Nachdem die vier Stapel auf dem Tisch lagen, ließ man eine »Krankenschwester« (die Hand des Zauberers) auftreten. Ihre Aufgabe war es, Ordnung zu schaffen. Sie sammelte alle Karten unter Beibehaltung der Reihenfolge – das war entscheidend – ein und legte den Stapel mit der Bildseite nach unten auf den Tisch. Der »Trick« war nun, daß alle Zuschauer einmal abheben durften. Danach klopfte der Zauberer auf den durchs Abheben vermeintlich durchmischten Stapel und ließ die »Krankenschwester« die »Zimmer« neu belegen: Erste Karte in »Zimmer« eins, zweite in zwei, dritte in drei, vierte in vier, fünfte wieder in eins und so weiter. Dabei landeten dann alle Asse in einem Zimmer, ebenso wie die Könige, Damen und Buben. Der Trick war einfach und verblüffend.

Bei einer Zaubershow auf einer Kleinkunstbühne hatte Oliver einmal folgenden Zaubertrick zu sehen bekommen: Drei unterschiedlich lange Schnüre wurden auf gleiche Länge gebracht, miteinander verknotet und durch »Verschiebung« des Knotens wieder verlängert beziehungsweise verkürzt. Anschließend durfte Oliver (er saß in der ersten Reihe) die Schnüre in die Hand nehmen. Sie waren weder dehnbar noch »ausziehbar« noch sonst irgendwie präpariert. Die Geschichte machte ihn wahnsinnig. Wochenlang zerbrach er sich den Kopf darüber, wie die rätselhafte Verkürzung und Verlängerung der Schnüre (einmal ganz abgesehen von dem Trickhöhepunkt des rutschenden Knotens) funktioniert hatte.

Die Geschichte ließ ihm keine Ruhe. Er kaufte sich entsprechende Seidenschnüre und begann herumzuexperimentieren. Do schüttelte den Kopf über seine Bemühungen, weil sie davon überzeugt war, daß die Schnüre *natürlich* präpariert gewesen seien. Oliver habe dies lediglich nicht bemerkt. Aus irgendeinem Grund (vielleicht auch nur, weil er Do das Gegenteil beweisen wollte) war Oliver anderer Meinung. Er kam zu dem Schluß, daß die drei Schnüre ein genaues Längenverhältnis haben mußten, nämlich eins zu zwei zu drei. Und irgendwann begriff er, daß das Geheimnis in einer bestimmten Verschlingung der kürzeren mit der längsten lag. Nach wochenlangem intellektuellem Ringen empfand er ein triumphales Gefühl. Alles fußte auf einem logischen Zusammenhang. Er dachte beim Anblick der Schnüre an die Leibesverknotungen der Liebe. Vielleicht hatte auch ein gelungener Liebeszauber etwas mit der Verschlingung emotionaler und animalischer Persönlichkeitselemente zu tun, die in etwa auf gleiche Länge zu bringen waren. Der Drei-Schnüre-Trick wurde für ihn zu einer erotischen Metapher: Guter Sex war eine Art von Zauberei, ein raffinierter Trick im dunklen Bühnenraum des Ichs.

Beim Frühstück sagte Do: »Ich verstehe sehr gut, daß du Jonas nicht enttäuschen möchtest. Aber es hilft nichts: Du mußt ihm sagen, daß du einen Fehler gemacht hast, als du ihm eine Zaubershow für seinen Geburtstag versprochen hast.«

Sie merkte, wie sehr Oliver sich quälte. Er war mit nichts anderem mehr beschäftigt, als darüber nachzusinnen, wie er sich aus der selbstgestellten Falle befreien konnte. Es war unmöglich, in weniger als vier Wochen einer Horde von Sechs- und Siebenjährigen eine Zaubershow zu präsentieren, die bei diesem von Harry-Potter-Filmen oder Werbespots verwöhnten Publikum nicht zwangsläufig durchfallen mußte.

Do ließ nicht locker, und als sie abends im Bett lagen, sagte sie noch einmal: »Es war ziemlich dumm von dir, ihm diese Vorstellung zu versprechen. Du solltest ihm möglichst schnell reinen Wein einschenken. Je länger du damit wartest, um so schlimmer wird es für ihn.«

Aber er sagte nur: »Do, ich *kann* zaubern.«

»Oliver«, sagte sie in jenem ihr gelegentlich eigenen Tonfall, der zum Ausdruck bringen sollte, daß ihr Intelligenzquotient den seinen ungefähr um den Faktor zwei bis drei übertraf, »nur weil es dir *einmal* gelungen ist, hinter das Geheimnis eines Zaubertricks zu kommen, kannst du noch lange nicht zaubern.«

»Warum bist du so versessen darauf, mir zu beweisen, daß ich etwas *nicht* kann?«

»Ein Trick ist noch keine Show.«

»Das ist keine Antwort auf meine Frage.«

»Ich möchte dir nichts beweisen.«

»Doch, möchtest du. Du willst mir klarmachen, daß ich mich im Rahmen meiner Möglichkeiten bewegen soll.«

»Und wenn es so wäre? Was ist so schlecht daran?«

»Daß du mir nichts zutraust.«

»Ich traue dir enorm viel zu.«

»Aber du hältst es für unvorstellbar, daß ich meine Möglichkeiten erweitere.«

Sie sah ihn über den Rand ihrer Lesebrille hinweg an: »Du brauchst *mir* nichts zu beweisen und du brauchst *Jonas* nichts zu beweisen. Und du solltest auch dir nichts beweisen wollen. Das ist alles, was ich sagen möchte.«

»Noch einmal, Do: Warum nicht? Wovor hast du Angst?«

»Ich habe vor nichts Angst. Ich möchte nur nicht, daß du dich blamierst.«

»Das ist es! Du möchtest nicht, daß man mich für einen Versager hält. Du hast Angst, daß Helma oder Ruth oder diese Bi Odenthal, die hier seit neuestem ständig anruft, denken, du hättest eine Niete geheiratet.«

»Oliver, das ist keine Grundsatzfrage. Es geht ganz einfach darum, daß du Jonas eine Zaubershow versprochen hast, obwohl du nicht zaubern *kannst*. Es geht darum, daß kein vernünftiger Mensch ins Wasser springt, wenn er nicht schwimmen kann.«

»Ich weigere mich, deinen fatalistischen Standpunkt zu teilen. Alles, was du sagst, ist: Wir sind, was wir sind.«

»Ich liebe, was du bist. Vielleicht solltest du *darüber* einmal nachdenken.«

»Nein, das werde ich nicht tun. Einander zu lieben heißt nicht, einander auf ein bestimmtes vereinbartes Maß zurechtzustutzen.«

»Also gut«, sagte sie, »dann tu, was du tun mußt.«

»Der Punkt ist, Do: Ich *kann* zaubern.«

Gemessen an der professionellen Hexerei mit den Schnüren war Olivers vierter Trick eine Art Kleinstmagie, eine bescheidene Täuschung im Taschenspielerformat. Er hatte sie vor ein paar Jahren in einem Comic-Heft entdeckt, das er mit Jonas bei einer Flugreise durchgeblättert hatte, als der Junge noch nicht lesen konnte. Es handelte sich um einen »Zauberkompaß« zum Ausschneiden, ein simples achteckiges Pappscheibchen mit einem aufgemalten Richtungspfeil sowohl auf der Vorder- wie auf der Rückseite. Der ganze Trick bestand darin, daß die Pfeile, je nachdem um welche der vier möglichen Achsen man das Scheibchen drehte, mal in die gleiche und mal in die entgegengesetzte Richtung wiesen, mal aber auch im rechten Winkel zueinander zu stehen schienen. Das war durchaus verblüffend, basierte allerdings auf einem rein geometrischen Zusammenhang. Um dem Ganzen überhaupt eine magische Aura zu geben, mußte man das Spiel mit dem Scheibchen in eine ausgedehnte Geschichte einbetten.

Am besten, überlegte Oliver, eignete sich dazu ein Märchen im Hänsel-und-Gretel-Stil. Die böse Hexe würde den Kompaß im Wald stören, um die verirrten Kinder in ihr Haus zu locken – ungefähr bis zu diesem Punkt kam er mit seinen Überlegungen immer, allerdings war er sich über das Ende der Geschichte nicht im klaren. Die Gefangenschaft der Kinder, das wochenlange Mästen Hänsels sowie das brutale Finale mit dem Ofen brachten für den vorzuführenden Trick nichts. Er mußte sich eine schlüssige Variante einfallen lassen, die Hexe verschwinden zu lassen, ohne sie aufwendig zu verbrennen. Er vertraute auf sein Improvisationstalent, irgend etwas würde ihm schon einfallen, sowieso mußte er den Zauberkompaß am Ende schnellstmöglich in der Hosentasche verschwinden lassen, damit keines der Kinder etwa auf die Idee kam, das kleine Scheibchen genauer unter die Lupe zu nehmen.

Das Telefon klingelte, als Oliver über das Ende des Kompaßtricks nachdachte. Do hob ab, es war ihr Vater. Oliver war aufgefallen, daß er in letzter Zeit häufiger anrief als früher, und er fragte sich, ob es einen Grund dafür gab.

»Ach, na ja«, sagte Do, »viel Neues gibt es eigentlich nicht.«

Oliver überlegte, ob sie ihrem Vater erzählen würde, daß er eine Zaubershow plante und was *sie* davon hielt. Bei Trick Nummer fünf gab es ein bestimmtes Problem; er kannte das kleine, aber wirkungsvolle Kunststück aus seiner Zeit als Raucher. Do hatte ihn dazu gebracht, mit dem Rauchen aufzuhören, und deswegen kannte sie den Trick nicht.

»Was ist mit dir?«, sagte sie ins Telefon. »Du klingst in letzter Zeit so bedrückt.«

Oliver versuchte, nicht hinzuhören, um nicht abgelenkt zu werden. Es handelte sich bei diesem fünften Kunststück (das Ganze war eigentlich ein Kneipentrick) um die Spielerei mit der Zellophanumhüllung einer Zigarettenschachtel, die auf wundersame Weise geöffnet und wieder geschlossen wurde.

Do sagte: »Fändest du es denn besser, wenn sie überhaupt nicht mehr käme? Es kann ja sein, daß sie dich kritisiert, aber was ist denn die Alternative? Ich finde, hinter jeder Kritik verbirgt sich ein Rest Zuneigung.«

Oliver hatte das Gefühl, daß diese Worte nicht nur ihrem Vater galten, sondern auch ihm. Der Zigarettenschachteltrick war brillant, aber etwas störte Oliver daran, sich vor den Augen seines Sohnes als Virtuose der Zigarettenschachtelmanipulation zu erweisen. Die dramatischen Warnungen vor den Gesundheitsrisiken des Rauchens, die mittlerweile auf sämtliche Schachteln gedruckt wurden, paßten nicht in die unschuldige lebensfrohe Atmosphäre eines Kindergeburtstags. Zusammen mit der wundersamen Öffnung der Zellophanumhüllung würde er den geweiteten Jungenaugen finstere Botschaften aus dem Reich von Krankheit und Morbidität präsentieren: »Rauchen verursacht Krebs!«, »Rauchen tötet!« Als er dies dachte, bemerkte er die lautliche Ähnlichkeit der Wörter rauchen und zaubern. Und auf einmal überfiel ihn die Vision, daß er seinem Sohn und allen bei der Geburtstagsfeier anwesenden Kindern und Müttern, insbesondere Do, mit dramatisch-theatralischem Gestus ein riesiges Warnschild entgegenhielt, auf dem in pechschwarzen Lettern zu lesen war: Zaubern tötet!

Do sagte: »Dann hör doch einfach nicht hin.«

Oliver seufzte, machte seine Nachttischlampe aus und wickelte sich in seine Bettdecke. Allmählich bereute er es, daß er vorgeschlagen hatte, ein Telefon im Schlafzimmer zu installieren. Dos Vater litt unter depressiven Schüben und achtete beim Anrufen nicht auf die Uhrzeit. Wenigstens dauerten die Gespräche zumeist nicht lang. Es schien, als wollte der alte Mann sich nur vergewissern, daß seine Tochter noch existierte. Oliver fragte sich, ob es ihm mit Jenny einmal ebenso gehen würde, deren aufsässige Natur allmählich zutage trat. Er war froh, als Do das Gespräch beendete und er also auf Schlaf hoffen durfte, den er dringend benötigte. Aber offenbar hatte Dos rastloser Verstand während des Telefonats mit ihrem Vater zweigleisig gearbeitet und war auch in Sachen Zaubershow tätig gewesen.

Sie sagte: »Frag doch Balthasar Schrödinger, ob er dir ein paar Tricks verrät.«

Oliver traute seinen Ohren nicht. Er war sofort wieder wach und sagte: »Auf keinen Fall!«

»Wieso nicht? Wofür kennen wir denn einen Zauberer? Und warum sollte er dir nicht helfen?«

»Zauberer verraten keine Tricks. Ich würde übrigens auch keinen annehmen.«

»Falscher Stolz, Liebster.«

»Selbst wenn dieser Schrödinger mir helfen würde, ich habe nicht die geringste Lust, in seiner Schuld zu stehen. Weiß der Teufel, was er dafür am Ende erwartet. Für mich ist er ein Kunde, und damit hat sich's. Es ist eine gute alte

Regel, Privates und Geschäftliches voneinander zu trennen.«

»Herrje, Oliver. Er ist unser *Nachbar*. Und er hat uns nächsten Samstag zu sich *ein*geladen.«

Oliver richtete sich wieder auf. »Dabei ist mir auch nicht besonders wohl. Ich meine, was hat er mit uns zu tun, oder mit Helma und Mark? Er ist nicht verheiratet, er hat keine Kinder. Er gehört nicht mal in unsere Generation! Er hat nie im Leben lange Haare gehabt, Zigaretten gedreht oder für den Frieden demonstriert.«

»Na gut«, sagte sie. »Ich halte also fest: Du weigerst dich erstens, dir helfen zu lassen, und zweitens, Jonas' Erwartungen zu dämpfen und der Realität deiner Fähigkeiten anzupassen. Deswegen frage ich dich Folgendes: *Was* gedenkst du in vier Wochen zu tun?«

»Ganz einfach: Ich werde zaubern. Im Kopf habe ich die Show schon nahezu fertig.«

»Verrätst du mir einen Trick? Nur einen einzigen. Ich bin einfach neugierig.«

Hinter der Linde vor dem Schlafzimmerfenster schwebte der leuchtende Vollmond, aber es war unmöglich, seine weiße Scheibe durch das Geäst im Ganzen zu sehen zu bekommen. Immer sah er aus wie irgendwo angebissen oder angeschlagen.

Oliver sagte: »Ich beginne damit, die Materialeigenschaften eines Zauberstabs vor den Augen der Kinder innerhalb von Sekunden zu verändern. Ich bewege den Stab locker auf und ab – dadurch scheint er wie aus Gummi zu sein. Ich mache mit dem Gummiding ein bißchen ausschmückend herum, und da ist es auch schon wieder fest und verwandelt sich – Hokuspokus Fidibus! – in mein Werkzeug, den Zauberstab. Paukenschlag und Tusch – die Show kann beginnen!«

Sie sah ihn an. »Oliver, das ist nicht komisch.«

Er brauchte einen Moment, um den Kern des Mißverständnisses zu erfassen. Dann mußte er grinsen: »Oha, entschuldige, aber das *ist* komisch. Auf *die* Idee bin ich noch gar nicht gekommen. Do, der Trick stammt aus einem Zauberkasten, den ich *als Kind* geschenkt bekommen habe. Mein Gott, es sind *Sechsjährige*! Der Trick funktioniert jedenfalls, das heißt, mit einem echten Zauberstab und nicht nur mit dem, den du meinst.«

Sie sagte: »Ich meine gar nichts.«

Er ärgerte sich über ihre abweisende Art. »Vielleicht gibt es ja einen Grund für die spezielle Richtung deiner Assoziation.«

»Welcher sollte das sein.«

»Sexmangel.«

»Willst du darüber reden?«

»Über Sex kann man nicht reden.«

»Wieso das nicht?«

»Do! Wir beide wissen worum es geht. Wir können es tun oder wir lassen es. So einfach ist das.«

»Du hast recht. Tun wir es.«

Er sah sie an. »Wie meinst du das?«

»So wie du es sagst. Da du ja offenbar an nichts anderes mehr denken kannst, machen wir es jetzt.«

»Sehr komisch.«

»Ich meine es ernst. Ich kann es jederzeit mit dir tun. Das ist es doch, was du willst.«

Er fand ihre Art unerträglich. »Du weißt genau, daß ich es *so* nicht meine. Ich will nicht, daß du tust, was ich will, sondern was *du* willst. Ich weiß auch, daß wir es jederzeit tun können – rein theoretisch sozusagen. Der Unterschied ist aber, daß ich mir nicht *vornehmen* muß, es zu tun. Verstehst du, was ich sagen will? Ich weiß, daß ich es *kann*, aber der Punkt ist, daß ich *nicht anders* kann. Ich *muß*. Aber du *mußt* offenbar nicht. Das ist der Unterschied.«

Nachdenklich sagte sie: »Verzaubere mich.«

Er wandte sich ab: »Du sagst es ja selbst: Ich kann nicht zaubern.«

Irgendwann nahm sie ihr Buch vom Nachttisch, und hinter seinen geschlossenen Lidern schimmerte rötlich der Schein ihres Leselichts. Seinen Köper, sein Gewicht empfindend wie einen Schuldspruch, lag er flach auf dem Bauch. Sein Puls pochte hart gegen seinen Brustkorb, preßte einen dumpfen Blutstrom an seinem Magen vorbei ins Bauchgewebe und hinunter in diesen Brennpunkt zwischen seinen Schenkeln, pumpte ihn dort auf, bis sein Schwanz schmerzlich an die Grenzen der Matratzenmulde stieß. Oliver spürte die Enge, und der Schmerz schien den Blutstrom noch zu verstärken. Befreie mich, benutze mich!, flüsterte sein Ständer, aber Oliver weigerte sich, sich zu bewegen. Daß er wie tot dalag, liebesfern versteinert, sollte *ihr* Schuldigsein bezeugen. Sie sollte sich schuldig fühlen, das wünschte er sich vor allem. Keinen Millimeter würde er sich mehr bewegen, auch wenn sein Schwanz platzen sollte. Irgendwann hörte er, wie sie das Licht ausschaltete, hörte, wie sie sich raschelnd in ihre

Decke hüllte, eine Armlänge von ihm entfernt. Sie rollte sich zusammen, er kannte ihre Einschlafhaltung: zaghafte Rückkehr ins Embryonalstadium, den Rücken konvex gebogen und geschlossen wie eine Burgmauer um Hof und Garten und Brunnen ihres Leibes. Oliver nutzte das Bettdeckenrascheln, um sein Gesäß anzuheben und zur Seite zu drehen. Endlich frei, richtete sein Ständer sich auf. Irgendwann hörte er, daß Do eingeschlafen war. Wie konnte sie einschlafen? Wieso war sie nicht ebenso unbefriedigt wie er, verfallen dem manischen Gedanken an Sex? Ja, es war längst eine Manie: In der Dunkelheit hinter seinen Augenlidern verdichtete sich Schrödingers voluminöser rosa schimmernder Leib, hingestreckt auf den Rücken, sein großes Gesicht, blöde grinsend vor Verzückung, und Do, die über seinen weißgrau beflaumten Tatterlenden kniete und ihn ritt, nackt und mit konkav durchgebogenem Rücken härtete sie sein Zaubergerät, abgestützt mit ausgestreckten Armen auf den mageren Knoten seiner Altmännerknie. So vögelten sie keuchend vor Anstrengung und Ekstase. Oliver faßte sich an. Anders würde er diese Bilder nicht loswerden, und er *mußte* endlich schlafen, mußte Ruhe finden. Er rieb sich sachte, während Do schlief. Er würde noch einmal aufstehen müssen, verstohlen und naß – egal. Befreie und benutze mich, schwinge mich durch die Lüfte und ich werde dir dienen! – Treues Werkzeug Fleisch.

| | | | |
|---|---|---|---|
| 16 | 3 | 2 | 13 |
| 5 | 10 | 11 | 8 |
| 9 | 6 | **7** | 12 |
| 4 | 15 | 14 | 1 |

Auch Onkel Stefan war ein Zauberer gewesen. Manchmal dachte Do daran, wie er ihr das Federballspielen beigebracht hatte. Sie war in einem mittleren Eifelstädtchen aufgewachsen, das als Gemeinwesen zu klein gewesen war, um irgendeine Form von geistigem oder kulturellem Leben zu entwickeln, jedoch aufgrund einer gewissen Gnade der Statistik zu groß, als daß jeder jeden gekannt hätte. Als Do acht oder neun Jahre alt war, bauten ihre Eltern am Stadtrand einen Bungalow im amerikanischen Stil. Das Neubaugebiet war makellos und die Gärten niedrig und lichtdurchlässig. Als Pharmavertreter verließ ihr Vater – ein schweigsamer, sanfter, schon damals zu Depressionen neigender Mann – das Haus jeden Morgen in aller Frühe. Mit einem schwarzen Handkoffer machte er sich auf seinen einsamen Vertreterweg, um die Ärzte des dünn besiedelten Hohen Venns mit Abszeßsalben, Rheumamitteln oder Pulvern zur Reduktion von Magensäure zu versorgen. Wenige Monate nach seiner Hochzeit (sechs, um genau zu sein) war er Vater geworden, und in seiner schwermütigen Art vergötterte er seine Tochter von Anfang an. Do erbte nicht die betriebsame Weiblichkeit ihrer

Mutter, sondern sein ruhiges, introvertiertes Blut, ohne allerdings seine Neigung zur Depression zu besitzen. Im Gegenteil, ihr war ein bestimmter Hang zum schwärmerischen optimistischen Glauben an das Gute in der Schöpfung und den Menschen eigen. Und so waren ihre ersten Erinnerungen an Onkel Stefan denn auch die an einen magischen Hans-Dampf-in-allen-Gassen, an jemanden, der auf jede Frage eine prompte Antwort wußte und der, wie sich irgendwann herausstellte, das Federballspiel mit wissenschaftlicher Präzision und göttlicher Grazie beherrschte.

Onkel Stefan war groß und mager und ausgestattet mit einem flachen froschartigen Gesicht, über dem sich seine vollen silbernen Haare, akkurat von rechts nach links gescheitelt, wölbten wie ein klassischer Marmorbogen. Er war, wie Do sich später einmal ausrechnete, rund zwanzig Jahre älter als ihre Mutter und hatte schon in den fünfziger Jahren als Geschenkpapierfabrikant seine Schäfchen ins Trockene gebracht. Mit sicherem ökonomischen Instinkt hatte er auf ein Produkt gesetzt, dem ein jahrzehntelanges stabiles Wachstum beschieden sein sollte. Es fiel ihm leicht, spendabel zu sein und Dos Herz mit einer nie abreißenden Kette von kleinen, zauberhaft eingepackten Geschenken zu gewinnen.

Bei den Partys, die ihre Eltern gelegentlich gaben, trug Onkel Stefan zumeist helle Anzüge, deren Entertainer-Charme er mit einer roten oder goldenen Seidenfliege abzurunden pflegte. Er trank niemals Bier oder Wein, sondern ausschließlich Whiskey »on the Rocks«, mit dem er sich an der Hausbar im Wohnzimmer sehr reichlich versorgte, wie Do sich zu erinnern meinte, ohne daß man ihm je angemerkt hätte, daß er betrunken gewesen wäre. Jedesmal wenn er kam, zauberte er aus den diversen Taschen seiner hellen Anzüge eines seiner kleinen Mitbringsel heraus: einen dreieckigen Riegel herrlich süßer Toblerone-Schokolade, ein Micky-Maus-Heft oder eine Barbie-Puppe – Dinge, die damals noch nicht selbstverständlich waren. Onkel Stefan gehörte, im Gegensatz zu Dos Vater, zu jenen glücklichen Naturen, die sich keine Gedanken machten über Dinge, die in zwanzig Jahren niemanden mehr interessierten. Mit der Zeit kam er häufiger, erschien nicht nur bei Festen im Wohnzimmer und bediente sich an der Bar, sondern stand auch schon mal nachmittags vor der Haustür, und jedesmal hatte er eines seiner kleinen Geschenke dabei, das war für ihn gar keine Frage.

Am eindrücklichsten aber war sein Federballspiel. Einmal hatte er zwei nahezu gewichtslose Schläger und eine Dose voller ineinandergeschobener Bälle (»das Nonplusultra: mit Korkfuß und Nylonfedern«) mitgebracht und mit Dos Mutter auf dem Rasen einen langen Ballwechsel hingelegt, in dem sich halbernste Attacken mit längeren Phasen des ruhigen Hin-und-Hers abwechselten. Do, die den beiden voller Faszination zusah, hatte nicht gewußt, daß ihre Mutter eine passable, schlagsichere Federballspielerin war. Doch mit Onkel Stefans Variationsreichtum war ihr Spiel nicht zu vergleichen: Leichtfüßig sprang er in seinen geflochtenen rehbraunen Lederslippern mit Fransenlasche über den Rasen, ließ seinen Schläger mal hierhin mal dorthin schwingen, rund und raumgreifend wie einen Dirigentenstab, und retournierte den Nylonball mal mit einem leisen Flüstergeräusch wie einen masselosen silbrigen Luftwirbel, der im perfekten Parabelbogen den Schläger von Dos Mutter nahezu von alleine zu treffen schien. Oder er ließ ihn per Volley zu einem massiven Geschoß werden, das wie mit dem Lineal gezogen auf einen für seine Partnerin fast unerreichbaren Punkt zusauste – aber eben nur fast, denn er wollte den Ballwechsel ja nicht wirklich beenden, sondern es genügte ihm völlig, en passant seine Klasse durchblitzen zu lassen. Oder aber er verwandelte den Ball mit einem lässig aus dem Handgelenk geschüttelten Slice in eine lahme Ente, so daß Dos Mutter alle Zeit der Welt hatte, zwischen zwei Schlägen zu verpusten und sich neu zu orientieren. Und bei all dem lächelte er sein breites Froschlächeln, zeigte nicht das geringste Zeichen körperlicher Ermüdung und hatte stets noch genügend Zeit und Atemluft, das Spielgeschehen mit kleinen amüsanten Kommentaren zu würzen wie: »Hauptsache man kriegt ihn hoch, egal wie«, oder: »Jetzt lasse ich ihn mal abgehen wie eine Rakete!«

Erst sehr viel später, mit neunzehn oder zwanzig, machte Do sich klar, daß Onkel Stefan ein paar Jahre lang der Hausfreund und Liebhaber ihrer Mutter gewesen war. Sie waren wohl bis zu dem Tag ein heimliches Liebespaar, da er seine Geschenkpapierfabrik schließlich verkaufte, um sich in der Schweiz am Genfer See niederzulassen. Manchmal, nachdem sie den Nachmittag bei Freundinnen verbracht hatte, waren Do bestimmte Zeichen seiner Anwesenheit aufgefallen: die Federballdose, die geöffnet im Regal stand, und die metallicblauen Schläger, die gekreuzt auf dem Rasen lagen. Onkel Stefan, der Sakkotaschenzauberer und Federballmagier, hatte auch ihre Mutter verzaubert, mit den Mitteln seines Alleskönnercharmes. Doch als Do die Natur der Beziehung zwischen ihrer Mutter und Onkel Stefan durchschaute, war es für Vorhaltungen längst zu spät. Nach zwei Herzinfarkten war er nur noch ein Schatten seiner selbst, der in einem Sanatorium auf den Tod wartete.

Do fragte sich damals, ob ihr Vater von dem Verhältnis gewußt hatte. Sie konnte sich nicht vorstellen, daß ihm all die vielen Zeichen entgangen waren, die sie selbst mit ihren acht Jahren noch nicht zu deuten gewußt hatte. Doch konnte sie sich nicht erinnern, daß es zwischen ihren Eltern jemals zu einem außerordentlichen, über das Alltägliche hinausgehenden, alles bedrohenden Streit gekommen wäre. Niemals war seitens ihres wortkargen Vaters, der sein Leben, je älter er wurde, mehr und mehr hinzunehmen schien wie eine tägliche Ration Schicksal, die ihm von irgendeiner Instanz zugeteilt wurde, von Trennung oder gar Scheidung die Rede gewesen. Niemals hatte er ihrer Mutter eindeutige Vorwürfe gemacht, doch gerade dadurch war es um so schrecklicher, als er von einem auf den anderen Tag das Haus verließ, um in eine kleine dunkle Mietwohnung zu ziehen. Er ließ ihrer Mutter (und in Wahrheit wohl: Do) den Bungalow, und sie lebte heute noch darin. Der Garten war inzwischen allerdings dunkel geworden, weil sich die Baumkronen über ihm geschlossen hatten, in einem dunklen Parabelbogen, der in etwa dem Verlauf eines hohen Federballflugs entsprach.

Do mußte an Onkel Stefan denken, als sie die Flasche Rotwein für Balthasar Schrödinger in anthrazitfarbenes

Geschenkpapier einwickelte und mit einer jener hellgelben Strohschleifen versah, die sich in der Boutique so gut verkauften. Dann ging sie ins Schlafzimmer und stand eine Weile unentschlossen vor dem Kleiderschrank. Schließlich entschied sie sich für die kurze dunkelbraune Bluse mit Schmetterlingskragen und die weite Hüfthose aus lachsfarbenem Leinen, weil deren lässig unter dem Bauchnabel verknoteter Gürtel aus Spitze, wie sie fand, ohne Frage »locker« und »freizeitmäßig« aussah. Das waren, soweit sie sich erinnerte, die beiden Adjektive gewesen, mit denen Schrödinger den näheren Charakter seiner Einladung umrissen hatte. Außerdem war sie der Meinung, jetzt, Ende Mai, genügend frühsommerliche Bräune angesammelt zu haben, um sich ein wenig Bauchfreiheit leisten zu können. Als Oliver, der Jenny und Jonas zu Freunden gebracht hatte, zurückkam, sagte er spontan: »Wen willst du anmachen: mich oder ihn?«

»Ich dachte, du magst es, wenn ich mit der Mode gehe.«

»Do, er ist weit über sechzig! Da dürstet man nach jedem Fitzelchen weiblicher Haut. Wer weiß, wie gut er sich unter Kontrolle hat.«

»Ich habe nicht den Eindruck, daß das Alter in dem Punkt eine Rolle spielt.«

»Er wird sich garantiert irgend etwas ausdenken, um dich unter seinen Tisch oder sein Sofa kriechen zu lassen, nur damit er einen Blick auf deinen String erhaschen kann.«

In der schwarz-weiß gefliesten Garderobe schlüpfte Do in ihre Sandaletten, deren Absätze sie etwas größer als ihren Mann werden ließen. »Kleidung ist dazu da, einen

Menschen attraktiv zu machen. Wir sind hier, Gott sei Dank, nicht in Arabien, wo sie ihre Frauen wie Denkmäler verhüllen.«

»Aber auch nicht bei den Eskimos, wo sie ihre Frauen jedem Neuankömmling zur Entspannung anbieten.«

»Eben«, sagte sie und kontrollierte ihr Aussehen vor dem Garderobenspiegel, »wir sind genau da, wo wir hingehören: in der zivilisierten Welt. Und Balthasar Schrödinger, falls du das noch nicht gemerkt haben solltest, ist ausgesprochen höflich und zurückhaltend.«

Danach verließen sie das Haus. Die nörgeligen puritanischen Einwände, die Oliver sich nicht hatte verkneifen können, bestätigten Do in ihrer Haltung, die richtige Wahl in Bezug auf ihre Kleidung getroffen zu haben. Schrödinger war ein attraktiver Mann und hatte ein Recht auf attraktive Gäste. Die Vorgärten, an denen sie vorbeigingen, präsentierten sich in einem üppigen Grün, das seinen Farbzenit erreicht hatte und in der Trockenheit des Sommers wieder blasser werden würde. Hier und da wurden Rasen gewässert, und Feuchtigkeit irritierte die Sinne, weil sich würziger Regengeruch in die milde Abendluft mischte. An den Füßen der Baumstämme sprossen Bouquets junger Triebe, und Kolonien winzigster roter Läuse erforschten die frischen Blätter. Do dachte an die Cochenillen, von denen Schrödinger gesprochen hatte, deren Männchen nach dem Sex verhungern mußten.

Nach zehn Minuten bogen sie in die Straße, an deren Ende, vor einer Wand aus hohen Tannen, das weiße »Le-Corbusier-Haus« lag. Die Abendstimmung und die Dunkelheit der Bäume betonten seine Helligkeit. Schrödinger wässerte in seinem Vorgarten Rhododendren und Mispeln. Er erkannte Do und Oliver schon von weitem und begrüßte sie, indem er beide Arme weit ausstreckte, als wollte er seine Gäste umarmen oder an unsichtbaren Fäden möglichst schnell zu sich heranziehen. Seine ergrauten Haare schimmerten im Abendlicht wie aufsteigender Nebel, und unter freizeitmäßiger Kleidung verstand er, wie sich jetzt herausstellte, eine über die behaarten Waden hochgekrempelte Jeans sowie ein ebenfalls aufgekrempeltes hellblaues Pilotenhemd mit Achselklappen und einer Schachtel Cojimar Vanille-Zigarillos in der Brusttasche. Seine bloßen Füße steckten in groben, geradezu riesig wirkenden Gummilatschen, die beim Vorgartenwässern naß geworden waren, und auch in den Wadenhärchen hatten sich winzige silbrige Wassertröpfchen verfangen, die hier und da aufblitzten, wenn man hinabsah.

»Ich liebe die blaue Stunde«, sagte er schwelgerisch und ließ das Wasser weiter auf den Mispelstrauch herabplätschern. »Das Licht geht, und die Nacht kommt! In der Dämmerung können sich Wahrscheinlichkeiten verdichten. Do, Sie sehen fantastisch aus! Aphrodite, die dem Schaum des Tages entsteigt. Für heute sind Sie der lebende Beweis dafür, daß in der Dämmerung das Unwahrscheinliche, wenn nicht gar das Unmögliche Wirklichkeit werden kann. – Oliver, schön Sie zu sehen. Ich habe etwas für Sie. Ein Monokel. Ich habe es beim Aufräumen in einer alten Kiste gefunden. Vielleicht hat es meinem Großvater gehört, wer weiß. Die Fassung ist aus Messing und hier und da grünlich angelaufen. Leider hat das Glas, ich meine die Linse, einen Sprung, und man sieht alles doppelt, beziehungsweise die Bilder schieben sich ineinander. Wahrscheinlich ist das Ding keinen müden Cent wert, aber das überlasse ich Ihrem fachmännischen Urteil. Kommen Sie, wir gehen hinten rum.«

Er betrachtete sein Bewässerungswerk und war mit dem Resultat offenbar zufrieden. Sämtliche Sträucher staken in braunen moderigen Pfützen, die allmählich versickerten. Er drehte die Schlauchdüse zu und lotste seine Gäste auf einem Pfad, der bei der ganzen Bewässerei mit Bedacht trocken geblieben war, durch die seitlichen Rhododendronbüsche hinters Haus zur Terrasse, auf der die Tannen ihre düsteren Abendschatten abgeladen hatten.

Do spürte, wie der Charakter dieses Mannes sie erneut verwirrte und beängstigte. Die hypnotisierende Macht seiner freien Art zog sie in ihren Bann. So zu leben und spontanen Impulsen zu folgen erschien ihr wie eine große Kunst, für die sie kein Talent besaß. Das schwerfällige Blut ihres Vaters in ihren Adern hinderte sie daran, sich den Kräften des Augenblicks zu überlassen. Es deprimierte sie, daß sie im Moment so sehr an sich und ihrem Leben zweifelte.

Sie folgte Schrödinger durch die Terrassentür ins Haus. Im Wohnzimmer brannte Licht, mehrere Beleuchtungsquellen – zwei Stehlampen, eine Tischleuchte, zwei von der Decke hängende Lampenschalen – summierten sich zu einer Helligkeit, die von so anderer Art war als jene, die von der einen großen Abendsonnenlampe draußen im Vorgarten erzeugt worden war, daß man das Gefühl bekam, eine andere Welt zu betreten, einen Bühnenraum, ein Theater. Und wirklich war alles sehr theatralisch: die Einrichtung spärlich, aber exquisit und von einheitlichem Stil. Nur ausgesuchte Möbelstücke schmückten den Raum, Do wußte es ja schon: durchgängig Art déco.

Schrödinger nahm die Weinflasche entgegen und bedankte sich: »Ich bin wirklich froh, Sie endlich hier begrüßen zu dürfen, aber erwarten Sie bitte nicht zuviel. In der Küche kann ich unglücklicherweise nicht zaubern.«

»Sind die Möbel alle echt?«, erkundigte sich Oliver.

»Meines Wissens, ja. Ich habe sie im Laufe der Jahre zusammengekauft, zumeist von privat. Bei Antiquitätenhändlern können Sie nie ganz sicher sein, ob das Zeugs nicht in Wirklichkeit aus Fernost kommt. Andererseits habe ich noch nicht gehört, daß Art déco in großem Stil gefälscht würde, lohnt sich wohl nicht, die meisten finden den Plunder häßlich. Nicht kitschig und verschnörkelt genug für unsere deutsche Schankstubenmentalität. Wir denken dabei doch gleich an Metropolis und die Diktatur der Maschinen.«

In der Mitte des Raumes stand ein runder Mahagonitisch. Die Platte wurde von zwei Holzwangen auf einem quadratischen Schieferfuß wie von zwei zum Himmel erhobenen Armen getragen. Passend dazu umgaben vier Schalenstühle den Tisch, deren Sitzflächen mit mattem cremefarbenen Leder bezogen waren. Ein kastiges, aus vielen kurzen Holzstäbchen zusammengeleimtes Büffet, eine Glasvitrine mit ein paar Farbeinsätzen à la Mondrian in rot, blau und gelb und eine fantastische nachtblaue Samtchaiselongue komplettierten die Einrichtung.

Schrödinger hatte Champagner kalt gestellt und kredenzte ihn in viereckigen farbigen Gläsern. »Es ist ein

Spleen«, gab er zu, »aber glauben Sie mir, die zwanziger Jahre des vorigen Jahrhunderts waren die wichtigste Zeit in der Geschichte der Menschheit. Irgendwann werden das auch die Historiker erkennen. Junge, Junge, was damals alles losgewesen ist – künstlerisch, wissenschaftlich, intellektuell und so weiter. Die ganze Entdeckung der Psyche stammt aus dieser Zeit. Seitdem wissen wir, warum wir unglücklich sind, und können uns endlich darauf einstellen. Unsere Triebe sind einfach nicht zu befriedigen, Punktum! Und jeder Versuch, uns irgendwie rational zu steuern, muß zwangsläufig in die Hose gehen, weil mein Großvater damals bewiesen hat, daß es unmöglich ist, sich selbst zu erkennen. In dem Moment, da man glaubt, sich selbst erkannt zu haben, ist man schon wieder ein anderer als der, den man ursprünglich erkennen wollte. Verflucht kompliziert, aber leider auch verflucht wahr. Wir sind arm dran. Die zwanziger Jahre haben uns ziemlich zurechtgestutzt. – Hallo, Josephine, mein Herzchen ...«, rief er mit Blick zur Terrassentür aus.

Do drehte sich um – ein wenig zu schnell und zu neugierig, wie sie sogleich fand –, um das weibliche Wesen in Augenschein zu nehmen, das Schrödinger soeben begrüßt hatte. Nur weil Helma herausgefunden haben wollte, daß er unverheiratet war, mußte er noch lange nicht allein leben. Doch in der Tür war niemand zu sehen, und Do begriff, daß Schrödinger nicht mit einem Menschen gesprochen hatte, sondern mit einer Katze. An der Chaiselongue vorbei drückte das kleine pechschwarze Tier sich scheu in den Raum und blieb am Fuß des Büffets mißtrauisch stehen, eine Vorderpfote unentschlossen erhoben.

»Ist das Ihre?« erkundigte sich Do.

»Ja, oder besser umgekehrt: Sie gehört nicht mir, sondern ich gehöre ihr. Sie ist mir irgendwann zugelaufen, und ich war nicht in der Lage, sie wegzuschicken. Sie hat es geschafft, mich um den Finger zu wickeln, beziehungsweise um die Pfote, und als ihren Herrn zu rekrutieren. Ich glaube, sie ist lange herumgestreunt und auf sich selbst gestellt aufgewachsen. Deshalb kommt sie nie hervor, wenn ich Gäste habe. Zu Ihnen, Do, scheint sie besonderes Vertrauen zu haben.«

Er fixierte das Kätzchen liebevoll und sonderbar intensiv mit seinem weichen, graublauen Blick, und auf einmal setzte sich das Tier in Bewegung. Lautlos schritt es durch den Raum auf Do zu, die unwillkürlich in die Hocke ging und sich vorneigte, um seinem Köpfchen die Hand entgegenzustrecken. Zehn Zentimeter vor ihren Fingern blieb das kleine Tier stehen, und Do beugte sich ihm noch etwas weiter entgegen. In diesen Moment hinein räusperte sich Oliver. Das Kätzchen trat die Flucht an, und Do spürte einen eigenartig kühlen Luftzug, der ihren Rücken dort berührte, wo die Spitzenbänder ihres Slips sich über dem Bund ihrer Hüfthose trafen.

»Nehmen Sie es nicht persönlich«, sagte Schrödinger gelassen, der hinter ihr gestanden und offenbar ihren Rücken betrachtet hatte.

Do richtete sich auf und warf Oliver, der zynisch lächelte, einen verärgerten Blick zu. Sie straffte ihre Bluse, zog den Saum über den Bund der Hose und sagte so sachlich wie möglich: »Josephine ist ein ungewöhnlicher Name für eine Katze.«

»Geht auf Josephine Baker zurück, eine schwarze Nackttänzerin in den zwanziger Jahren«, erklärte Schrödinger. »Sie war wunderschön. Ganz Paris lag ihr zu Füßen. Sie ist in den Folies Bergère aufgetreten und hatte ihren eigenen Nachtclub. Picasso hat von ihr geschwärmt und alle möglichen Künstler und Intellektuellen damals. Sie muß Männern gegenüber aber ziemlich mißtrauisch gewesen sein, obwohl sie ein paar Mal verheiratet war. Am liebsten hat sie sich mit Tieren umgeben. In ihrer Umkleidekabine lebte eine Ziege namens Toutoute und in der Clubküche ihr Schwein Albert. Und mit ihrem geliebten Geparden Chiquita hat sie Schlafzimmer und Bett geteilt. Ich nehme an, damit hat sie sich die Männer erfolgreich vom Leib gehalten. Ich habe eine Schwäche für starke Frauen. Weltgeschichtlich ist die männliche Dominanz ein fataler Irrtum. In Amerika hat man die Baker natürlich als Negerschlampe beschimpft. Sie würde tanzen wie ein Känguruh. Himmel, dieser puritanische Terror! Ich liebe die Kraft und Eleganz des Animalischen! Wirklich, ich glaube, es war angemessen, meine kleine Mitbewohnerin Josephine zu taufen, nicht als Ausdruck einer Reinkarnation, sondern einfach im Sinne einer Patenschaft.«

»Sie haben aber nicht vor, sie in einen Kasten zu sperren und abzuwarten, was geschieht?«, sagte Oliver. Do spürte, daß ihm Schrödingers wenig respektvolle Bemerkungen über Männer und ihr Machtstreben gegen den Strich gingen.

Schrödinger nickte nachdenklich. »Ja, diese Sache mit der Katze und dem Kasten, die ist berühmt geworden … Oliver, glauben Sie mir, ich würde mir eher eine Kugel durch den Kopf jagen, als ein weibliches Wesen einzusperren. Ich muß meinen Großvater aber in Schutz nehmen. Es war ein *Gedanken*experiment.«

Aber nicht unbedingt ein tierfreundliches – das stimmte. Zur Illustration bestimmter Merkwürdigkeiten bei der Interpretation der Quantenmechanik diskutierte Erwin Schrödinger in den zwanziger Jahren das folgende Szenario: Was geschieht, wenn man eine Katze und ein radioaktives Atom, dessen Zerfall einen Pistolenschuß auslöst, der die Katze töten würde, in einen Kasten schließt? Radioaktivität ist ein quantenmechanisches Geschehen und als solches nicht exakt, sondern lediglich unter Verwendung von Wahrscheinlichkeiten vorherzusagen. Die Gleichung, die Schrödinger gefunden hatte, wiederum zeigte, daß quantenmechanische Wahrscheinlichkeiten eine Art Extrakt aus mathematischen Möglichkeitsräumen waren, deren Realitätsgehalt im Rahmen der Theorie insgesamt diffus blieb. Es war überhaupt nicht klar, welchen Status man dem quantenmechanischen Geschehen in dem Kasten mit der Katze zubilligen sollte, wenn man es *nicht* beobachtete. Die Frage führte zu heftigen Streiterein unter den beteiligten Physikern. Schrödinger selbst ging dabei so weit zu behaupten, daß in der Sprache der Mathematik die Katze sowohl tot als auch lebendig sein konnte, solange man den Kasten nicht öffnete. Das klang widersinnig, war aber die konsequente Anwendung einer Interpretation der Quantenmechanik, die unter dem Namen »Kopenhagener Deutung« im großen und ganzen bis heute Gültigkeit besitzt. Atome können in einer Überlagerung von Zuständen existieren, in einer Art unklaren Realität, die erst im Moment der Beobachtung, der Messung, zu einem logischen Element der Wirklichkeit werden muß. Erst das Öffnen des Kastens zwingt die Katze gleichsam, entweder tot oder lebendig zu *sein*. Oder anders gesagt: Ohne die Anwesenheit eines Beobachters ist die Trennung zwischen Leben und Tod möglicherweise eine Illusion.

Balthasar Schrödinger nun, der also behauptete, Erwin Schrödingers unehelicher Enkel zu sein, drückte das alles so aus: »Seit Tschernobyl gehört Radioaktivität ja mehr oder weniger zur Allgemeinbildung. Wenn wir die Kiste gerade erst zugenagelt haben, können wir also ziemlich sicher sein, daß die Katze noch lebt. Aber sobald das Atom zerfällt, stirbt sie. Exitus. – Ich sagte ja, es ist ein ziemlich brutales Experiment. Mein Großvater war aber der Meinung, daß unser Entweder-oder-Denken ein Irrtum ist, dem wir erliegen, weil wir uns nur mit dem Sichtbaren abgeben und nicht mit dem Unsichtbaren. Nicht die Kiste, sondern *wir* sind sozusagen vernagelt. Von der Wirklichkeit. Das Unsichtbare setzt sich aus schillernden Möglichkeiten zusammen, die erst in dem Moment, da wir die Augen öffnen, zu den bleiernen Fakten des Diesseits gerinnen. Vorher ist alles drin, wenn Sie so wollen. – Oliver, Sie sitzen ja auf dem Trockenen … Ich möchte Sie übrigens nicht verwirren, aber die Wissenschaft hat in jüngster Zeit noch einen drauf gesetzt: Was geschieht, wenn wir die Kiste mit dem bedauernswerten Kätzchen öffnen? Die Physiker, diese ausgefuchsten Zahlenjunkies, sind inzwischen der Meinung, daß sich das Universum in dem Moment *teilt*! Das Universum verzweigt sich in zwei Realitäten: In der einen ist die Katze tot und in der anderen lebendig. Das Universum ist keine eingleisige Veranstaltung, sondern ein permanentes pflanzenhaftes Herumwuchern und Weiterverästeln von Möglichkeiten und Parallelrealitäten. Vielleicht hausen in einem anderen Universum hier an dieser Stelle, an der ich stehe, immer noch keulenschwingende Germanen – ist das nicht Wahnsinn? Man nennt das Viele-Welten-Theorie, und die ist unter Physikern wirklich der letzte Schrei, sage ich Ihnen. Wir müssen total umdenken. Platon, Aristoteles – die Wissenschaft war ja von Anfang an so eine Männerveranstaltung. Die hätten mal Sappho ranlassen sollen, wenn Sie mich fragen, Do. Ich bin überzeugt, wenn die Wissenschaft in Frauenhand gewesen wäre, hätten wir die Quantenmechanik bereits vor tausend Jahren entdeckt. Wenn die Geschichten über meinen Großvater stimmen – und dafür bin ich ja der lebendige Beweis – dann hat er Zeitlebens versucht, das Prinzip der Weiblichkeit zu entschlüsseln, und ist dabei auf das vertrackte Einmaleins der Quantenmechanik gestoßen.«

Als er einschenkte, kam es Do vor, als schwenke er die Champagnerflasche über Olivers Glas lediglich einmal hin und her, woraufhin der Flüssigkeitsspiegel (der durch das Kobaltblau des Glases allerdings schwer auszumachen war) wie von selbst anstieg. Dann ging er voraus und führte seine Gäste in einen großzügigen Flur, an dessen Seite eine Treppe in den ersten Stock hinaufführte. Eine ansteigende Galerie aus alten Schwarzweißfotografien säumte den Aufgang, sie zeigten Schrödingers Haus in den zwanziger Jahren, es hatte einmal allein auf einer weiten, kaum bewachsenen Wiese gestanden wie eine konstruktivistische Apparatur zum Sammeln und Gliedern des Lichts. Auch die Küche wies den Zauberer als vollendeten Minimalisten aus. Kieselgraue Türoberflächen, glänzende Edelstahlgriffe, der Boden gefliest wie ein Schachbrett – die konsequente Einrichtungsstrenge schien Do im Widerspruch zu seinem leutseligen Wesen zu stehen. Schrödinger trat beim besten Willen nicht als Asket auf, sondern jovial, wortreich und sinnlich. Sie folgte ihm durch weitere, sparsam möblierte, von akkurater Systematik geprägte Räume. Und sie dachte, daß es einen Winkel in diesem Haus geben mußte, in dem alles anders war, in dem Schrödinger nicht eine ästhetische Idee verwirklicht hatte, sondern sich selbst.

Im »Medienzimmer« blieb er andächtig vor einem großen runden Metallzylinder auf Stecknadelfüßen stehen, der sich als Plattenspieler entpuppte. Er legte eine uralte, stark knisternde Caruso-Aufnahme auf und sagte: »Mir soll keiner mit CDs, DVDs, MP3-Playern und all diesem digitalen Schnickschnack kommen! Die Digitalisierung raubt allem die Seele. Auf die Zwischentöne kommt es an, auf die Oberschwingungen, auf das, was zwischen Null und Eins liegt! Hier, schauen Sie sich dieses Schmuckstück an!« Er wies auf ein altes Radiogerät, einen hochformatigen Kasten mit abgerundeten Ecken, parallelen Riefen, die wie Telegrafendrähte das Chassis musterten, und einer zweigeteilten Front mit einem schimmernden grobgewebten Stoffbezug vor dem Lautsprecher und einer stilisierten Großstadt-Skyline als Senderskala darunter. »Das ist ein Wilcox-Gay Röhrenempfänger aus den späten zwanziger Jahren! Das Gehäuse ist aus amerikanischer Walnuß, und die sechs Vakuumröhren im Innern fischen immer noch wunderbare Klänge und Botschaften aus dem Äther. Als Kind habe ich mitten in der Nacht heimlich Radio gehört, voller Faszination für die verrauschten Stimmen aus unvorstellbar weit entfernten Ländern. Ich sage Ihnen, dieses Rauschen und Pfeifen war der Strom, auf dem meine Fantasie auf Reisen ging. Was weiß diese bemitleidenswerte MP3-Generation heutzutage vom herrlichen Klang des Äthers. Technische Perfektion läßt keinen Platz für die Fantasie. Der digitale Terror verwandelt uns endgültig in stumpfsinnige Diesseitskonsumenten. Das können Sie mir wirklich glauben, Do.«

Seine stetige Rede strich wie ein gleichmäßiger warmer Wind über die Ebene von Dos Bewußtseins, ohne den leichtesten Gedankenstaub aufzuwirbeln. Dieser vollendet niveauvolle Mann genügte sich ganz und gar selbst. Aus welchen Quellen auch immer er schöpfte – wenn andere zugegen waren, floß er über, und es war nicht möglich, gegen den Strom seiner parlierenden Präsenz anzuschwimmen und zu ihrem Ursprung vorzudringen. Er hatte sich durch seinen Bühnenberuf zu sehr daran gewöhnt, alle Menschen als Zuschauer zu betrachten, die er zu unterhalten und in vollständige Gedankenlosigkeit zu versetzen hatte. Er selbst war der Zaubertrick, den er seinen Gästen vorführte. Und das so perfekt, daß niemand auf die Idee kam, nach dem Individuum hinter der Illusion oder gar nach dem Kern seines Wesens zu fragen. Er zauberte nicht, um andere zu täuschen, sondern um sich selbst zu schützen, um nicht preisgeben zu müssen, wer er war.

Im oberen Stockwerk gab es neben dem Bad nur zwei Räume: das Schlafzimmer und die Bibliothek. Die andere Hälfte der Fläche wurde von der kreisrunden, nicht überdachten oberen Terrasse beansprucht, die man durch eine zweiflügelige Tür mit Glaseinsatz am Ende des Flurs betrat. Sich stilistisch treu bleibend, hatte Schrödinger zwei altmodische Liegestühle aufgetrieben, die ein wenig verloren auf den kleinen grauen Schwimmbadfliesen herumstanden. Sie waren möglicherweise original, wirkten aber recht kühl und ungemütlich. Erneut begriff Do, daß Schrödinger das Haus nicht als Befriedigungsstätte seiner inneren Bedürfnisse betrachtete, sondern als mächtige ästhetische Illusion, als Tempel für seine Religion der Unerkennbarkeit, des Zweideutigen, der Parallelität von Leben und Tod. Und wie jeder Tempel, so hatte auch dieser sein Allerheiligstes.

»Diese Tür«, sagte der Zauberer, nachdem er seine Gäste abschließend durch die kleine, aber antiquarisch höchst wertvoll bestückte Bibliothek geführt hatte (unter anderem präsentierte er den beiden mit ehrfürchtigem Stolz eine Originalausgabe des *Ulysses*, des Romans, wie er verkündete, der die Schale des Bewußtseins mit dem Meißel der Sprache »geknackt« habe), »diese Tür ist die einzige, von der Sie mir erlauben müssen, sie Ihnen nicht zu öffnen: Sie führt in mein Schlafzimmer.«

Trotz dieser Äußerung blieb er einen Moment vor der Tür stehen, offensichtlich deswegen, weil er seinen Gästen hinreichend Gelegenheit geben wollte, das hochformatige Gemälde, das rechts daneben hing, eingehender zu würdigen. Eine Frau war darauf zu sehen, die die Arme über den Kopf streckte, vor einem beinahe abstrakten Hintergrund aus blaugrauen Flächen. In der Taille eingeknickt stand sie mit geschlossenen Augen da, nur mit einem Tuch bekleidet, das sie sich um die Hüften geschlungen hatte. Die Hautflächen wirkten hell und makellos.

»Eine Lempicka-Kopie«, sagte Oliver.

»Aber natürlich!«, sagte Schrödinger und tippte sich mit der Handfläche einmal sanft gegen die Stirn. »Sie kennen sich ja aus! Das hätte ich mir denken können. In Sachen Malerei kann man Ihnen nichts vormachen. Sagen Sie mir, was halten Sie von der Lempicka?« Aber noch bevor Oliver antworten konnte, gestand er, daß er *Die blaue Stunde* für *das* Lempicka-Gemälde schlechthin hielt: die perfekten Proportionen, keine verlogene Aktarabeske, kein klebriger Verführungsschnörkel, die schläfrig-laszive Pose, die erhobenen Arme und die geöffneten Achseln, die wunderbaren kleinen Brüste, der herrliche Schwung der Taille, das locker um die Hüfte geschlungene Tuch. »Das Bild ist visionär!«, befand er: »Heute latschen alle mit diesen Hüftsachen herum, die ihnen lässig über die Schamhaare rutschen. Ich finde, es hat nur einen winzigen Fehler, eine malerische Flüchtigkeit oder vielleicht sogar eine kleine handwerkliche Ungeschicklichkeit. Ich meine den rechten Nippel. Der ist irgendwie nicht gelungen. Finde ich. Der linke ist eins a: zartrosa aufgerichtet, sehr verführerisch. Aber der rechte: wie aus Gummi. Enttäuschend eindimensional. Könnte auch ein Stand-by-Lämpchen sein. Was meinen Sie, Oliver? Sie sind der Fachmann.«

Oliver zuckte trocken mit den Schultern. »Vielleicht liegt es daran, daß es eine Kopie ist.«

»Nein, nein«, widersprach Schrödinger energisch. »Ich habe das Original gesehen. Und diese Kopie stammt von einem meiner besten Freunde, einem begnadeten Fälscher.«

Oliver blieb reserviert. »Tamara de Lempicka kann sich nie entscheiden, ob ihre Bilder den Betrachter anmachen sollen oder nicht.«

»Sie stimmen mir also zu? Der Nippel enttäuscht.«

»Nicht nur ihre Nippel. Alle ihre Bilder schrammen hart am Kunstgewerblichen vorbei – wenn Sie mich fragen.«

»Sie sind streng, Oliver. Aber Sie haben das Recht dazu. Ich habe Ihre Studien ja gesehen. Das mit den Nippeln haben Sie raus!«

»Ich tupfe da immer nur was hin.«

»Das ist es ja! Ich bin ein Bewunderer Ihrer Nippel.«

Oliver übte sich in Bescheidenheit: »Im Grunde sind es Kommas.«

»Sie sind ein Naturtalent!«, entschied der Zauberer und richtete sich an Do: »Ich hoffe, das ist nicht zu anzüglich, aber er muß brillante Vorlagen haben.«

»Es *ist* anzüglich«, sagte sie und wandte sich dem Lempicka-Gemälde zu. »Es liegt übrigens an der Farbe. Das Rosa ist zu bonbonhaft.«

Schrödinger nickte. »Kein Glanz. Aus dem rechten Nippel ist irgendwie die Luft raus.«

»Man darf beim Nippelmalen nicht nachdenken«, erklärte Oliver. »Ich lasse sie einfach so aus dem Stift kullern wie Häkchen beim Ausfüllen eines Fragebogens.«

»Mehr bedeuten sie dir nicht?« entschlüpfte es Do.

»Ich *wußte* ja, daß es Ihre sind!«, flüsterte der Zauberer zufrieden.

»Ich hau die Sachen einfach so aufs Papier!« fuhr Oliver fort. »Wenn ich perfekt sein wollte, käme nichts dabei raus. Zuviel Perfektion ist unmenschlich.«

»Oliver, das ist es!« rief Schrödinger. »Ich habe mich über den kleinen Nippelfehler immer geärgert, aber das sollte ich nicht. Zuviel Perfektion ist unmenschlich. Sie sagen es.«

»Eine Nippel ist ein Nippel ...«, sagte Do. »Manchmal verstehe ich diese ganze Aufregung um die weibliche Brust nicht. Könnten wir jetzt bitte über etwas anderes reden? Ich fühle mich irgendwie in der Unterzahl.«

Schrödingers Gesicht trug die zartrosa Färbung des linken, des gelungenen Lempicka-Nippels. Er sagte: »Sie haben recht, Do. Reden wir nicht weiter darüber und gehen wir wieder bechern. Ich habe es ernst gemeint, als ich gesagt habe, daß mein Schlafzimmer tabu ist. In meinem Schlafzimmer erarbeite ich meine Kunst. Mein Schlafzimmer ist mein Atelier! In Indien würde man sagen: mein Garbhagriha – mein Schoßhaus, mein Ort der Empfängnis. In Indien versteht man diese Dinge noch. Das Wesen der Kunst ist feminin. Das Gebären. Das Unmögliche möglich werden lassen. Und deswegen brauche ich einen Raum, der fremden Blicken vollkommen verschlossen ist. Einen Uterus. Mit meinem Schlafzimmer ist es ein wenig wie mit dieser Kiste meines Großvaters. Solange niemand an dem Ding rüttelt und den Deckel aufklappt, ist alles möglich. Die bürokratischen Gesetze der Realität haben keine Gültigkeit dort, wo niemand hinsieht, wo niemand sie einfordert! In meinem Schlafzimmer, in meinem Atelier ist *alles* möglich, solange niemand außer mir diese Tür öffnet. Dieses Zimmer, Do«, er wurde pathetisch, »ist die Quelle meiner magischen Kräfte! Dort kann ich ins Leben rufen, was meine Fantasie mir zu sehen erlaubt. Die einzige Grenze dabei bin ich selbst. Mein Schlafzimmer ist mein Traumreich, aber nicht in so einem sentimentalistischen Wabersinn, den man üblicherweise damit verbindet. Was für ein Projekt vielmehr: die Entfaltung der Physik meines Großvaters! Ich will Ihnen nichts vormachen: Ich kann absolut nicht sagen, wie weit ich mit diesem Projekt jemals kommen werde, aber wissen Sie, Do, ich habe solange auf Bühnen herumgezaubert, daß es mich nicht mehr reizt, im Rampenlicht zu stehen und den Menschen ein X für ein U vorzumachen. Es ist einfach an der Zeit, die Grenzen zwischen Möglichem und Unmöglichem niederzureißen. Sehen Sie sich dieses Bild an, Do! Vielleicht hat Oliver recht, und es *ist* Kitsch. Aber was heißt das schon? Wir sehnen uns nach Liebe, nach geheimnisvoller Lust, und ich glaube daran, daß es möglich ist, das Unmögliche zu erreichen. Die erotische Ekstase, wirklich fetzige Sinnlichkeit. Jedesmal wenn ich diesen Raum betrete, betrachte ich dieses Bild und es gibt mir einen Tritt und sagt mir: Es ist möglich, der Zauber, die Liebe, du mußt nur deinen Arsch hochkriegen …«

| | | | |
|---|---|---|---|
| 16 | 3 | 2 | 13 |
| 5 | 10 | 11 | **8** |
| 9 | 6 | 7 | 12 |
| 4 | 15 | 14 | 1 |

Wie an jedem Mittwoch, so war auch an diesem – dem ersten im Juni – nicht viel los. Oliver saß auf der Beratungscouch im hinteren Teil seines Geschäfts und kritzelte ein paar Zeichnungen in den Skizzenblock, den er in der Schublade des Couchtischs aufbewahrte. Er zeichnete, seit er denken konnte. Als Kind hatte er sich eine Gegenwelt zur Ärmlichkeit des Krabbenhaushalts geschaffen, in dem er aufgewachsen war; er bereiste die Weltmeere mit Papier und Bleistift. Die großen Schiffe (auf denen, wie er glaubte, sein Vater Dienst tat) ankerten in der kleinen Spielecke, die seine herrschsüchtigen pubertierenden Schwestern ihm gnädig ließen. Seine Mutter bewunderte seine sehr minutiösen und realistischen Werke niemals. Die Bilder gingen aber weit über die üblichen zeichnerischen Versuche von Acht- oder Neunjährigen hinaus. Außerdem stand die filigrane, feinschraffierte Natur der winzigen Krabbentierchen, deren Schalen die ganze Familie Tag für Tag zu Tausenden knackte, bei der Entwicklung von Olivers Talent unübersehbar Pate. Trotzdem hatte seine Mutter keinen Sinn dafür. Im Laufe der Jahre perfektionierte er seine Technik des Schraffierens, der Grauabstufung und der perspektivischen Projektion. Aber unterhalb der Schwelle seines zeichnerischen Bewußtseins bereitete sich schließlich eine erste Krise seiner noch ganz naiven künstlerischen Grundwerte vor.

In späteren Jahren las er einmal, daß ein Schimpanse – von Forschern mit Stiften und Papier zum Zeichnen animiert – schließlich die Stäbe seines Käfigs gemalt hatte. Oliver begriff, daß sein Ehrgeiz, beim Zeichnen (gleichsam krabbenhaft) genau zu sein, in Wahrheit so eine Schimpansen-Beschränkung war. Der Naturalismus war keine Kunst, sondern ein Käfig. Er kaufte sich weiche Kohlestifte, die einen bitteren Duft verströmten, sobald sie mit seinen Fingern in Berührung kamen. Er begann, Konturen und Striche mit der Kuppe des Daumens zu verwischen, verschmierte Schatten, deutete nur noch an. Es war wunderbar. Und es frappierte ihn, daß eine einzelne geschwungene Linie viel größere ästhetische Wirkung entfalten konnte als eine präzise gemalte, sich schaumreich und gischtumsprüht überschlagende Welle.

Erst jetzt, als er anfing, die zeichnerischen Möglichkeiten auszuloten, die sich mit der Reduktion von Formen verbanden, wurde seine Mutter auf sein Werk aufmerksam. Es war, als lägen auf einmal lauter Haarnadeln statt der gewohnten Nordseekrabben auf ihrem Pultisch. Die Veränderung irritierte und verunsicherte sie. Sie lobte Oliver nicht etwa für den erfolgreichen Abstraktionsschritt, sondern klagte auf einmal die frühere Genauigkeit seiner Zeichnungen ein, die sie nie beachtet hatte. Es war ihr vollkommen unmöglich zu begreifen, daß er in Wahrheit sein Talent weiterentwickelte. Vielmehr glaubte sie, er ließe es in der Ungeduld und Lieblosigkeit der Pubertät verfallen – und eigentlich war ihr dieser scheinbare Niedergang sogar recht. Denn daran, daß ihr Jüngster eine künstlerische Laufbahn einschlagen könnte, lag ihr wirklich nichts.

Es gab Momente in Olivers Leben, da verfluchte er die fantasiearme Schicksalsergebenheit seiner Mutter. Und er verfluchte seine arroganten tyrannischen Schwestern, die ihm und seinem suchenden Wesen nicht das geringste Verständnis entgegen brachten. Für sie war Kreativität eine Art Verhaltensabweichung, als solche (in ihren Augen) vielleicht der Homosexualität vergleichbar. Oliver freute sich insgeheim, als ihre Ehen scheiterten. Unterschwellig warf er ihnen und seiner Mutter vor, ihm ihr tiefes Mißtrauen gegen jede Form von individueller Lebensgestaltung eingepflanzt zu haben, denn er bewarb sich nie an einer Kunsthochschule (obwohl er ohne Schwierigkeiten fünf oder sechs Präsentationsmappen hätte zusammenstellen können), sondern wurde Optiker. In späteren Jahren machte er etwas wie eine ererbte Doktrin des gestutzten Lebenswandels dafür verantwortlich, und je älter er wurde, um so mehr empfand er dies so.

Aber er hörte nicht auf zu zeichnen. Er verschlang Unmengen von kommentierten kunsthistorischen Bildbänden, die von den ersten Höhlenzeichnungen bis in die Gegenwart der Malerei reichten. Er entwickelte ein sicheres stilistisches Urteilsvermögen und einen unbestechlichen Geschmack. Er war (zum Beispiel) überzeugt, daß es sich bei Tamara de Lempicka allenfalls um eine Fußnote der Kunstgeschichte handelte. Daß Balthasar Schrödinger ihre Gemälde – in der Moderne zusammengeklaubte Konglomerate dekorativer Stilelemente – verehrte, stempelte ihn in Olivers Augen unwiderruflich zum Banausen.

Überhaupt ging der Zauberer ihm auf die Nerven mit seinem unablässigen Gesülze über Frauen, die von den Männern aus irgendwelchen Gründen angeblich ihrer Freiheit beraubt und unterdrückt worden waren. Was das Unterdrückungsverhältnis zwischen den Geschlechtern anging, hatte Oliver seine eigenen Erfahrungen. Schrödingers Art war eine Masche. Oliver wunderte sich wirklich darüber, daß man sich a) diesen triefenden Charmeurgestus tatsächlich und allen Ernstes zulegen konnte, daß es b) möglich war, diese Rolle ohne mit der Wimper zu zukken durchzuhalten, und das c) offenbar auch noch mit Erfolg. Der letzte Punkt war nicht von der Hand zu weisen. Schrödinger wirkte nicht wie ein erotischer Verlierer, der sich abends in seinem Schlafzimmer nur *vorstellte*, was man haben *müßte*.

Oliver legte den Zeichenblock zur Seite und versuchte sich daran zu erinnern, welche Frauengestalten Schrödinger in seinem Programm aufmarschieren lassen wollte. Salome fiel ihm ein, dann Mata Hari, diese holländische Spionin, und schließlich war da noch eine Renaissance-Kurtisane gewesen: Julia oder Viola oder so ähnlich. Vor ein paar Monaten hatte Oliver sich einen 19-Zoll-Kristallbildschirm mit dem sagenhaften Kontrastverhältnis von 1000 : 1 und einer Bildhelligkeit von über 900 cd/m$^2$ geleistet, der wunderbar leuchtende Farben aussandte. Jetzt setzte er sich davor und googelte ›Mata Hari‹. Zweihundertfünfundneunzigtausend Einträge – das war eine Menge! Laut Wikipedia tauchte Mata Hari 1905 in Paris als indische Tempeltänzerin auf. Ihre Darbietungen, die allesamt mehr oder weniger frei erfunden waren, endeten meistens damit, daß sie die Hüllen fallen ließ. Die Pariser High-Society lag ihr zu Füßen. Auf dem Höhepunkt ihrer Karriere verdiente sie mit ihren Auftritten offenbar ein Vermögen. Das wunderte Oliver, denn soweit er wußte, war Strippen heutzutage ein Job für eingeschleuste Studentinnen aus den ehemaligen Ostblockstaaten.

Er durchsuchte Google nach einem Nacktfoto von Mata Hari, aber offenbar gab es nicht allzu viele davon. Auf einer russischen Webseite wurde er fündig: Demnach hatte Mata Hari eine ziemlich üppige Figur mit dicken Schenkeln und teigigen, etwas zu hoch sitzenden Brüsten gehabt. Außer groben Perlenketten aus Ebenholz oder dunklem Mondstein, einem Sonnengott-Amulett vor den Schamhaaren und einer sich um ihren rechten Oberarm ringelnden Schmucknatter trug sie nichts am Leib. Die rechte Hand hielt sie auf orientalisch anmutende Weise abgespreizt, und die linke schwebte waagerecht unter ihrem leicht angehobenen Kinn. Ihre Haare wurden von einem dunklen Diadem zusammengehalten, aus dem der Kopf einer Klapperschlange herauswuchs.

Alles in allem war Oliver von Mata Hari enttäuscht. Er hatte einen erotischen Kitzel erwartet, aber ihre Nacktheit ließ ihn ziemlich kalt. Sie blickte ein bißchen unglücklich drein oder vielleicht auch sehnsüchtig aus ihren großen, dunkel umschminkten Augen, die schön gewesen sein mochten. Alle Aufnahmen, die Oliver von Mata Hari aufstöberte, waren anrührend kurios. Mal hielt sie als Odaliske einen Plisseeschleier vor ein Wüstenlandschaftsprospekt, mal plauderte sie mit Piratenkopftuch, Metall-BH, hochgeschobenem Samtrock und schwerem Fußkettchen mit ein paar Pickelhaubenkavalleristen und Ordonnanzoffizieren, die ihrem Stummfilmcharme unübersehbar verfallen waren. Die unterschiedlichsten Webseiten huldigten ihrem Mythos. Eine Dessouskollektion (bestehend aus einer bordeauxroten Spitzenkorsage mit zum Schein aufgesetzter Schnürung, einem Knospenmusterstring und gekräuselten Strumpfhaltern), ein giftgrüner spanischer Absinth, die weibliche Chihuahualinie eines texanischen Hundezüchters sowie eine schwarze Pygmäenziege auf einer Farm im Staate Washington trugen ihren Namen.

Oliver ließ seinen Blick zur Seite wandern und sah hinaus auf die Straße. Die gegenüberliegenden Hauseingänge leuchteten mal hell auf und sanken Sekunden später wieder zurück in blasses Grau, als sei irgend etwas mit der Energieversorgung der Sonne nicht in Ordnung. An den Namen der Renaissance-Kurtisane, von der Schrödinger gesprochen hatte, konnte er sich nicht mehr erinnern. In Bezug auf die Malerei war die Renaissance, insbesondere die Frührenaissance, eine seiner Lieblingsepochen. Botticelli, Tizian oder der geheimnisvolle Giorgione, von dem es ein bedeutendes (leider namenloses) Kurtisanenportrait gab und eines von Cesare Borgia, von dem es hieß, er habe es mit seiner Schwester Lucretia getrieben.

Google, diese Zaubermaschine, spuckte zu ›Renaissance‹ und ›Kurtisane‹ einen Namen aus: Tullia d'Aragona. Das Persönlichkeitsprofil paßte. Irgendwann zwischen 1508 und 1510 aus der Liebesbeziehung zwischen einem Kardinal und seiner Mätresse hervorgegangen, hatte Tullia d'Aragona zu einer Reihe von männlichen Berühmtheiten und Würdenträgern ihrer Zeit regen Kontakt gehabt: Cosimo de Medici oder der Kardinal Hippolytos de Medici, und auch ein unehelicher Sproß aus dieser verlotterten Borgiasippschaft gehörte offenbar zu ihrem Verehrerkreis. Außerdem hatte sie es zu einem Eintrag in *philosophenlexikon.de* gebracht, weil sie in ihrer Freizeit ein Buch mit dem Titel ›Über die Unendlichkeit der Liebe‹ geschrieben hatte. Das Stichwort Liebe ließ Oliver beim Herumsurfen in den Gefilden der Renaissancekultur auf Bronzinos ›Allegorie der Liebe‹ stoßen sowie Botticellis berühmte, im Auftrag der Medici gemalte ›Geburt der Venus‹, Giorgones vermutlich von Tizian fertiggestellte ›Ruhende Venus‹ und die von Tizian allein gemalte Venus an der Seite von Lucretia Borgia. Das Googeln von ›Borgia‹ wiederum ergab, daß von dem einst so klangvollen Namen im Laufe der Jahrhunderte nicht viel übriggeblieben war. In Amerika gab es einen Stanley Borgia, seines Zeichens ›Assistant Special Agent in Charge‹ beim FBI, Zweigstelle Buffalo, New York, dessen Haare auf dem Webseiten-Portraitfoto vor der amerikanischen Flagge mit der gleichen Akkuratesse gescheitelt waren wie die von John F. Kennedy. Ein gewisser Luigi Borgia betrieb in der italienischen Schweiz ein Wirtshaus, das über einen Eintrag in den eidgenössischen Gelben Seiten bei Google gelandet war, und schließlich präsentierte ein Oleg Borgia in Rußland auf seiner Seite eine Reihe von Frauen, die allesamt sehr jung und schön waren.

Oliver klickte Swetlana an, die mit schmaler Taille und

kleinen spitzen Brüsten glühbirnengelb angeleuchtet auf einem Sofa posierte. Vermutlich war die Aufnahme in einem Hotelzimmer entstanden, denn der Teppichboden war mit braunen und orangefarbenen Kreisen gemustert und in etwa so trist, wie man sich ehemals sozialistische Teppichböden vorstellte. Außer einem schwarzen Lederhalsband, von dem eine Kette auf ihre Schenkel fiel, und den obligatorischen Pumps trug Swetlana nichts am Leib. Ihre dunklen Haare waren flüchtig hochgesteckt, und da Oliver kyrillisch nicht entziffern, geschweige denn verstehen konnte, war nicht mit hundertprozentiger Sicherheit zu sagen, was es mit den Fotos auf der Webseite von Oleg Borgia auf sich hatte. Die wahrscheinlichste Deutung war natürlich, daß der Dreckskerl Swetlana zahlungskräftigen Männern per Internet anbot. So tief konnte ein Name also sinken! (Oder war sich das Geschlecht der Borgia seit der Renaissance genetisch einfach nur treu geblieben?) Die arme Swetlana blickte so offen und nicht im mindesten professionell in die Kamera. Und auf einmal spürte Oliver, daß ihn der Anblick ihrer schönen Augen (und Brüste) *nicht* kalt ließ. Schnell (und traurig) klickte er sie fort.

Er stand auf und ging eine Weile im Laden hin und her, um sich zu beruhigen. Wieder einmal wurde ihm klar, daß sein Sexualleben von jeder Form der erotischen Balance himmelweit entfernt war. Seit mehr als vier Monaten hatten Do und er nicht mehr miteinander geschlafen, und er empfand es als unerträglich demütigend, neben ihr zu liegen und die Sache selbst in die Hand zu nehmen. Jedenfalls brauchte man kein mit allen Wassern gewaschener Ehetherapeut zu sein, um zu begreifen, daß es sich bei all dem um das Symptom einer ernstzunehmenden Krise handelte.

Zweimal näherte Oliver sich bedrohlich dem Rechner, um Swetlana noch einmal anzuklicken, aber er verbot es sich. Nach einer Weile fiel ihm aber ein, daß er das Stichwort ›Salome‹ noch nicht erforscht hatte. Der Preis für ihren berühmten Entschleierungstanz war, wie er aus der Kunsthistorie wußte, das Haupt von Johannes dem Täufer gewesen. Mit mehr als einer Million Webeinträgen stellte Salome Mata Hari noch um Längen in den Schatten, selbst wenn man die Stadt Salome in Arizona, Salome Zourabichvili, die Außenministerin von Georgia, oder die Clubanlage Salome's Garden auf Sansibar abzog.

Alle hatten Salome gemalt: Tizian und Caravaggio, Klimt, Gustav Moreau und Franz von Stuck, bei dem sie aussah wie eine Mischung aus Carmen und einem Revuegirl. Schon immer hatten Frauen sich vor Männern ausgezogen, aber die Preise hatten sich enorm geändert. Ausgehend vom Haupt Johannes des Täufers über die Millionen auf Mata Haris Pariser Bankkonten bis hin zum Münzgeld für die Peepshow-Automaten der achtziger Jahre ergab sich ein schwindelerregender Kursverfall für das weibliche Entblößen von der Antike bis in die Gegenwart.

Auf der Seite *orientiktanz.de* fand Oliver ein paar Bauchtanzclips einer gewissen Salome-Saidi. Er lud eine der Dateien herunter und öffnete sie. Salome-Saidi trug einen weißglitzernden Hüftrock und einen BH, der wie ein Vorhang aus Perlenschnüren gearbeitet war. Ihr Bauchnabel über dem Bund des Rocks war glitzernd gepierct (vielleicht sprach man beim Nabelschmuck einer Bauchtänzerin nicht von einem Piercing). Die Tanzsequenz startete damit, daß ihre Arme über dem Kopf eine zwiebelartige Spitze formten, die sich zunächst wie ein Blütenkelch öffnete. Dann trippelte sie auf Zehenspitzen mit schaukelnden Hüften seitwärts und ließ mit maskenhaftem Dauerlächeln ihre voluminösen Brüste auf- und abwippen.

In diesem Moment segelte Helma Kienapfel herein. Sie betrat das Geschäft in ihrer üblichen unaufhaltsamen Art, so daß Oliver nicht einmal mehr Zeit blieb, sie innerlich zu verfluchen. Er ließ den Mauszeiger auf die rechte obere Ecke des Bauchtanzfensters sausen, um Salome-Saidi unauffällig wegzuklicken, und verzog das Gesicht zu einem Ausdruck freudigster Überraschung.

»Helma!«, rief er besonders laut aus. »Wie schön, dich zu sehen! Was führt dich her?«

Er traf mit ihr in der Mitte seines Ladens zusammen. Immerhin trug sie flache Schuhe, so daß sie ihn nicht demütigend überragte. Das hätte er im Moment nur schwer ertragen können. Wie üblich küßten sie sich zur Begrüßung rechts und links auf die Wangen. Sie roch nach Olivenöl.

Sie sagte: »Stell dir vor, Oliver, ich habe mir vor ein paar Jahren eine Ray-Ban gekauft und dachte damals, ich würde *nie wieder* eine neue Sonnenbrille brauchen. Und was sehe ich vorhin im Spiegel? Daß sie mir *absolut nicht steht* und mein Gesicht mit ihren eiförmigen dunklen Gläsern geradezu in einen *Toten*schädel verwandelt. Wie ist das nur möglich, daß man so etwas erst nach Jahren bemerkt?«

Während sie sprach, sah Oliver mit Entsetzen, daß Salome-Saidi auf seinem herrlich großen Bildschirm immer noch mit tulpenhaft ausgestreckten Armen und kreisendem Becken ihre Schrittfolgen abspulte. »Ist schon verteufelt mit der Mode«, preßte er mechanisch durch die Zähne und überlegte, wie er verhindern konnte, daß Helma sich umwandte. Wenn sie mitbekäme, daß er sich Bauchtanzclips runterlud, würde sie mit Sicherheit annehmen, daß es sich dabei nicht um einen Einzelfall handelte, sondern um den gewohnheitsmäßigen Konsum billiger Netzerotik.

Oliver lotste Helma in den hinteren Teil des Ladens. Als sie sich dort umwenden und auf die Couch fallen lassen wollte, insistierte er: »Nein, du solltest dich besser *hier* in den *Sessel* setzen. Dann hast du das Schaufenster hinter dir und kein *Gegen*licht, wenn du dich gleich im Spiegel betrachtest. Gerade mit Sonnenbrille würdest du da überhaupt nichts erkennen.«

Helma setzte sich folgsam in den ihr zugewiesenen Sessel, mit dem Rücken zum Bildschirm, womit Oliver das Schlimmste fürs erste verhindert hatte. Jetzt mußte er sie ablenken, bis dieser verfluchte Clip ein Ende gefunden haben würde. Den kleinen Fortschrittsbalken unter dem Videofenster, dessen Länge zu entnehmen gewesen wäre, wie lange Salome-Saidi noch gedachte, mit ihrem Geschlängele fortzufahren, konnte er aber nicht erkennen. Nervös blieb er neben dem Sessel stehen und wagte es nicht, sich ebenfalls hinzusetzen.

»Wir finden etwas Passendes für dich«, sagte er, den Kopf zum Bildschirm gewandt, »die Mode hat sich in den vergangenen Jahren radikal geändert, diese dünnen Drahtgestelle sind schon lange nicht mehr angesagt, die stehen kaum einem, weißt du, in den Prospekten werden die Models danach ausgesucht, ob ihnen die Brillen stehen, da richten sich die Brillen nicht nach den Gesichtern, sondern die Gesichter nach den Brillen, das muß man natürlich wissen, wenn man die Broschüren durchblättert, laß dir auf jeden Fall jede Menge Zeit dabei, es gibt nichts Schlimmeres, als unter Druck eine Sonnenbrille zu kaufen, das ist der sicherste Weg, um kreuzunglücklich zu werden, sage ich immer, die Sonnenbrille *ersetzt* ja gewissermaßen deine Augen, das macht sich nämlich keiner klar, normale Brillen betonen sie, schälen sie aus den Gesichtern heraus, aber eine Sonnenbrille *ist* dein Auge, und deswegen solltest du dich erst mal darauf besinnen, was du willst, denke über deinen Typ nach, horche in dich hinein, du weiß schon, wer du bist und so ...«

Inzwischen war etwas Furchtbares geschehen: Mit drei oder vier gezierten Pirouetten war Salome-Saidi freundlicherweise in das Dunkel des Videofensters entschwunden – doch leider nur für ein paar Sekunden. Danach pixelte der Real-Time-Player sie erneut auf die brillante CrystalBrite-LCD-Oberfläche des riesigen Monitors, und zwar in präzise jener Anfangspose mit zwiebelförmig erhobenen Armen und blitzendem Bauchnabelpiercing, aus der heraus sie, wie Oliver wußte, in wenigen Sekunden beginnen würde, mit schaukelnden Hüften und perfidem Dauergrinsen auf Zehenspitzen seitwärts zu trippeln. Oliver versuchte verzweifelt, so etwas wie Stop-Wellen auszusenden, aber der Computer reagierte nicht auf seine telepathischen Eingaben.

Helma wollte aufspringen und Olivers Sonnenbrillenkollektion durchforsten. »Wie hast du die Brillen sortiert, nach Tönung oder Designern? Ich möchte mich diesmal nicht von einem Markennamen blenden lassen.«

In seiner Verzweiflung legte Oliver ihr reichlich unsanft die Hand auf die Schulter und drückte sie zurück in den Sessel. »Warte noch … ich habe da ein ganz besonderes Stück, ist heute erst reingekommen. Eine Gucci. Das Ding ist ein Knaller …«

Er hastete wie irrsinnig durch den Laden. Sein Plan (sofern man in der gegebenen Situation von einem Plan sprechen konnte) war, Helma durch seinen Aktionismus irgendwie zu lähmen, sich dabei peu à peu seinem PC zu nähern und den Bildschirm mit einer schnellen, gezielten Bewegung abzuschalten. Gott sei Dank hatte Helma Zeit. Während Oliver von Schublade zu Schublade sprang, teilte sie ihm unter dem Mantel strikter Verschwiegenheit mit, daß Schrödinger sich bei Mark unauffällig nach den Aktien eines bestimmten Spielzeugherstellers erkundigt habe, *Magic Puppet*, einer mysteriösen Firma, die sozusagen Knetgummi herstellen würde. Um seine Suche realistisch wirken zu lassen, verschwand Oliver pro forma in der Werkstatt, kam schnell wieder heraus, schloß die Tür, murmelte irgend etwas vor sich hin und näherte sich im Zickzackkurs dem Kassentresen mit dem Bildschirm. Salome-Saidi begann soeben – Oliver hatte es ja geahnt – einen dritten Durchlauf. Schrödinger habe, sagte Helma, nicht nur bei Mark *Magic-Puppet*-Aktien gezeichnet, sondern auch bei anderen Banken. Mark hatte das von Kollegen erfahren. Natürlich wußte man nicht, ob es *wirklich*

Schrödinger gewesen war, denn Namen waren bei diesen Gesprächen tabu. Aber es war ja klar, daß es sich nur um Schrödinger gehandelt haben *konnte*. Wer sonst wäre so verrückt, sein ganzes Geld in Knetgummi zu stecken! Endlich beim PC angekommen, zwang Oliver sich zur Ruhe, um ja nicht den falschen Knopf zu erwischen (diesmal durfte er keinen Fehler machen), und schaltete den Monitor ab. Das Bild wurde augenblicklich dunkel, eine tiefe Kunststoffdunkelheit, aus der Salome-Saidi nicht mehr auferstehen würde. Er hatte es geschafft und atmete durch. »Du hast vollkommen recht, Helma. Man wird aus diesem Schrödinger nicht schlau.«

Beruhigt, ja gelassen schlüpfte er jetzt in die Rolle des routinierten Verkäufers. Dabei empfand er Helma gegenüber beinahe so etwas wie Dankbarkeit: Sie hatte sozusagen kooperiert. Er nahm sich vor, sehr ernsthaft eine Sonnenbrille für sie auszusuchen, die ihr farblich stand. Ihr Gesicht wirkte im Lichtballon ihrer blondierten Haare immer ein wenig gelblich.

Sie sagte: »Ich habe gehört, daß er Do und dich bereits zu einem kleinen Abenddiner eingeladen hat.« In diesem Moment strebte niemand anders als der, über den sie sprach, Balthasar Schrödinger, der Zauberer, von links nach rechts durch Olivers Blickfeld. »Eigentlich wären ja Mark und ich zunächst an der Reihe gewesen«, fuhr sie beleidigt fort. »Ich finde dieser Schrödinger …«

Oliver sagte: »Helma, er kommt gerade herein.«

Sie drehte sich um und sprang dem Zauberer enthusiastisch entgegen. »Balthasar! Wie schön, dich zu sehen. Wie geht es Josephine?«

Sie empfing drei Begrüßungsküßchen von ihm, und dann tauschten die beiden eine Reihe von Höflichkeiten über irgendeine Geschichte aus, die offenbar kürzlich stattgefunden hatte. Oliver erfuhr, daß Josephine, das Kätzchen, sich bei einem Streifzug durch die Gärten des Viertels verirrt hatte. Helma war Programmiererin und erstellte zu Hause Datenbanken für mittelständische Unternehmen. Vor ein paar Tagen erschien auf der Fensterbank ihres Arbeitszimmers ein Kätzchen und maunzte unglücklich. Helma kannte Josephine noch nicht, aber der Zauberer hatte seinem Liebling ein Halsband mit der Telefonnummer in einem kleinen Medaillon umgebunden. Helma rief ihn also an, und er fragte sie, ob sie ihm das Kätzchen nicht bringen könnte, weil er gerade sehr beschäftigt sei. Diese Gelegenheit, endlich sein Haus zu betreten, ließ Helma sich nicht entgehen. Als sie mit Josephine bei ihm auftauchte, hatte er schon eine Flasche Champagner kalt gestellt. Oliver schloß aus der Vertrautheit zwischen den beiden, daß sie diese Flasche gemeinsam ausgetrunken hatten.

Schrödinger sagte zu Oliver: »Sollten Sie oder Do Josephine je in Ihrem Garten sichten, zögern Sie nicht, mich anzurufen! Die Kleine hat die Grenzen ihres Reviers noch nicht intus und büchst immer aus. Ich habe schon das eine oder andere ernste Wörtchen mit ihr darüber geredet – umsonst.«

Die Vorstellung, daß Do dem Zauberer seine Katze zurückbringen und dafür mit Champagner entlohnt werden könnte, gefiel Oliver nicht gerade. Schrödinger wollte seine Brille abholen, und er wandte sich konspirativ flüsternd an Helma: »Du mußt mir hoch und heilig versprechen, mit *niemandem* darüber zu reden, daß wir uns hier getroffen haben. Zauberer sollten es nicht nötig haben, Brillen zu tragen. Mein Ruf steht auf dem Spiel, meine magische Aura. Du weißt ja, wie das mit Gerüchten so ist: Nichts schadet einem mehr als die Wahrheit.«

Wenn jemand mit der Natur von Gerüchten vertraut war, dann Helma. Sie versprach dem Zauberer zu schweigen. Offenbar waren alle Frauen des Viertels in ihn verliebt, dachte Oliver. Schrödingers Brille war ein randloses Modell mit Titangelenken und vollentspiegelten Gleitsichtgläsern. Die meisten Menschen, die schlecht sahen, vergaßen, was es bedeutete, gut zu sehen; in der Halbtotalen mußte die Brille für den Zauberer eine Offenbarung sein. Als notorischer Charmeur würde er die Sprache femininer Gesichtszüge wieder präzise lesen können. Eigentlich paßte es Oliver nicht, daß gerade er das Zaubergerät angefertigt hatte, das diesem erotisch gefährlichen Mann diese verloren gegangene Dimension wieder erschließen würde. In irgendeinem Buch des Lebens stand wohl geschrieben, daß der heutige Nachmittag für ihn eine Prüfung war. Er nahm die Brille aus dem Etui und setzte sie dem Zauberer auf. Schrödinger verdankte der weichen, etwas wäßrigen Oberfläche seiner kleinen graublauen Augen sein sensibles offenherziges Aussehen. Jetzt weiteten sie sich und nahmen einen überraschten, ja beinahe verblüfften Ausdruck an.

»Oliver!«, rief er, »Sie sind ja Jesus! Sie sind in der Lage, Blinde sehend zu machen! Grandios! Ich wollte doch nur ein paar Buchstaben aus dem See des Sichtbaren fischen, und Dank Ihnen habe ich einen Schatz gehoben! Wer hätte gedacht, daß ganz normale Dinge so unglaublich vor*han*den sein können!« Voller Begeisterung grabschte er mit seinen riesigen rosigen Händen ein paar Prospekte vom Tisch und schwenkte sie in seinem Gesichtsfeld hin und her. »Jetzt weiß ich endlich, warum man von *Hoch*glanzpapier spricht. Oliver, es ist ja geradezu, als hätten Sie das Licht neu erfunden: Es werde Licht! Daran, daß mir ständig diese religiöse Metaphorik auf der Zunge liegt, sehen Sie, daß ich wirklich überwältigt bin. Helma, ich dachte immer, Sie hätten gelbes Haar, aber es ist ja golden! Seien Sie ehrlich, Oliver, ist das tatsächlich nur eine Brille, oder haben Sie nicht doch ein wenig an der Wirklichkeit herumgefummelt? Donnerwetter! – als Zauberer kann ich ja noch was von Ihnen lernen! Jedenfalls dürfte ich mit meinen Darbietungen auf keinen Fall hinter das zurückfallen, was Sie hier so mir nichts dir nichts aus dem Ärmel schütteln. Das ist niederschmetternd, die Meßlatte liegt jetzt verflucht hoch. – Was soll ich Ihnen vorlesen?« Er schlug einen der Prospekte auf und verkündete: »*Von Tradition und Zeitlosigkeit inspiriert übertrifft das Unisex-Modell Gucci 1446 jedes Kriterium, an dem Designersonnenbrillen in der Prêt-à-porter-Welt gemessen werden. Chef-Designer Tom Horn weiß, daß Luxus selbstverständlich aussehen muß. Guccis Sonnenbrillen wecken Begehren und geheime Lüste; sie sehen nach diskretem Sex und offensichtlichen Absichten aus, vermitteln ein Popstargefühl als Belohnung für Alltag und Arbeit. Die Freiheit der Metropole – das ist der Ausdruck dieser Brille. Ein bizarrer Hauch für alle, die es lieben, wenn andere sich umdrehen. Gucci Sonnenbrillen sind nur für diejenigen, die sich* *selbst wahrnehmen und ihren eigenen glamourösen Lebensstil öffentlich machen. Logo-Ort ist der Bügel.«*

Der Text machte Helma neugierig. Die Gucci 1446 lief schwarz und gleichbleibend breit von Ohr zu Ohr. Helmas helles Gesicht sah damit aus, als habe man ihr aus rechtlichen Gründen einen dunklen Augenbalken verpaßt wie einer Drogensüchtigen auf einem Foto.

»Perfekt!«, sagte Oliver. Es war an der Zeit, daß er sie und den Zauberer endlich loswurde.

Schrödinger fischte sein Portemonnaie aus der Gesäßtasche seiner safarifarbenen Popeline-Hose. »Was bin ich Ihnen schuldig?«

Das war eine mißliche Frage. Um sie zu beantworten, hätte Oliver den Monitor wieder anschalten müssen, und sein Ringen um Schadensbegrenzung in Sachen Salome-Saidi wäre umsonst gewesen. Nicht nur Helma, auch Schrödinger würde sich seinen Reim auf Olivers vermeintliche Download-Gewohnheiten machen und wohl zu dem Schluß kommen, daß bei dem Ehepaar Schwarz erotisch die Luft raus war und er folglich bei Do leichtes Spiel haben dürfte. Oliver fühlte sich miserabel. Er dachte an jene Film-Bomben, deren Uhren unaufhaltsam abwärts tickten, bis sie von einem Helden mit übermenschlicher Ruhe in den letzten drei Sekunden entschärft wurden. Sein Bildschirm war so eine Bombe, aber er war kein Held.

Er sagte: »Mein Rechner funktioniert nicht. Die Mühle ist irgendwie am Ende und spuckt eine Fehlermeldung nach der anderen aus. Nehmen Sie Ihre Brille einfach mit. Wenn alles wieder läuft, schicke ich Ihnen die Rechnung. Was halten Sie davon?«

Oliver hatte allerdings nicht bedacht, daß Helma sich mit Rechnern auskannte. Sie meinte, es würde sich höchstwahrscheinlich um irgendeinen Wurm handeln, und schob die Gucci 1446 hoch. Über ihrer Stirn sah der schwarze Brillenbogen auf einmal aus wie Mata Haris Schlangendiadem. Mit der ihr eigenen Betriebsamkeit steuerte Helma auf den Monitor zu, um Oliver ihre Erfahrungen als freiberufliche Softwarekoryphäe zur Verfügung zu stellen. Wie hypnotisiert starrte er auf das Sehnen- und Knorpelspiel ihrer weißen Kniegelenke unter dem Saum des miesmuschelgelben Leinenrocks. Er hatte das Gefühl, nicht minder unfähig zu einer Reaktion zu sein wie all die Brillengestelle, die an den Wänden hingen. Diese stoisch glotzende Zuschauermasse, die nur darauf wartete, daß es endlich zum großen Salome-Saidi-Showdown kommen würde.

»Mir geht's hundsmiserabel«, rief er verzweifelt, und das stimmte. Er brauchte die Verzweiflung nicht zu spielen. »Zum Teufel, Helma, du trampelst auf meinen Nerven herum. Ich bin heute morgen mit rasenden Kopfschmerzen aufgewacht! Ich bin wirklich am Ende!«

Schrödingers silberne Augenbrauen fuhren über der Nasenwurzel sanft in die Höhe und sanken an den Schläfen verständnisvoll hinab. Er hob seine großen Hände und sagte: »Oliver, ich leide mit Ihnen. Die Migräne ist eine der schlimmsten Plagen der Menschheit. Unter unserer Schädeldecke spielt irgend etwas verrückt, und wir können nichts dagegen tun. Ich werde Sie keine Sekunde länger belästigen.«

Helmas schmale Lippen verbogen sich zu einem Ausdruck des Bedauerns. »Du Ärmster! Warum hast du das denn nicht gleich gesagt? Ich hatte ja keine Ahnung. Das mit der Sonnenbrille hat doch Zeit.« Sie riß sich die Gucci unisex 1446 aus den Haaren und legte sie auf den Tresen.

Der Zauberer (Oliver bestand darauf, daß er die neue Brille mitnahm) stieß die Ladentür auf, und Helma und er traten nacheinander hinaus in die Sonne. Die beiden schlenderten von dannen, sie paßten auffallend gut zusammen, von der Größe her und auch farblich, die Hinterköpfe: Silber und Gold. Schrödinger war jemand, der mit jeder Frau ein sexuell stimmiges Bild abgab. Der Gedanke quälte Oliver. In der Werkstatt warf er sich auf die alte heugrüne Velourscouch, auf der Do ihm vor langer Zeit nackt Modell gesessen hatte. Nach wenigen Skizzen hatten sie sich immer geliebt, sie hielten es nie lange aus. Als Oliver die Augen schloß, erschienen auf der dunklen Innenseite seiner Lider die Umrisse des sonnenerleuchteten Paares, dem er eben noch nachgesehen hatte, schemenhaft wie auf der Rückseite einer Camera Obscura. Sie lösten sich auf, so wie Salome-Saidi sich scheinbar aufgelöst hatte. Oliver durchfuhr der furchtbare Gedanke, auch in seinem Gehirn könne irgendein Softwareschaden eine Endlosschleife geschaltet haben und die Umrisse der beiden wieder sichtbar werden lassen. Und seine quälenden Fantasien. Entsetzen packte ihn bei der Vorstellung, alles würde von vorne losgehen, für immer und immer, auf dem Bildschirm seiner manischen sexuellen Leere.

| | | | |
|---|---|---|---|
| 16 | 3 | 2 | 13 |
| 5 | 10 | 11 | 8 |
| **9** | 6 | 7 | 12 |
| 4 | 15 | 14 | 1 |

»Oliver hat sich gestern irgendwie sonderbar benommen«, sagte Helma, und Do spürte deutlich, daß ihre Freundin bereits eine Theorie entwickelt hatte, warum dies so gewesen war.

Draußen regnete es, der Telefonhörer lag kühl in Dos Hand. Die hellroten Früchte der alten Eibe neben dem Gerätehaus waren in den vergangenen Tagen reif geworden. Die Beeren waren klein und giftig, so daß man den dunkelgrünen Strauch mit den glänzenden Nadeln wegen der Kinder eigentlich aus dem Garten hätte verbannen müssen. Aber Do hatte sich in den vergangenen Jahren nie dazu durchringen können, das Leben des inzwischen zweieinhalb Meter hohen und also beinahe drei Jahrzehnte alten Gehölzes zu beenden. Sie wußte, daß das eine ihrer Schwächen war: im Zweifelsfalle nachzugeben und allem, was existierte, eine Daseinsberechtigung zuzugestehen, auch wenn das bedeutete, die Produktion von Gift in Kauf zu nehmen. Sie wandte den Blick von der dunklen Eibe ab und sagte: »Wie meinst du das: sonderbar?«

»Eben sonderbar«, wiederholte Helma diffus. »Ich kann's nicht anders erklären.«

Do kannte sie zu gut und sagte: »Ich spüre, daß du's kannst. Sag mir was los ist.«

Helma zögerte einen Moment. »Hat er dir denn nichts erzählt?«

»Oliver? Was soll er mir erzählt haben? Er meinte, du hättest eine neue Sonnenbrille kaufen wollen, eine Gucci, und kurz darauf sei Schrödinger hereingeschneit, um seine Lesebrille abzuholen.«

»Das stimmt soweit.«

»Und was, bitteschön, stimmt *nicht*?«

Helma konnte sich Zeit lassen, weil sie wußte, daß es in ihrer beider Leben im Moment nichts Dringliches zu erledigen galt. Die Kinder waren in der Schule, und Do arbeitete donnerstags nicht. Mit Bedacht sagte sie: »Der springende Punkt ist, wie Oliver sich verhalten hat.«

»Helma, mach es bitte nicht so spannend.«

Betontes Ausatmen drang durch den Hörer und signalisierte, daß die Ouvertüre auch aus Helmas Sicht nun beendet war. »Also«, begann sie, »was stimmt, ist, daß ich eine Sonnenbrille kaufen wollte, weil ich meine alte unmöglich noch tragen kann, weißt du, diese Ray-Ban, du kennst sie ja. Wie auch immer, kaum hatte ich das Geschäft betreten, es muß so zwei, halb drei gewesen sein, verfiel Oliver in eine sonderbare Hektik. Was soll ich sagen – er sprang von hier nach da, dachte nicht daran, mir einen Kaffee anzubieten, was er sonst immer macht, und wirkte total konfus. Als ich reinkam, hatte er am Computer gesessen, als würde er über irgendwelchen Abrechnungen brüten, aber ich habe sofort gespürt, daß da etwas nicht stimmte. Und die einzige Erklärung, die ich dafür habe, ist die, daß er mich hat kommen sehen und aus irgendeinem Grund schnell an den Computer gesprungen ist, um so zu tun, als würde er konzentriert arbeiten. Ich verstehe ja nichts von Brillen, aber mit Computern kenne ich mich aus. Er hat irgendwie mit der Maus herumgefuhrwerkt, um Aktivität zu demonstrieren, aber irgend etwas war faul dabei. Ich weiß ja, wie das ist: Wenn man *wirklich* konzentriert am Computer arbeitet, dann ist man wie eingefroren. Man bemerkt überhaupt nicht, was rechts und links von einem passiert.«

»Helma, *was* willst du mir sagen?«, beendete Do den Redefluß aus dem Telefonhörer endlich, aber viel zu spät. Sie ärgerte sich über sich selbst, mehr noch als über ihre Freundin, weil sie solange zugehört hatte, ohne die rhetorische Salve mysteriöser Andeutungen zu unterbrechen. Sie war zu sanftmütig und nachgiebig. Sie hatte Helma nicht widersprochen, so wie sie auch ihrer Mutter kaum je widersprochen hatte. Nie hatte sie ihr eigenes Gift produziert, um sich Respekt zu verschaffen.

Helma fuhr unbeirrt fort: »Ach weißt du, Liebes, vielleicht rede ich ja auch furchtbaren Unfug. Es war nur so eigenartig, als ich das Geschäft betreten habe. Oliver hat behauptet, er wüßte nicht mehr, wo er die Gucci-Kollektion hingeräumt hatte – ich bitte dich: die *Gucci-Kollektion*! –, und hat mich praktisch ge*zwun*gen, erst mal sämtliche Prospekte durchzublättern, bevor ich mich im Geschäft umsehen durfte. Als ich saß, ist er für ein paar Sekunden in seiner Werkstatt verschwunden, kam ziemlich nervös wieder heraus und hat die Tür zugemacht. Danach hat er so getan, als würde er weiter nach dieser Brille suchen, von der er meinte, sie wäre das absolut Richtige für mich, obwohl sie in Wirklichkeit, wie sich dann herausgestellt hat, viel zu dunkel und hart für mein helles Gesicht ist. Ich sah genaugenommen aus wie kurz vor meiner Erschießung, als habe man mir die Augen verbunden. Ich habe mich seinen sonderbaren Anweisungen gefügt, weil ich ihn nicht in Verlegenheit bringen wollte, aber ich habe mir natürlich meine Gedanken gemacht.«

Do spürte, daß es Helma gelungen war, sie tatsächlich zu beunruhigen. Eine Stimme, die ihre eigene war, sagte: »Um Gottes willen, in was für eine Verlegenheit denn, Helma?«

»Ja ist dir denn nicht klar, was mir geradezu durch den Kopf gehen *mußte*?«

»Absolut nicht.«

»Aber, Do, ich bitte dich!« Helma schien wirklich verblüfft über die Begriffsstutzigkeit ihrer Freundin und fuhr fast ein wenig belehrend fort: »Entschuldige, daß ich das jetzt so direkt sage, aber Oliver hat sich ganz und gar so verhalten, als hätte ich ihn mit einer Geliebten erwischt! Verzeih, Do, es ist wirklich nicht meine Art, leichtfertig solche Verdächtigungen auszusprechen, das weißt du ja. Aber ich kann mir auch nicht verbieten, bestimmte Schlüsse zu ziehen, die geradezu auf der Hand liegen. Warum war er so nervös, als ich ins Geschäft gekommen bin? Warum hat er so getan, als würde er am Computer arbeiten? Und warum ist er noch mal schnell in seine Werkstatt gehuscht und hat anschließend die Tür zugemacht?«

»Warum denn schon?«, sagte Do verärgert. »Helma, du siehst wirklich Gespenster. Mittwoch ist in der Regel nicht viel los, ich weiß das, weil es in der Boutique auch so ist. Manchmal telefonieren wir Mittwochs miteinander, einfach weil wir uns langweilen. Aber das tut nichts zur Sache. Der Punkt ist, daß Oliver die Mittwochnachmittage *tatsächlich* meistens für Bürokram nutzt. Er hat bestimmt nicht nur so ge*tan*, als würde er am Computer arbeiten. Und wie du selbst ganz richtig feststellst, kann es dabei gelegentlich vorkommen, daß man einfach nicht mitbekommt, was um einen herum vorgeht. Das ist alles. Und mit deinem Auftritt hast du ihn aufgescheucht, was ungefähr so ist, als hättest du ihn mitten in der Nacht geweckt. Er war verwirrt und mußte erst mal wieder zurück in die Realität finden. Glaubst du, *ich* wüßte immer, wo was ist? Mein Gott, wie oft renne ich quer durch die Boutique, um dann festzustellen, daß das, was ich suche, genau am anderen Ende steht!«

Es entstand eine Pause, als müßte sich Helma Dos Standpunkt erst durch den Kopf gehen lassen. Aber Do vermutete, daß sie sich längst eine feste Meinung gebildet hatte und lediglich die dramatischen Sekunden bis zu ihrem nächsten Argument auskosten wollte. Schließlich sagte sie mit ruhiger Stimme. »Ich wünschte, du hättest recht.«

»Helma, ich *habe* recht.«

»Du meinst also, die Arbeit am Computer könnte Oliver gleichsam paralysiert haben?«

»Für ein paar Minuten. Warum nicht? Niemand ist ständig in Hochform.«

»Das stimmt natürlich«, sagte Helma bereitwillig, und Do spürte, daß sie jetzt ihren nächsten Trumpf ausspielen würde: »Nur gibt es bei dieser Erklärung, die ich selbstverständlich auch als erstes in Erwägung gezogen habe, ein kleines Problem.«

»Und das wäre?«

»Daß der Computer, wie sich später herausgestellt hat, überhaupt nicht angeschaltet war.«

»Ach?«

»Ja, Do, das ist die Wahrheit. Wenn du mir nicht glaubst, kannst du Balthasar, ich meine Schrödinger, fragen. Der Bildschirm war zappenduster.«

Daß Helma den Zauberer zum Kronzeugen gegen Oliver aufrief, stieß Do ab, und sie sagte: »Helma, ich denke nicht, daß Schrödinger bei so etwas mitspielen würde.«

»Was heißt denn hier mitspielen?«, warf Helma ein, ohne sich sonderlich aus dem Konzept bringen zu lassen. »Aber egal. Vergiß Schrödinger wieder und frag Oliver. Er hat schließlich selbst eingeräumt, daß er seinen Rechner nicht hochfahren konnte, weil ihm irgendein Wurm, *Hasser* oder *Fuck-You* vermutlich, das System lahmgelegt hat. Do! Er *hat* nicht am Computer gearbeitet. Er hat nur so *getan*.«

Do fühlte sich in die Enge getrieben. Es war unmöglich, Helmas Behauptungen etwas Handfestes entgegenzusetzen. Aber war das überhaupt nötig? Alles, was Helma zu bieten hatte, waren Spekulationen, die sich auf ein paar Banalitäten gründeten. »Helma, übertreib es nicht«, ermahnte sie ihre Freundin. »Ich sag dir, was los ist: Oliver ist überarbeitet, und es wird Zeit, daß wir in Urlaub fahren – das ist alles. Mir geht es übrigens kaum anders, aber erstens haben wir noch Jonas' Geburtstagsfeier am Wochenende hinter uns zu bringen – habe ich dir eigentlich schon erzählt, daß Oliver eine Zaubershow für die Kinder plant? Ich bin sicher, auch die zehrt an seinen Nerven – und meine eigene kleine Party in drei Wochen wäre ja auch noch zu organisieren. Jedes Jahr fragen wir uns aufs neue, ob wir meinen Geburtstag nicht lieber im Urlaub feiern sollten, statt hier. Aber meine Mutter wäre so enttäuscht darüber. Wir sehen uns so selten, und sie *liebt* diesen Termin im Hochsommer. Sie weigert sich, zu irgendeiner anderen Jahreszeit nach Berlin zu kommen, und beruft sich dabei auf ihre chronische Bronchitis. Und das, wo sie immer noch raucht. Sie hat ein völlig schizophrenes Verhältnis zu ihrem Körper.«

»Ich verstehe dich ja, Liebes«, sagte Helma sanft. »Ich wollte dich auch nicht beunruhigen, ich finde nur, du hast ein Recht darauf zu erfahren, wie das gestern gewesen ist. Es hat mich übrigens total überrascht, daß Schrödinger eine Brille braucht. Findest du das nicht auch irgendwie komisch?«

»Oliver hat es mir vor ein paar Wochen erzählt, nachdem Schrödinger bei ihm im Laden war. Es ist nämlich so, daß wir *durchaus* noch miteinander reden.« Sie konnte sich diesen aggressiven Kommentar zu Helmas Verdächtigungen nicht verkneifen.

»Das weiß ich doch, Liebste. Entschuldige, ich bin wirklich unmöglich, und wenn ich in Fahrt bin, quassele ich einfach drauf los. Du glaubst ja gar nicht, wie begeistert Schrödinger war, als er die Brille aufgesetzt hat! Das hättest du erleben müssen. Es war *rührend* mit anzusehen, wie er sich gefreut hat. Und als er bezahlen wollte, stellte sich dann heraus, daß Olivers Computer gar nicht lief. Zwanzig Minuten zuvor hatte er noch so getan, als würde er am Rechner arbeiten. Wieso, Do? Wieso fuchtelt jemand wie wild mit der Maus eines *abgeschaltete*n Rechners herum? Kannst du mir das erklären? Und als Oliver meinte, das Ding sei kaputt beziehungsweise mit irgendeinem Wurm infiziert, habe ich ihm angeboten, mir die Sache anzusehen. Aber da ist er wirklich ausgerastet. Du hättest ihn er*leben* müssen. Glaub mir, er hat uns, Balthasar und mich, geradezu rausgeschmissen. Er war total mit den Nerven runter, und es war klar, er will nur noch eins: Uns endlich loswerden! Auf einmal hat er behauptet, daß er schon morgens mit rasenden Kopfschmerzen aufgewacht ist – ich gebe zu, er sah auch wirklich schlecht aus. Aber ist das ein Grund dafür, uns etwas vorzumachen, wie ein aufgescheuchtes Huhn im Laden hin- und herzurennen und uns am Ende in hohem Bogen rauszuwerfen?«

Es folgte eine von Helmas theatralischen Pausen, Dos Wut fand kein Ventil in der Leitungsstille. Vor zwanzig Jahren, dachte sie, hätte sie wenigstens den Hörer auf die Gabel knallen können. An den kleinen Knöpfchen, die man heutzutage zu drücken hatte, um ein Telefonat zu beenden, konnte man sich nicht richtig abreagieren. Und gleich das ganze Telefon in eine Ecke zu pfeffern erschien ihr melodramatisch. Helma hätte es so gemacht – beziehungsweise sie würde überall herumerzählen, daß sie es so gemacht hätte.

So ruhig wie möglich sagte Do schließlich: »Und du meinst, der Grund für Olivers Nervosität wäre die nackte Geliebte im Hinterzimmer gewesen?«

Jetzt, da sie ihre Theorie in aller Klarheit vor Do ausgebreitet hatte, wurde Helma nachdenklich, beinahe sanft. »Ach, ich weiß nicht, Do – ich meine gar nichts. Ich verstehe total, daß du sauer auf mich bist, aber ich fand einfach, du hättest ein Recht zu erfahren, was gestern los war. Das ist alles.«

»Du hast mir aber weniger erzählt, was tatsächlich los war, sondern vor allem, was du dabei gedacht hast.«

»Das läßt sich doch nicht voneinander trennen, Liebste. Alle Welt weiß das. Es gibt keine Fakten, nur Vermutungen. Die gesamte Politik, unsere *Demokratie* beruht auf diesem Grundsatz. Balthasar ist sogar der Meinung, daß alles, was wir sehen, ein Produkt unseres Gehirns ist. Er hat ja gelegentlich diese philosophischen Anwandlungen. Materie, sagt er, besteht in Wirklichkeit nur aus Vibrationen – unserer Fantasie, nehme ich an.«

Do sah die Möglichkeit, Helma nun ihrerseits auf den Zahn zu fühlen. »Seit wann duzt ihr euch eigentlich?«

»Ach, habe ich dir das noch gar nicht erzählt?«

»*Das* ist erstaunlich, Helma.«

»Ich habe ihm vorige Woche sein Kätzchen zurückgebracht, es hatte sich in unseren Garten verirrt. Balthasar war mitten in einem spirituellen Prozeß, als ich anrief, und konnte nicht weg. Er ist wirklich reizend. Er hat mir ein Glas Champagner angeboten und mich durchs Haus geführt. Mir wäre die Einrichtung zu karg, aber als Künstler kann man sich das leisten. Es war ungemein anregend, aber leider konnte ich nur zwei Stunden bleiben.«

»Zwei Stunden? Ich dachte, er wäre in einem spirituellen Prozeß gewesen.«

»Ich muß allmählich Schluß machen, Liebste. Ich drükke mich, wo ich kann, vor der Arbeit. Ich sitze gerade an einer Briefmarkendatenbank für einen Händler aus Eberswalde. Er ist ein unglaublicher Pedant wie alle Philatelisten. Die zählen die Zacken, auch im Leben, sage ich dir. Laß uns hoffen, daß wir niemals so werden.«

Nachdem Do den Hörer abgeschaltet und zur Seite gelegt hatte, starrte sie in den Garten mit seinem regenfeuchten geduldigen Grün. Sie war zu passiv; sie war wie der Rasen und Helma wie das Wetter. Die Stille im Haus war unerträglich, und sie ging nach oben und schaltete den Staubsauger ein. Staub war eine magische Substanz, weil sie sich aus dem Nichts bildete, jeden Tag aufs neue. Die Schlafzimmerfenster aus den dreißiger Jahren waren zu klein, um dem regendunklen Tag Helligkeitsmengen abzutrotzen, die in der Lage gewesen wären, antidepressive Wirkungen zu entfalten. Durch Licht bildete sich im Gehirn Serotonin, hatte Do gelesen, ein antriebssteigerndes Hormon. Sie schaltete eine der Leselampen an, um nicht das Gefühl zu haben, selbst nur graue farblose Staubmaterie zu sein. Im Halogenkegel der Strahler wirbelten Schwärme winziger Partikel auf: wie Schneekristalle über den weißen Hängen der Bettdecken. Doch die winterliche Jungfräulichkeit des Bilds täuschte, denn was dort glitzerte, waren abgestoßene verbrauchte Moleküle. Wo kamen sie her? Wer oder was produzierte diese Materiereste, die Oliver und sie und die Kinder Nacht für Nacht wehrlos einatmen mußten? Und war es denn nicht unvermeidlich, daß all diese Abermillionen Partikel ihnen irgendwann die Lungen verkleben und verstopfen würden? Man las jetzt soviel über Feinstaub. Wieviel Luft bekam sie überhaupt noch? Auf einmal kam es ihr wenig vor. Reglos und mit geschlossenen Augen maß sie ihre Atemzüge und empfand sie als unnatürlich kurz. Mit aller Muskelkraft des Oberkörpers weitete sie ihre Lungen, zwang Luft in sich hinein, fühlte sie einströmen, durch die Nase, weil dort Unmengen von winzigen Härchen auf den Schleimhäuten wuchsen, die in der Lage waren, den Staub herauszufiltern. Doch irgendwo unterhalb ihres Brustbeins und oberhalb des Bauchnabels war eine Barriere für ihren Atem, die sie nicht durchdringen konnte, so sehr sie sich auch anstrengte. Endlich stieß sie die Luft wieder aus, dieses verunreinigte Element. Sie fragte sich, ob es diese Barriere immer schon gegeben hatte? Sie erinnerte sich an ihren sportlich erhitzten Leib als Jugendliche und junge Frau. Sie hatte Volleyball in der Damenoberliga im Kreis Schleiden gespielt, und niemals hatte sie dabei empfunden, was sie jetzt empfand: zu wenig Luft zu bekommen, eingeschnürt zu sein in das Korsett ihres Körpers. Mit allen Sinnen fühlte sie auf einmal diese Begrenztheit, diese Enge ihres Leibs, auf dessen Raumvolumen sie für immer eingeschränkt sein würde, ein unaufhaltsam schrumpfendes Volumen, das sich anfüllte mit so viel anderem: mit Staub, mit Cholesterin, mit Krebs. Vielleicht alterte man ja nicht im eigentlichen Sinne, sondern wucherte innerlich zu, verschlackte und versandete, wurde immer mehr in die Randzonen des eigenen Körpers abgedrängt bis kein Platz mehr übrig war für beides: den Staub *und* die Seele. Und auf einmal hatte Do das Gefühl, daß sie nicht das Haus sauber machte, sondern gegen den Tod ankämpfte.

Doch gleichzeitig beruhigte sie das vertraute düsenhafte Dröhnen des Staubsaugers. Das Geräusch erinnerte sie an den vergangenen Herbst, als sie über das Rollfeld von Puerto Rosario auf Fuerteventura gegangen waren, vorbei an den auslaufenden Triebwerken der Maschine, die sie in weniger als fünf Stunden aus dem herbstgrauen Berlin in eine sommerliche Welt der Helligkeit und Wärme getragen hatte. Glitzernde Sekunden. Es roch nach Treibstoff und dem nahen Meer. Die immense blaue Oberfläche des Atlantiks: Über dem Wasser (so hatte sie gehört) war die Luft am saubersten. Sie alle waren glücklich und aufgekratzt: die Kinder, die für das *Wunder* des Klimawechsels noch gar keinen rechten Sinn hatten, weil für sie das Magische noch natürlicher Bestandteil der Wirklichkeit war; und Oliver, den die Wärme bestach, so daß er bereit war, dem ziemlich mittelmäßigen Hotel in der folgenden Woche eine Menge nachzusehen. Sieben Tage, in denen sie sich drei- oder viermal geliebt hatten. Es erschien ihr viel. Wie häufig liebten sich Ehepaare? Sie hatten einander mit jener ein wenig abgenutzten Intensität begehrt und beglückt, die sich nach Jahren des körperlichen Miteinanders wohl einstellt. Auch das war nichts Schlechtes. Man konnte nie ganz sicher sein, ob sich nicht irgendwann die Tür öffnen würde und ein schlaftrunkenes Wesen mit der Bitte um ein Glas Wasser hereinträte. Und so hatte es seinen Vorteil, den geraden Weg zum Ziel nehmen zu können.

Do schaltete den Staubsauger ab, noch immer wirbelten Partikel im Schein der Leselampe umher. Es kam ihr sogar vor, als seien es in den vergangenen Minuten nicht weniger geworden, sondern mehr. Sie entschied, daß die Bettwäsche zu wechseln war, und zog die Decken ab. Die Tätigkeit drohte, die Welle der Depression in ihr wieder ansteigen zu lassen, und sie setzte sich auf das kalte Bett.

Oliver untreu? – Do dachte darüber nach. Helma hatte ihre Beobachtungen in der üblichen Weise dramatisiert und ausgeschmückt, aber den Kern des Ganzen hatte sie nicht erfunden. Das war nicht ihre Art. Wenn es stimmte, daß Oliver gestern mit Kopfschmerzen aufgewacht war, warum hatte er ihr dann nichts davon gesagt? Warum hatte er beinahe vergnügt am Frühstückstisch gesessen und wissen wollen, was sie von der Idee halte, die alte kränkelnde Blaufichte im hinteren Teil des Gartens durch einen Mammutbaum zu ersetzen? Vico Müller, ein alter Schulfreund, der ein paar Jahre lang dem festen Entschluß gefolgt war, katholischer Priester zu werden, und inzwischen mit zwei Frauen, die ihn beide irgendwie verehrten, als besessener Gärtner in der Nähe von Bernau mit exotischen Pflanzen experimentierte, hatte Oliver versichert, daß Mammutbäume auch in unseren Breiten Wuchshöhen von bis zu achtzig oder neunzig Metern erreichen würden. Oliver war begeistert gewesen von der Idee. Nein, er hatte keine Kopfschmerzen gehabt, da war sich Do sicher. Und wenn er Helma und Schrödinger tatsächlich mit der Behauptung, er leide bereits den ganzen Tag unter Migräne, aus dem Laden gewiesen hatte, so hatte er gelogen – aber aus welchem Grund?

Das Furchtbare war, daß Helma mit ihrer Theorie den Finger in eine offene Wunde legte, und natürlich wußte sie das. Do konnte nicht glauben, daß Oliver eine Geliebte hatte, aber ebensowenig konnte sie es mit Sicherheit ausschließen. Männer brauchten Sex, und sie brauchten ihn in anderer Weise als Frauen. Die nackten abgezogenen Matratzen, gemustert mit blassen Rosetten, offenbarten die nüchterne Funktion des Bettes als Liegefläche. Drei unregelmäßige, ehemals rote Flecken verrieten, auf welcher Seite Do schlief. Sie fragte sich, ob es eine Art Gepflogenheit gab, nach der Frauen eher rechts oder eher links schliefen. Sie versuchte sich vorzustellen, wie Oliver eine andere liebte, so wie man sich probeweise einen Schmerz zufügt oder die Hand über eine Flamme hält. Wenn, dann hatte er es auf der heugrünen Couch in der Werkstatt getan. Vor vielen Jahren, noch vor den Kindern, hatten sie sich auf dieser Couch geliebt. Dort hatte Oliver sie nackt gezeichnet. Sie vergegenwärtigte sich seinen Körper: klein und schmächtig kniend zwischen den weißen gespreizten Schenkeln einer anderen. Der gebogene Rücken und das kleine bläuliche Gesäß, in hastiger nickender Bewegung. Ein Dienern ins Nichts. Die Nacktheit jener anderen konnte Do sich nur schwer vorstellen. Das Gesicht glaubte sie sich ausmalen zu können: die erhitzte erwartungsvolle Konzentration, vermischt mit dem Wissen (wenn sie denn alt genug für dieses Wissen war), daß Männer keine sehr zuverlässigen Begleiter auf dem zurückzulegenden Weg waren. Aber Oliver verfügte über Pflichtgefühl: Das Bestreben, es seiner Geliebten recht zu machen, würde stärker sein als die impulsiven egoistischen Wurzeln der Leidenschaft. Und doch sah Do in den Gesichtszügen jener anderen einen unterschwelligen Vorbehalt, die Option, sich selbst zu holen, was ihr zustand, wenn die Verbindung abreißen sollte. Und in dem Moment begriff Do, daß sie sich selbst als Olivers Geliebte sah.

Sie zog dunkelblaue Damastbettwäsche auf, die ihrer Liebe immer sehr zuträglich gewesen war. Als sie das gemachte Bett sah, kam ihr das lächerlich vor, aber sie hatte nicht mehr die Energie, etwas daran zu ändern, von vorne zu beginnen. Sie war nicht in der Lage, der depressiven Schwere ihrer Stimmung zu entkommen. Sie beschloß, in die Küche zu gehen und sich einen Espresso zu machen, von dessen bitterer Schwärze sie sich vage irgend etwas erhoffte: ans Licht zu kommen, ihre Balance wiederzufinden. Vom Küchenfenster aus konnte man seitlich in den Garten sehen. Vor zwei Jahren hatte Oliver an dieser nach Südwesten ausgerichteten Seite des Hauses einen Weinstock gesetzt, nachdem er seinen Schulfreund Vico Müller dazu befragt hatte, der der Stelle seinen Segen gab. Die Pflanze trieb seit Wochen unermüdlich Ranke um Ranke aus sich heraus, und mit dem Anbinden war kaum nachzukommen. Auf Vico Müller, den Gärtner, traf am ehesten zu, was Schrödinger immer wieder behauptete: daß die Wirklichkeit sich nach *uns* richtete. Die Espressomaschine röchelte, rang nach Luft. Alles rang nach Luft, wollte leben. Do süßte den stark duftenden Espresso mit einem halben Teelöffel Zucker, trank ihn geistesabwesend im Stehen und spürte kurz darauf die belebende Wirkung, eine Welle gesteigerter Wachheit und Zuversicht, die, ausgehend von ihrem Bauch, Gehirn und Denken erreichte. Sie sah hinaus in den Regen und fühlte seine Notwendigkeit.

Aus der dunklen glänzenden Blätterstruktur des Efeus setzte sich etwas zusammen, ein Rascheln, das Form wurde. Es war eine kleine Katze, es war Josephine. Wind kam auf, und die Birken bogen sich. Do spürte, daß *er* in ihrem Garten war, sie fühlte seine übermächtige Präsenz. Und Josephine, seine Botschafterin, schob sich durch die Efeuranken, dunkel und fließend, mehr Schatten als Tier. Mit tastenden Pfoten und antennenartig aufgerichtetem Schwanz, als empfange sie ihre Weisungen direkt von *ihm*, wagte sie sich geduckt ins offene Gelände des Rasens, überwand ihre Scheu und huschte auf die Reisigmatte vor der Terrassentür. Do fühlte, daß sie herausgefordert wurde. Es konnte kein Zufall sein, daß er sie gerade jetzt lockte, jetzt da sie allein war und unglücklich. Sie wurde wütend auf *ihn*. Es ging um ihren Willen, um ihre Selbstbehauptung, und sie würde sich ihm widersetzen. Sie räumte die Espressotasse in die Spülmaschine und beschloß, Schrödingers Katze zu ignorieren. Er selbst hatte es ja gesagt: Nur das war real, was man Realität sein ließ.

Aber war das so? Ließ sich die Realität fortdrängen wie ein unliebsamer oder gefährlicher Gedanke? Do bekam Kopfschmerzen. Sie konnte die Wirklichkeit nicht ignorieren. Würde sie es tun, würden ihre Depressionen nur schlimmer werden, denn so war es bei ihrem Vater gewesen. Irgendwann hatte er die Realität und die Untreue seiner Frau nicht mehr sehen wollen und damit jede Chance auf Heilung verwirkt. Seitdem mußte er mit seiner Krankheit leben. Und das wollte Do nicht. Sie wollte nicht das Schicksal ihres Vaters erleiden und öffnete die Wohnzimmertür. Josephine (wie hätte es auch anders sein sollen?) saß aufrecht auf der Terrasse, schwarz und reglos, geformt wie ein dunkles Schlüsselloch. Do ging zu ihr, und das

Tier rieb seine Flanke an ihrer ausgestreckten Hand. Das Fell war naß und kalt, Mitleid erfaßte Do. Sie stand auf, um ein Handtuch aus der Küche zu holen. Und nachdem sie das Tier abgetrocknet hatte, rief sie den Zauberer an.

Er sagte: »Sie büchst immer aus, dieses Biest. Aber ich freue mich, Ihre Stimme zu hören, Do. Tag für Tag schärfe ich Josephine ein, daß sie sich nicht in den Nachbargärten herumtreiben soll, aber ich könnte ihr ebensogut befehlen, mit Messer und Gabel zu essen – es liegt einfach nicht in ihrer Natur. Wenn sie doch nur nicht so einen sagenhaft schlechten Orientierungssinn hätte! Gott, ich finde, was ihr an räumlichem Denkvermögen fehlt, gleicht sie durch Charme wieder aus. Im Moment wäre es für mich übrigens ein Riesenproblem, hier zu verschwinden, Do, ich bastle gerade an einer großen Sache rum. Ich wollte überhaupt nicht ans Telefon gehen, aber mein sechster Sinn hat mir befohlen: tu's! Wie sieht denn Ihre Tagesplanung oder, sagen wir, Ihr Programm für das nächste Stündchen aus?«

Do sagte: »Ich habe eigentlich nichts vor … also ich meine, ich hätte hier schon noch eine Menge zu tun, aber es ist nicht so wichtig.«

»Na bestens«, rief der Zauberer, »dann kommen Sie doch gleich rum. Aber wirklich nur wenn es Ihnen paßt! Sie kriegen meinen berühmten Latte macchiato, oder was immer Sie wollen. Schnappen Sie sich Josephinchen und rücken Sie an. Mit *Ihnen* geht sie mit, Do, da bin ich mir absolut sicher. Mit Ihnen ja.«

Do ließ den Hyundai-Minivan, den sie für ihre Einkaufs- und Kinderbeförderungsrunden nutzte (während Oliver üblicherweise mit dem Lupo ins Geschäft gondelte) langsam an den Gartenzäunen entlang rollen. Josephine hatte sich bereitwillig zum Wagen tragen und auf den Beifahrersitz legen lassen. Im Regen hatten sich die Baumkronen zu einer graugrünen Masse zusammengeballt, und neben den Gartentoren standen schwere dunkle Mülltonnen, die darauf warteten, geleert zu werden. In ihrer monoton postierten, lückenlosen Gleichheit kamen sie Do wie uniformierte Wächter vor, finstere feindselige Beobachter ihres fragwürdigen Tuns. Sie warf sich vor, daß sie schon wieder zu passiv gewesen war, zu entgegenkommend, zu weich. Die wenigen Schritte, die sie mit Josephine durch den Regen gegangen war, hatten ausgereicht, ihre Haare und ihre Kleidung feucht werden zu lassen. Der herbe Geruch der Nässe breitete sich im Wagen aus. Es war kühl, sie fror beinahe und hätte sich gerne ebenso in sich zusammengerollt wie das Kätzchen auf dem Beifahrersitz. Sie hatte sich beim Hinausgehen keine Jacke übergezogen, offenbar auf Geheiß ihres Unterbewußtseins, um sich zu beweisen, daß sie eigentlich gar nicht fortging. Sie nahm sich vor, die Milchkaffee-Offerte des Zauberers auf gar keinen Fall anzunehmen, sondern umgehend kehrt zu machen. Und außerdem nahm sie sich vor, ihr Leben und ihren Charakter zu ändern: Sie mußte selbstbewußter, sie mußte egoistischer werden.

Schrödinger hatte den Latte macchiato bereits fertig: brauner Kaffee und weiße Milch in zwei hochwandigen Gläsern, farblich ineinander übergehend in perfekter

Schichtung, gekrönt von einer hervorragend gerundeten Kuppel Milchschaum, die der Zauberer mit ein paar feingeraspelten Splittern Zartbitterschokolade übertüpfelt hatte.

»Do«, sagte er, »Sie sind ein Schatz!« Er nahm die Katze entgegen, ließ sie reichlich unsanft auf den Boden plumpsen und scheuchte sie mit einem sanften Fußtritt fort; er war barfuß. »Wenn das noch häufiger vorkommt, muß ich sie praktisch einsperren. Aber es würde mir das Herz brechen, ihr die Freiheit zu rauben, nur um sie vor sich selbst zu beschützen. Was für ein furchtbares Dilemma. – Nun, Do, was sagen Sie? *Ist* das ein Macchiato oder nicht?«

Er war so zielstrebig und unaufhaltsam ins Wohnzimmer vorausgegangen, daß sie ihm praktisch hatte folgen *müssen*. Alles war so sauber wie gerade erst gewischt. Do dachte an ihren Kampf mit dem Staub, und daß sie selbst dabei verkam und verschlackte.

»Wer macht Ihnen eigentlich das Haus so sauber? Es sieht fantastisch aus«, sagte sie.

»Habe ich das noch nicht erzählt? Ich habe eine Perle von Haushälterin. Sie wohnt gleich nebenan und springt immer mal wieder rüber, um hier alles in Schuß zu halten, obwohl sie schon achtzig ist, mindestens. Ich liebe sie. Und außerdem ist sie eine begnadete Köchin. Sie müssen dringendst ihren Schweinebraten kennenlernen, Do. Ein Gedicht. Wissen Sie was: Wir finden einen Termin, und Sie und Oliver kommen zum Bratenfuttern. Großartig. – Do!, Sie sehen ja vollkommen verfroren aus«, schüttelte er in seiner enorm wachen, doch immer auch ein wenig behäbigen Art den Kopf.

»Es geht schon«, sagte sie. »Ich habe nicht damit gerechnet, daß es so kalt sein würde. Was für ein gräßliches Tiefdruckgebiet. Wir haben *Juni*. Aber bei Ihnen ist es angenehm warm.«

Mit einer Handbewegung bat er sie, sich hinzusetzen, und schob ihr den Kaffee hin. »Ich halte nichts davon zu frieren, nur weil das Öl knapp wird. Ehrlich gesagt stehe ich sogar auf dem Standpunkt, daß wir die letzten Reserven möglichst schnell verpulvern sollten, damit wir in Punkto Energieversorgung endlich gezwungen sind, uns etwas Neues einfallen zu lassen. Je eher das Zeug weg ist, um so besser. Es stiftet nur Unfrieden.« Über der ausgeblichenen Jeans, unter deren Saum seine großen lachsfarbenen Zehen hervorlugten, trug er ein grobkariertes Baumwollhemd, dessen Ärmel bis zu den Ellbogen aufgekrempelt waren. Er erhob sich wieder. »Soll ich Ihnen ein Handtuch für die Haare holen?«

»Ach nein, es sind ja höchstens ein paar Tropfen. Die trocknen von selbst.« Warum sagte sie schon wieder nein? *Sag ja!* Sag, ich will! Sag ich, ich, *ich* …

»Übrigens bin ich ein absoluter Regen-Fan!«, plauderte er weiter. »Ich verstehe einfach nicht, wie sich die Leute immerzu übers Wetter beschweren können. Andere Regionen der Welt leiden unter bitterster Wasserknappheit und endlosen Dürren. Solange man es sich zu Hause behaglich machen kann, spricht doch nichts dagegen, daß es im Sommer gelegentlich regnet. Regen hat eine magische Aura, und im Sommer ist sie besonders intensiv. Für mich ist's außerdem gesünder, weil ich nur draußen rauche, und das läßt man bei Regen bleiben. Mein Arzt hat mir die Zigarillos verboten und ich muß sagen, ich traue ihm. Im Innersten seiner Seele ist er ein Schamane. – Und? Was sagen Sie nun zu meinem Macchiato?«

»Ja, köstlich. Sind diese Gläser auch Art déco? Sie sehen ein bißchen so aus. Was macht überhaupt Ihre Sammlung? Haben Sie ein paar neue Stücke erworben?«

»Ich betrachte das alles hier nicht unbedingt als Sammlung, Do. Ich *lebe* so. Kommen Sie, ich zeige Ihnen etwas.«

Er stand auf und führte sie ins Medienzimmer, wo er vor einer etwa zwanzig Zentimeter hohen Elfenbeinstatue neben dem Wilcox-Gay Röhrenempfänger stehenblieb, die bei ihrem ersten Besuch noch nicht dort gestanden hatte. »Eine Aphrodite aus der Fabrikation von Ferdinand Preiss. Die Kabinettplastiken der Firma Preiss & Kassler waren in den zwanziger Jahren *der* Renner. Ich habe das wunderbare Stück vor kurzem ersteigert, für ein horrendes Geld natürlich, aber ich konnte nicht widerstehen.«

Die kleine Statue mit den emporgereckten Armen war realistisch gearbeitet. Die linke Körperhälfte wurde von den minutiös nachgebildeten Stoffwellen einer Toga verhüllt, während die rechte sich dem Betrachter nackt und elfenbeinweiß darbot. Das halbseitige Gewand fiel bis hinab auf die Knie und bedeckte Bauchnabel und Scham gerade so eben. Obwohl die Pose der Göttin nicht eigentlich lasziv war, fühlte sich Do provoziert. Schrödinger ging zu weit.

Sie sagte: »Ich kann nicht länger bleiben, sonst schaffe ich meine tägliche Runde nicht.«

Er entschuldigte sich. »Wenn ich von etwas begeistert bin, verliere ich manchmal das rechte Maß. Das ist ungehörig. Ich hoffe sehr, daß Sie nicht das letzte Mal hier waren. Die Sache mit dem Schweinebraten betrachte ich hiermit als fest verabredet.«

Sie verließ den Raum, aber dann sagte sie: »Sie könnten mir vielleicht *doch* noch etwas zeigen, aber ich bin mir nicht sicher, ob das nicht ungehörig ist.«

Seine Augenbrauen schwebten neugierig in die Höhe. »Aber was denn, Do? Ich zeige Ihnen, was immer Sie wollen.«

»Sagen Sie das nicht so leichtfertig. Ich glaube, meine Bitte widerspricht bestimmten … Anstandsregeln.«

»Welche sollten das sein? Wir sind freie Menschen!«, verkündete er.

»Ja, schon …«

»Do! Lassen Sie es raus. Worum geht's?«

»Nun ja. Sie müssen ehrlich sagen, wenn Ihnen das zu weit geht.«

»Do, Do …!«

»Also gut! Könnten Sie mir vielleicht einen … *Zaubertrick* zeigen?«

Rosa Falten bildeten sich auf seiner Stirn. »Einen …?«

Sie sprach jetzt schnell, bevor sie den Mut verlor. »Nichts Großartiges. Irgendeinen kleinen Trick, der auch ohne großes handwerkliches Hintergrundwissen gelingen kann. Wahrscheinlich dürfen Sie das nicht, weil es bestimmten Statuten oder einem Ehrenkodex Ihrer Branche widerspricht. Ich würde aber natürlich dafür garantieren, daß ich diesen Trick meinerseits *niemals* weitergeben würde. Ich bräuchte ihn nur zur einmaligen Verwendung sozusagen. Und wenn es möglich wäre, etwas willentlich zu vergessen, würde ich es danach tun. Oder hypnotisieren Sie mich. Ich überlasse mich Ihnen ganz und gar. Können Sie mir nicht irgendein Stichwort einprogrammieren, das mein Gedächtnis in Bezug auf bestimmte Dinge löscht? Bitte, finden Sie einen Weg. Sie *müssen* einen finden!«

Nachdenklich knetete er mit der Hand an seinem Kinn herum. »Sie haben recht: Es widerspricht dem Ethos und den Standesregeln meines Berufs. Wenn irgendeiner meiner Kollegen davon erfahren würde, wäre ich geliefert.«

Auf einmal war es Do unangenehm, daß sie so weit gegangen war. Sie kannte ihre jähen Stimmungsumschwünge. Sie sah an Schrödinger vorbei in den triefenden Garten. Von der magischen Aura, die der Zauberer dem Regen zugeschrieben hatte, fühlte sie nichts. Die Feuchtigkeit war nur ein schwaches Flimmern im eintönigen Grau dieses Tages. Sie spürte es jetzt deutlich: Der Tag hatte schlecht angefangen, und würde sich energielos und fade bis in den Abend schleppen: ein Spiegelbild ihrer selbst.

Doch der Zauberer sagte: »*Einen* Trick gäbe es schon, den ich Ihnen zeigen könnte. Haben Sie denn noch etwas Zeit? Ich bräuchte ein bißchen, um sie … einzuarbeiten. Ehrlich gesagt, es wäre mir sogar ein Vergnügen. Unter der Voraussetzung natürlich, daß die Sache für immer und alle Zeiten unter uns bleibt …«

| | | | |
|---|---|---|---|
| 16 | 3 | 2 | 13 |
| 5 | **10** | 11 | 8 |
| 9 | 6 | 7 | 12 |
| 4 | 15 | 14 | 1 |

Oliver hatte verlangt, eine halbe Stunde nicht gestört zu werden; er wollte die letzten Vorbereitungen für seine Zaubershow treffen. Seitdem stand er untätig herum. Zonen aus scharfen Nachmittagsschatten und steile Schächte gleißenden Junilichts durchschnitten das Eßzimmer. Gedämpftes Gekreische drang durch die geschlossene Tür. Im Garten vergnügten sich die Kinder mit so erstaunlich altmodischen Spielen wie Sackhüpfen und Eierlaufen. Do war der Meinung, daß es der Playstation- und Schokoriegelindustrie noch nicht gelungen sei, den natürlichen Bewegungstrieb von Siebenjährigen vollständig zu deaktivieren. Offenbar hatte sie recht damit. Oliver fragte sich aber, ob diese Regel auch für die natürliche Bereitschaft von Kindern galt, an Magie zu glauben. Vielleicht hatte die Industrie ihnen längst eingeimpft, daß es im Leben immer nur darum ging, im richtigen Moment den richtigen Knopf zu drücken.

Schweigend betrachtete er den in die Ecke gerückten Eßtisch, auf dem er irgendwie arrangiert hatte, was er für seine Show benötigte. Es war nicht viel, und es war nicht zu übersehen, daß seine Tricks erbärmlich waren, beschissen erbärmlich. Er hatte versucht, eine Art Konzept oder Dramaturgie für die Show zu entwickeln, mit der er ihre Mängel hätte überspielen können, aber auch das war ihm nicht gelungen. Der Grund für dieses Scheitern war allerdings nicht inhaltlicher, sondern persönlicher Natur, wie ihm schließlich klar geworden war. Die Zaubershow zwang ihn auf eine unangenehme Weise dazu, über sich selbst nachzudenken und darüber, welche Wirkung er auf andere Menschen ausübte.

Das Resultat dieser Überlegungen war eher bedrükkend. Oliver kam zu dem Schluß, daß es ihm an Charme fehlte. Man konnte die Welt mit Perfektion beeindrucken oder mit Charme verführen. Als Optiker war er perfekt und auf Charme nicht angewiesen; aber als Zauberer würde er ohne Charme untergehen. Je länger er darüber nachdachte, um so selbstkritischer, ja selbstquälerischer wurde er. Es schien ihm offenkundig, daß seine Kinder ihn nicht liebten, sondern lediglich respektierten. Und er glaubte zu sehen, daß es in jenen Kreisen, in denen Do und er sich bewegten, ebenso war: Er wurde respektiert, aber ein schillernder Gast war er nicht. Es ging auch ohne ihn.

Auf der Habenseite der Bilanz stand, daß er bereit war, Verantwortung zu übernehmen. Er versteckte sich nicht, wenn es darum ging, anderen gerecht zu werden. Aber *liebte* ihn irgend jemand dafür? Nein – und wie denn auch: Er liebte sich ja nicht einmal selbst dafür. Was er war, war er aus eigener Kraft, und er hätte stolz darauf sein können, was er im Leben erreicht hatte, aber er war es nicht. Genaugenommen hatte er überhaupt kein Verhältnis zu sich selbst: weder ein narzißtisch libidinöses noch ein psychologisch abgeklärtes. Er sah sich als Teil einer deprimierenden Mehrheitsmenschheit, die ihr Leben nicht wirklich gestaltete, sondern im Rahmen des Gegebenen organisierte.

Und auf einmal glaubte er zu wissen, warum er bis zum Schluß hartnäckig daran festgehalten hatte, heute zu zaubern. Nicht, um zu gewinnen, sondern um sich insgeheim zu beweisen, daß er ein Versager war. Oliver spürte ein schweres, flaues Gewicht im Magen. Es überstieg seine Fähigkeiten, eine Horde von Kindern glauben zu machen, in ihm stecke ein heimlicher Zauberer, ein schillernder Genius, der in der Lage wäre, sie in das große geheimnisvolle Land der Magie zu entführen. Es überstieg seine Fähigkeiten, von einer Horde von Kindern geliebt zu werden.

Um nicht weiter untätig herumzustehen, schob er die Dinge auf dem Tisch hin und her. Ihm blieben noch ein paar Minuten, das Gewicht in seinem Magen war unerträglich. Er hatte sich vorgenommen, als erstes den achteckigen Zauberkompaß vorzuführen, weil zum Erfassen dieses eher unspektakulären Tricks eine gewisse Ruhe und Konzentration auf Seiten des Publikums erforderlich war. Dann wollte er auf einem großen silbernen Tablett, das er heute morgen gründlicher als jemals ein Brillenglas poliert hatte, seinen Kartentrick vorführen. Dessen Gelingen war eine Folge von logischen Gesetzmäßigkeiten, die jenseits des geistigen Horizonts von Siebenjährigen lagen. Ein Erfolg des Tricks war also ziemlich sicher; in seinem magischen Windschatten wollte Oliver den Zauberstab verwandeln. Er hoffte, daß dieses reine Geschicklichkeitsintermezzo nicht vollkommen durchfiel. Die Öffnung und Wiederverschließung einer Kaugummizigarettenschachtel hingegen war sicher verblüffend. Es war nicht leicht gewesen, überhaupt Kaugummizigaretten aufzutreiben, früher hatte es sie an jedem Kiosk gegeben. Daran erinnerte er sich noch. Als letztes wollte Oliver seine drei Schnüre zur Hand nehmen. Dieser Trick sollte der Glanzpunkt des Programms werden.

Die Schnüre hatte er aus dem Baumarkt. Mehr als zehn Rollen Schnur- und Seilmeterware hatten dort zur Auswahl gestanden. Es gab rote Nylonfasern in verschiedenen Stärken, und das leuchtende Rot schien ihm für den Trick besonders geeignet. Die Überlegung war falsch, eine weniger auffällige Farbe wäre besser gewesen. Außerdem war Nylon zu steif und zu glatt für den Trick. Als er mit den Schnüren übte, war die Schlaufenbildung ein großes Problem. Er glaubte aber trotzdem fest an den Trick, weil er dachte, daß allein die Tatsache, daß er mit Schnüren herumhantierte, die Kinder in gebanntes Schweigen versetzen würde. Aus drei unterschiedlich langen Schnüren drei gleichlange zu machen war mehr als magischer Schnickschnack. Es war eine Manipulation des Materiellen in der langen Tradition von Seiltricks. Das Kunststück klopfte an die Grenzen der Naturgesetze. Es war magisches Urgestein. Manchmal hatte Oliver in der Fantasie das anrührende Aufbranden von begeistertem kindlichen Applaus gehört. Vielleicht würden sie ihn ja doch lieben, es waren doch Jungs. Es waren zukünftige Mitstreiter im ewigen Gerangel der Geschlechter.

Er hörte sie jetzt kommen. Laut johlend, sensationsgierig und argusäugig stürmten sie ins Zimmer. Jonas hatte einen Schokoladenschnurrbart und sandige Hände. Seine Locken leuchteten im Sonnenlicht so golden wie die eines Botticelli-Christus. Er war der kleinste von allen. Oliver war auch immer der kleinste gewesen. Irgendwo gab es noch Fotos von seinen Kindergeburtstagen. Er hatte immer in der Schar seiner Freunde gestanden wie eine Delle.

Oliver hatte den Einstieg in sein Programm nicht wirklich vorbereitet. Er hatte lediglich verschiedene Einstiege in Erwägung gezogen und ihre jeweiligen Vor- und Nachteile gegeneinander gestellt. Diese Überlegungen hatten in ihm das Gefühl hinterlassen, er habe das Einstiegsproblem *gelöst* – er hatte sich aber nur damit *befaßt*. Erstaunlicherweise bescherte ihm seine Rolle als Zauberer einen Autoritätsgewinn, mit dem er nicht gerechnet hatte. Die Kinder verstummten und erwarteten von ihm irgend etwas. Vielleicht erwarteten sie, daß er ihnen mit verstellter Stimme etwas Melodramatisches vorspielte und mit den Armen in der Luft herumfuchtelte wie ein Druide oder Medizinmann. Vielleicht wollten sie ein wenig Angst vor ihm haben.

Er räusperte sich. In diesem Moment betrat Jenny, seine zehnjährige Tochter, das Zimmer. Sie überragte alle Kinder um einen Kopf, schob die Hände in die Hosentaschen, ließ die Schultern hängen und machte ein gelangweiltes, hochnäsiges Gesicht. Oliver mißfiel dieses zur Schau gestellte Desinteresse an den Geburtstagsvergnügungen ihres kleinen Bruders sehr. Seit zwei Monaten trug sie ausschließlich Jeans und T-Shirts und weigerte sich, ihre glatten butterblonden Haare zu einem Zopf zusammenzufassen. Kinder trugen Zöpfe, und sie hatte beschlossen, keines mehr zu sein. Sie trug die Haare also offen und in der Mitte gescheitelt und sah aus wie eine Protestsängerin aus den siebziger Jahren. Oliver ärgerte sich darüber, daß sich das präpubertäre Verweigerungsgehabe seiner Tochter bestimmter Symbole aus seiner eigenen Jugendzeit bediente.

Er räusperte sich noch einmal und sagte: »Dann wären ja wohl alle da, wenn ich das richtig sehe, oder?« Anstatt eines laut gebrüllten Jaaaa!'s, das ihm wie aus einem Munde freudig entgegenschallte, erntete er als Antwort auf diese etwas stereotype Begrüßungsformel ein knappes Dutzend asynchroner Mmmhhh's. Jonas saß ihm gegenüber, und das gefiel ihm nicht so sehr. Sollte er beim Zaubern patzen, würde sein Sohn es als erster und hautnah mitbekommen. Er drehte sich zum Tisch und nahm den achteckigen Kompaß zur Hand. Er hatte das kleine Scheibchen aus geschwärztem Glas in seiner Werkstatt selbst angefertigt, in Form geschliffen und auf der Vorder- und Rückseite jeweils mit einem leuchtend roten Pfeil versehen.

»Das ist ein Kompaß«, sagte er, »ein Zauberkompaß. Wenn man im Wald ist, muß man diesem Pfeil hier folgen, um ans Ziel zu kommen. Gut, das ist ja auch nicht schwer. Zur Sicherheit kann man den Kompaß aber herumdrehen und nachsehen, ob der untere Pfeil in die *gleiche* Richtung weist, wie der obere. Und wie ihr seht, *weist* er in die gleiche Richtung. Es gibt im Wald aber eine Hexe, die den Kompaß mit ihren magischen Kräften stört. Wenn sie ihre Zauberstrahlen aussendet und wir den Kompaß dann auf die Rückseite drehen ...«

Die Drehung, die er jetzt ausführte, sollte besonders dramatisch wirken. Durch ein unsichtbares Umgreifen seiner Finger hatte er erreicht, daß der untere Pfeil zunächst um die Ecke und danach in die Gegenrichtung wies. Er freute sich, daß sein Trick funktionierte, aber die Kinder schwiegen. Offenbar war ihnen das Besondere an der Abweichung des unteren Pfeils gar nicht klar. Jonas starrte auf den Zauberkompaß. Er hatte große, teefarbene Augen, die Augen seiner schlichten, duldsamen, ein Leben lang krabbenpulenden Großmutter. Er konnte das von Oliver vor seiner Nasenspitze inszenierte Himmelsrichtungsdrama nicht erfassen. Das Kind spürte aber, daß sein Vater eine angemessene Reaktion von ihm erwartete. Der Druck, unter dem Oliver stand, übertrug sich auf den Jungen, und er fragte zaghaft: »Und warum tut die Hexe so was?«

An dieser Stelle begriff Oliver, was es bedeutete, sein Publikum im Griff zu haben, es nach Belieben zu manipulieren und zu steuern. Er begriff, daß zaubern bedeutete, das Publikum und seine Reaktionen zu einem Teil des Programms zu machen. Aber was er *absolut nicht* begriff, war, was er eigentlich falsch machte? Wie war es möglich, daß sein Sohn nicht verstand, daß das Besondere an dem Kompaßtrick nicht das Verhalten der Hexe war, sondern das des roten Pfeils? Nicht, daß jemand böse war, widersprach den Naturgesetzen, sondern die Behauptung, er verfüge über magische Fernkräfte. Offenbar hatte er unterschätzt, wie selbstverständlich für Kinder Zauberei war.

Mißmutig beantwortete er die ihm so sinnlos erscheinende Frage seines Sohnes. »Sie ist ja *böse*. Ich meine, böse

Hexen tun so was. Die Frage ist doch, wie kriegt sie das hin, die Hexe? Wie erreicht sie es nur, daß der untere Kontrollpfeil plötzlich in eine andere Richtung zeigt als der Hauptpfeil?«

»Ich glaube, man muß an dem Kompaß drehen«, überlegte der neben Jonas sitzende Adrian. Sein Vater, ein Kulturredakteur, verachtete Optiker, Geschenkartikelverkäuferinnen und alle normalen Menschen, die sich für seinen Job und seine Aufsätze nicht interessierten. Adrian war ein pausbackiger, neunmalkluger Rotzlöffel, der sich jetzt schon für etwas Besseres hielt.

»Wie? *Drehen*?«, schmetterte Oliver die Bemerkung ab. »Die Hexe ist doch ganz wo*anders*. Oder siehst du hier irgendwo eine Hexe?«

Die Kinder starrten ihn an. Anstatt sie in Erstaunen zu versetzen, hatte er sie eingeschüchtert. Schnell beschwor Oliver einen guten weißbärtigen Zauberer herauf, der sich den bösartigen Umtrieben der Hexe machtvoll in den Weg stellte, ihre Zauberstrahlen neutralisierte und den Kontrollpfeil des Kompasses flugs wieder reparierte. Dann ließ er das handgefertigte Scheibchen verschwinden, nahm das Kartenspiel vom Tisch und blättert vier Stapel mit jeweils einem As, einem König, einer Dame und einem Buben auf den Boden.

Er erzählte die Geschichte von der »Krankenschwester«, die nun die »Zimmer« neu belegen würde, und sagte: »Wir machen es so: Zum Mischen der Karten darf jeder von euch einmal abheben. Dann könnt ihr sicher sein, daß sie *besonders gut* gemischt sind.«

Er schob die Kartenfächer vorsichtig zusammen und

legte sie mit der Bildseite nach unten auf den Boden. Es war herzig, den Kindern dabei zuzusehen, wie sie durch besonders »durchtriebenes« Abheben versuchten, Einfluß zu nehmen. Manche hoben nur eine oder zwei Karten ab, andere ließen nur eine oder zwei liegen und wieder andere versuchten den Stapel genau in der Mitte zu teilen. In Wahrheit stiegen die Chancen für das Gelingen von Olivers zweitem Trick (und den Erfolg der ganzen Show) jedesmal ein wenig, wenn wieder eine der kleinen schmutzigen Jungenhände die jeweils liegengebliebenen Karten säuberlich auf die zuvor abgehobenen legte.

Doch dann näherte sich eine Hand dem Stapel, die schlank war und nicht schmutzig. Mit schläfriger Na-wenn's-sein-muß-Attitüde streckte Jenny ihren dünnen Arm aus. Die manierierte Geste erinnerte Oliver an die Art, mit der Ursel, Dos Mutter, Asche von einer Zigarettenspitze abzuklopfen pflegte. In letzter Zeit fiel ihm häufig auf, daß sich in seiner Tochter nicht etwa seine Gene wirkungsvoll fortgepflanzt hatten, sondern das nikotingeschädigte Erbgut seiner Schwiegermutter. Ursel war Anfang sechzig und würde vermutlich nie aufhören zu rauchen. In zwei Wochen feierte Do Geburtstag. Es war mittlerweile Tradition, daß ihre Mutter den Tag und das Fest zum Anlaß nahm, um nach Berlin zu kommen und sämtliche Haushaltabläufe mit ihren ununterbrochenen egozentrischen Kommentaren und Bewertungen zu garnieren.

Jenny würde wie ihre Großmutter zu einer attraktiven Frau heranreifen. Ihr Gesicht wurde zunehmend schmaler und die Wangenknochen prägten sich aus. Am meisten verrieten Oliver eine bestimmte Leere des Blicks und ihre sich allmählich absenkenden Mundwinkel, wie sehr die Gene seiner Schwiegermutter sich bei ihr durchgesetzt hatten. Sie ließ beim Karten-Abheben nicht im geringsten jene akribische maskuline Sorgfalt walten, mit der sich die Jungen ans Werk gemacht hatten. Sie teilte den Stapel mit so schlaffen Fingern, daß eine Karte sich beim Transport löste und lautlos auf den Teppichboden fiel.

»Oh«, sagte sie träge und schob die Karte an einer beliebigen Stelle in den Stapel zurück. Der fundamentale Unterschied zwischen Mischen und Abheben bestand darin, daß beim Abheben die innere Reihenfolge der Karten gar nicht geändert, sondern lediglich der Startpunkt eines festgefügten Alphabets neu bestimmt wurde. Abheben war Mathematik, mischen Zufall. Und das war das Problem: Jenny hatte soeben die Kette aus Abhebungen mit einem Element der Mischung verunreinigt. Ihre stupide Ichfixiertheit hatte Oliver innerhalb von zwei Sekunden in eine aussichtslose Lage gebracht, in eine klassische Plan-B-Situation. Was aber war Plan-B? Es gab keinen. Oliver mußte weitermachen, als wäre nichts geschehen; die Gesetze des Showbiz verlangten es. Vielleicht konnte er den Trick rhetorisch retten: Eine falsche Karte von sechzehn war eine akzeptable Fehlerquote.

Lustlos und nervös blätterte er die Karten auf. Es erschienen: ein As im ersten »Zimmer«, ein König im zweiten, eine Königin im dritten und zuletzt ein Bube im vierten. Es sah also ganz gut aus. Einigermaßen beruhigt nahm Oliver die zweite Runde in Angriff, bei der es aber nicht so glatt lief: ein König im ersten, im As-Zimmer; ein

As im zweiten, im Königszimmer; dann ein König im Damenzimmer und eine Dame im Bubenzimmer.

»*Die* Runde hat sie aber komplett versaut«, kommentierte der pausbäckige Adrian den totalen Zimmerbelegungsfehlschlag.

Am liebsten hätte Oliver ihm die verbliebenen Karten mit der Bemerkung: »Mach *du* doch weiter, du neunmalkluger Korinthenkacker!« ins Maul gestopft. Statt dessen sagte er: »Jeder haut mal daneben. Mal sehen, wie's weiterläuft.«

Und die Antwort war: sehr schlecht. Oliver war geliefert. Am Ende lagen statt der vorgesehenen vier nur zwei einsame Asse, sowie ein Bube und ein König im As-Zimmer, die beiden anderen Asse teilten sich mit zwei Königen das Königszimmer, drei Damen und ein König (der Glückliche! – innerlich rettete Oliver sich in Sarkasmus) belegten das Damenzimmer, und schließlich sah sich eine Dame (*die* Glückliche? – wohl eher nicht) im vierten Zimmer drei Buben gegenüber.

Inzwischen waren Gekicher und Gemurmel aufgekommen. In die großen, traurig geweiteten Augen seines Sohnes zu sehen versetzte Oliver einen Stich. Eine Welle des Mitleids für das schweigend auf die Karten starrende Kind erfaßte ihn. Er verstand einfach nicht, wie es sein konnte, daß *eine einzige* falsche Karte das ganze System derart durcheinander warf. Obwohl er nicht an Hexerei glaubte, mußte er sich selbst ermahnen, in Jenny keine Hexe zu sehen. Er befürchtete, sie würde boshaft, machtgierig und mißgünstig werden. Er hätte schreien können vor ohnmächtiger Verzweiflung, aber er beherrschte sich.

Er gab sich betont locker und sagte: »Okay, Jungs, das war irgendwie nichts, kann ja nicht alles klappen im Leben. Aber jetzt habe ich eine lustige Sache für euch, hier, total cool, wer hätte denn gern eine *Kaugummizigarette*?«

Im Ergebnis erreichte er damit zweierlei: Erstens ließen die hämischen Kommentare über seinen Kartentrick nach (was er gehofft hatte), doch zweitens löste sein Angebot einen ebenso lärmenden wie lähmenden Meinungsstreit unter den Siebenjährigen aus. Alle waren von ihren Eltern schon in jüngsten Jahren auf eine bestimmte Haltung gegenüber Zigaretten eingeschworen worden und übertrugen diese automatisch auf Kaugummizigaretten. Es bildeten sich zwei Fraktionen, die sich gegenseitig mit der gleichen Unerbittlichkeit und quasireligiösen Inbrunst bekämpften wie Raucher und Nichtraucher.

»Nee, dürfen wir nicht.«

»Aber klar doch. Kaugummi. Super.«

»Meine Mama hat zu meinem Bruder gesagt, wer Kindern Zigaretten anbietet, ist wahrscheinlich ein Dealer.«

»Sind die mit Himbeer- oder mit Erdbeergeschmack?«

»Was ist ein Dealer?«

»Zigaretten sind was ganz Schlimmes. Mein Opa stirbt bald davon. Nächste Woche oder so.«

Eine bleierne Müdigkeit überfiel Oliver. Irgendwann raffte er sich aber auf, mäßigend einzugreifen: »Kinder, bitte, es ist wirklich nur *Kaugummi*!«

»Ist es nicht!«, widersprach Jenny.

Immer noch wütend auf sie, sagte er: »Jenny, halt deinen Mund!«

»Es sind *Zigaretten*. Sie sehen aus wie Zigaretten, sie

sind verpackt wie Zigaretten und man kann sie zwischen die Finger nehmen wie Zigaretten. Man wird vom *Umgang* mit Zigaretten genauso süchtig wie vom Tabak.«

»Wo hast du diesen Blödsinn her?«

»So etwas lernen wir in der *Schule*.«

»Jenny, stör hier nicht den Ablauf. Mit zehn Jahren sind Zigaretten noch kein Thema.«

»Die meisten Raucher fangen *mit elf* an!«

»Das ist Unsinn.«

»Ist es nicht.«

»Zum Teufel, Jenny, es geht hier und heute nicht um *dich*!«

»Immer weißt *du* alles besser. Immer *du*!«, schrie sie und war den Tränen nahe. Sie standen sich unversöhnlich gegenüber. Vom Boden her wurden sie angestarrt wie zwei Hochseilakrobaten mitten in einem kniffligen Balanceakt.

»Heute ist nicht *dein* Tag, Jenny!«, wiederholte Oliver. »Geh oder setz dich hin und sei ruhig! Ich zaubere hier für Jonas und seine Freunde und nicht für dich.«

»Deine Zaubertricks funktionieren ja gar nicht!!« Tränen des Trotzes liefen ihr die Wangen herunter.

»Weil *du* sie sabotierst.«

Sie schluchzte, als wäre sie das Opfer einer schreienden Ungerechtigkeit. Oliver konnte nicht fassen, wie theatralisch und weiblich sie war.

»Was ist sabotieren?«, fragte Jonas.

Oliver bemühte sich, seine Wut nicht auf seinen ahnungslosen Sohn zu übertragen. So ruhig und väterlich wie möglich sagte er: »Das heißt, daß sie die Zauberkräfte stört.«

Das wunderte Jonas. »Kann Jenny denn *auch* zaubern?«

»Niemand kann zaubern!«, schrie Jenny. »Es sind alles nur *Tricks*. Man wird rein-ge-legt!!«

»Wissen wir doch längst«, sagte Adrian.

»So?!«, schrie Oliver. »Das wollen wir doch mal sehen!«

Sein Körper verlangte nach einem Ventil für die angestaute emotionale Energie. Mit deprimierend sinnloser Vehemenz ergriff er die drei Baumarktschnüre aus steifem rotem Nylon für seinen letzten Trick. Die lautstarke Auseinandersetzung mit Jenny hatte Do angelockt. Sie stand in der Tür und sah ihm dabei zu, wie er die Schnüre seinem Publikum mit nahezu priesterlichem Pathos entgegenhielt. Er spürte ihre Bereitschaft einzugreifen, falls ihm die Situation entgleiten sollte. Alle erwarteten von ihm jetzt einen reibungslos funktionierenden Zaubertrick, und in ihm stieg Übelkeit auf. Irgend etwas, das nach Jod oder überlagerten Äpfeln roch. Er hatte den Trick mit den Schnüren in den vergangenen Wochen mehr in Gedanken als in Wirklichkeit geübt. Sein Unbewußtes hatte ihm einen fatalen Streich gespielt und ihn auf eine bei Licht besehen äußerst fragwürdige Relation vertrauen lassen, die in etwa besagte: Je brillanter ein Trick, um so weniger Übung erfordert er. Jetzt sah er die furchtbare Wahrheit: Entweder man beherrschte einen Trick *im Schlaf*, oder man beherrschte ihn *nicht*. Bei der Schlaufenbildung spürte er, wie widerspenstig, kühl und wächsern das Nylonmaterial war. Die Schnüre schienen seine Fingerkuppen nicht wirklich zu berühren, sondern lediglich mit einem Glättefilm zu überziehen, der sich jederzeit lösen konnte. Er fragte sich: Mußte er die längste Schnur unauffällig durch die Schlaufe der kürzesten ziehen oder umgekehrt? Die Schlaufen, die er formte, schienen ihm einen sublimen Erhängungswunsch zu symbolisieren.

Eine seiner frühesten Erinnerungen war die an die Aufführung eines Jahreszeiten-Märchens im Kindergarten. Er hatte den Herbst gespielt, beziehungsweise eine Allegorie des Herbstes in Gestalt eines Baumes. Die Blätter an seinen astartig ausgestreckten Armen waren auf der Vorderseite grün und auf der Rückseite rot. Irgendwann mußte er sie herumdrehen, um das Vergehen der Zeit deutlich zu machen. Dabei hatte er ein kurzes, mehr als holprig gereimtes Gedicht aufzusagen: »Ich bin gekommen, um zu malen / ich, der Herbst, mit seinen Farben.« Vielleicht lag es an der sagenhaft miserablen Qualität der Verse, daß er irgendwann nicht mehr weiterwußte und schweigend dastand, angestarrt von dreißig oder vierzig erwartungsvoll dreinblickenden Erwachsenen. Und da begann er, der Herbst, zu weinen, mit weit ausgestreckten Ästen und auf rot gedrehten Blättern. Seitdem haßte er es, vor Publikum zu stehen. Er sagte sich, daß er es haßte, weil er im Kindergarten traumatisiert worden war.

Er gab auf und warf die Schnüre zurück auf den Tisch. »Okay, Kinder, finito. Die Show ist vorbei.«

Die Jungen schwiegen und Jenny stierte hinaus in den gelbgleißenden Garten. Als er in den nachfolgenden Wochen über die Geburtstagsfeier nachdachte, begriff Oliver, daß er in einem geheimen Winkel seines traumatisierten und verletzten Egos erwartet hatte, für seine Ehrlichkeit wenigstens mit Applaus belohnt zu werden. Doch jede Zehntelsekunde der Stille verdoppelte das Ausmaß seiner

Niederlage. Er fragte sich, warum man nicht mehr weinen konnte und warum man nicht mehr getröstet wurde? (Dabei wußte er gar nicht, ob er damals, als Kind, als gescheiterter Herbst, überhaupt getröstet worden war.) Er wäre dennoch mit vielem klargekommen: zum Beispiel mit der erbarmungslosen Undankbarkeit der Kinder oder mit Jennys nervtötenden Teenagerallüren. Doch es war zuviel, daß Do auf dem Höhepunkt seiner Niederlage ihren Platz an der Tür verließ und mit einem eigenartigen Kasten, den er noch nie zuvor gesehen hatte, in den Raum schritt. Sie ging vor den Kindern in die Hocke und sagte: »Einen Moment noch!«

Oliver trat paralysiert zur Seite. Es stellte sich heraus, daß man aus dem mattschwarzen, in etwa schuhkartongroßen Kasten seitwärts eine Schublade herausziehen konnte. Als Do Jonas und seine Freunde bat, sich davon zu überzeugen, daß es sich wirklich um einen »ganz normalen« leeren Kasten mit Schublade handelte, kamen sie dieser Aufforderung ganz nach Kinderart mit eifrigem Schubsen und Gedränge nach. Do gab sich nicht die geringste Mühe, ihren Trick mit zauberinnenhafter Manier oder gestischem Hexenbrimborium aufzupäppeln. Sie setzte ganz auf die Wirkung dessen, was sie vorzuführen gedachte: Sie kündigte an, sie werde ein Kätzchen verschwinden lassen. Dabei hielt sie ein Plüschkätzchen in die Höhe, legte es in die geöffnete Schublade und schloß diese langsam. Anschließend ließ sie ihre Hände ein paar Sekunden lang über dem nunmehr geschlossenen Kasten schweben und entrichtete mit einem gedehnten »Hooookus-pooookus-Fidibus! Dreimal schwarzer Kater« ihren recht abgestandenen Verbaltribut an die Rituale der Magie. Als sie die Schublade wieder öffnete, war sie leer.

Oliver fragte sich, wieso die allereinfachsten, die ewiggleichen Kaninchen-und-Hut-Mechanismen immer wieder funktionierten? Er war genauso verblüfft wie die Kinder. Der Beifall machte Do verlegen. Meistens fand Oliver ihre bescheidene, fast defensive Art sympathisch und anziehend, aber jetzt machte sie ihn rasend. Er konnte noch gar nicht fassen, was geschehen war. Wochenlang hatte sie gebetsmühlenartig wiederholt, er solle die Show abblasen. Immer und immer wieder hatte sie ihm zu verstehen gegeben, daß er nun einmal kein Zauberer *sei*. Und nun stempelte sie ihn mit einem veralteten, aber demütigend perfekten Trick zum magischen Totalversager. Oliver kam sich vor wie einer jener väterlichen Deppen, vor denen selbst kleinste Kinder schon verstohlen Reißaus nehmen. Darüber hinaus fragte er sich zwei Dinge: Woher hatte Do den Trick (von Schrödinger natürlich) und die zweite, schwerwiegendere Frage lautete, welchen Preis hatte der Zauberer dafür verlangt?

Olivers Gedanken und Empfindungen versanken in einem Strudel aus gekränktem Stolz, Eifersucht und ohnmächtiger Wut. Hätte er auch nur einen Funken magischer Wirkungsmacht in sich gewußt, eine Spur telekinetischer oder parapsychologischer Begabung, dann hätte er das Plüschkätzchen – wo auch immer es gerade sein mochte – in einen realen Katzenkadaver oder etwas ähnlich Schauderhaftes verwandelt. So aber mußte er tatenlos mit ansehen, wie Do die Schublade ein zweites Mal öffnete und das unschuldige Plüschtier daraus hervorholte, ganz unversehrt natürlich, wovon sich die Kinder schreiend und rangelnd überzeugten.

Do verhielt sich professionell. Sie weigerte sich, den Trick zu wiederholen. Während Olivers pseudomagischen Herumstümperns hatte sie die obligatorische Geburtstagstafel mit Bockwürstchen und Kartoffelsalat vorbereitet. Sie klemmte sich den schwarzen Kasten lässig unter den Arm und verließ mit den Kindern das Zimmer. Oliver starrte den Tisch an. Die Baumarktschnüre hatte er vor zwei Tagen nach einer komplizierten Berechnung in die richtige Länge geschnitten. Neben den Schnüren lag der Zauberstab, den er eigentlich hatte verbiegen wollen. Er hatte ihn ebensowenig gebraucht wie die Schachtel mit den Kaugummizigaretten. Der Anblick dieser Gegenstände, die niemanden interessiert hatten, ließ ihn in Selbstmitleid vergehen. Und gleichzeitig kochte unbändige Wut in ihm. Er nahm sich vor, seinen emotionalen Ausnahmezustand zwei oder drei Stunden lang zu konservieren. Er würde es nicht zulassen, daß irgend etwas den Grad seiner Erregung dämpfte. Er wollte, daß Do *alles* abbekäme, was an Wut und Unversöhnlichkeit in ihm steckte. Er wollte, daß sie bekam, was ihm gerecht erschien: seinen Haß.

»Du wolltest mich lächerlich machen!!« schrie er, als die letzten Eltern mit ihren Kindern gegangen waren. »Du hast mich in unvorstellbarer Weise vor den Kindern unserer Freunde bloßgestellt und gedemütigt!«

Jonas hatte sich mit seinen Geschenken in sein Zimmer zurückgezogen, und Jenny telefonierte mit einer Freundin.

»Oliver, ich kann doch nichts dafür, wenn deine Tricks nicht geklappt haben«, sagte Do ruhig. Sie trug Teller in die Küche. Auf den meisten lagen noch halbe Würstchen herum; durch zerfurchte Areale aus ungegessenem Kartoffelsalat zogen sich rote Ketchupadern. Der Anblick gab Olivers Wut weitere Nahrung. Er dachte daran, daß auf seinen eigenen Kindergeburtstagen in den sechziger Jahren nicht der winzigste Pelleschnipsel oder Mayonnaisenklecks auf den Tellern zurückgeblieben war. Die übersättigte Kindergeneration, die jetzt heranwuchs, machte sich nichts aus Essen, und das empörte ihn.

»Meine Tricks *haben* geklappt«, rief er Do nach. »Der erste jedenfalls. Und mit dem zweiten wäre auch alles glatt gegangen, wenn Jenny ihn nicht mutwillig kaputtgemacht hätte.«

»Das stimmt überhaupt nicht!«, rief Jenny aus der Küche. Sie stand mit dem Telefonhörer am Ohr unentschieden vor dem geöffneten Kühlschrank und überlegte, ob sie Cola oder Fanta trinken sollte.

»Wage es nicht, noch *ein Wort* zu sagen, sonst vergesse ich mich!«, brüllte Oliver in die Küche.

Sie knallte die Kühlschranktür zu und stürmte ins Wohnzimmer. »Woher sollte ich denn wissen, daß man bei deinem blöden Trick was falsch machen konnte? Es ging doch darum, die Karten zu *mischen*!«

»*Abheben*! Ich habe von Abheben gesprochen.«

»Nein, du hast *mischen* gesagt.«

»Und warum haben alle *abgehoben*, nur du nicht?«

»Ich bin eben keine sieben mehr. Hör endlich auf, mich wie ein Kind zu behandeln.«

»Du *bist* ein Kind.«

»Du bist so gemein! Nur weil du nicht zaubern kannst, soll ich schuld sein!« Sie rannte weinend aus dem Raum.

»Wahrscheinlich steckst du mit deiner Mutter unter einer Decke. Du hast *meinen* Trick sabotiert, damit sie mit *ihrem* um so mehr glänzen konnte.«

Mit psychotherapeutischer Ruhe sagte Do: »Du solltest dich mal reden hören. Du bist ja paranoid. Du hast dich als Mann in einen absurden Leistungsgedanken hineingesteigert, und weil du deinen eigenen Leistungsanforderungen nicht gerecht geworden bist, läßt du deine Frustration an uns aus.«

»Wer hat sich denn heimlich einen Trick besorgt, um mich zu demütigen?«

»Ich habe schon gesagt, daß ich dich nicht demütigen wollte.«

»Woher hast du den Trick überhaupt?«

»Von Schrödinger. Ich war vor ein paar Tagen bei ihm, weil seine Katze sich in unseren Garten verirrt hatte. Bei der Gelegenheit habe ich ihn um einen Trick gebeten, und er war so nett, mir den Kasten zu leihen. Ich gebe zu, daß ich dir das hätte sagen sollen, aber ich dachte, vielleicht brauche ich den Trick ja gar nicht. Ich wollte dich nicht zusätzlich unter Druck setzen. Ich habe dir *vertraut*!«

»Und warum hast du dir den Trick besorgt? Du hast *natürlich* gedacht, ich schaff's nicht.«

»Oliver, du *hast* es nicht geschafft«, sagte sie.

Die Schale mit dem Kartoffelsalat war noch mehr als halbvoll. Oliver hatte Do gestern vorausgesagt, daß sie eine vollkommen absurde Menge Pellkartoffeln abkochte.

Sie setzte dabei die ganze Küche unter Dampf. Oliver hatte die Theorie entwickelt, daß sich alle Frauen im Alter von Do schuldig fühlten, weil sie nicht mehr waren wie ihre Mütter oder Großmütter. Deswegen übertrieben sie ihre Fürsorge und ließen sich bereitwillig von ihren Kindern ausnutzen.

Jonas kam ins Zimmer. Er hielt einen Revolver in der Hand, mit dem man Pfeile mit Saugnäpfen abschießen konnte.

»Papi«, sagte er, »der funktioniert nicht. Kannst du den reparieren?«

»Jetzt nicht, Jonas«, sagte Oliver.

»Warum denn nicht jetzt?«

»Wo kommt der überhaupt her? Wer schenkt ihm *Waffen*?«, wandte er sich gereizt an Do.

»Oliver, das ist keine Waffe.«

»Wie würdest du es denn nennen?«

Olivers Leben gründete sich auf eine Reihe von Prinzipien, nicht gerade viele vielleicht, aber daß er Waffen verabscheute und ihre Verwendung als klaren Beweis minderer Intelligenz wertete, gehörte in jedem Fall dazu. Für ihn war jede Waffe im Kern eine Keule. Unglücklicherweise existierten aber eine Menge Kinderfotos von ihm, zumeist um die Karnevalszeit herum entstandene Schnappschüsse, die ihn mit Cowboyhut und gezücktem Colt zeigten. Do fand seine Abneigung gegen Waffen zu doktrinär (»Wenn du sie Jonas verbietest, wird er diese Phase als Erwachsener nachholen.«) und konnte ihm anhand dieser Fotos und seiner eigenen Persönlichkeitsentwicklung beweisen, daß der Umgang mit Spielzeugpistolen einen Jungen nicht zwangsläufig zum Waffenfetischisten werden ließ. Trotzdem führte Jonas' Begeisterung für Schwerter, Gewehre, Laserkanonen oder Harpunen immer wieder zu Diskussionen zwischen Oliver und Do, und im Moment tendierte seine Kompromißbereitschaft gegen Null.

Jonas begann herzzerreißend zu weinen. »Aber warum denn nicht? Heute ist doch mein *Geburtstag*!« Mit wäßrig verheultem Blick sah er zuerst den Revolver an und dann Oliver.

Jenny telefonierte immer noch, was sie aber nicht daran hinderte, ins Zimmer zu kommen und zu erklären: »Papa hat recht: Waffen sind primitiv.« Sie sagte es in dem belehrend neunmalklugen Ton, den sie sich ihrem Bruder gegenüber angewöhnt hatte. Im Vorbeigehen angelte sie sich ein Würstchen von der Servierplatte und setzte ihr Telefonat mit einem kurzen Lagebericht fort: »Hier ist gerade die Hölle los. Bei Jonas Geburtstagsfeier ist alles schiefgegangen, was man sich nur vorstellen kann.«

»Da hast du's«, sagte Oliver gepreßt, weil er sich keinen lautstarken Wutanfall gestatten wollte, solange Jenny mit dem Telefonhörer im Raum war. »Es macht schon die Runde, daß du mir in den Rücken gefallen bist.«

Do beachtete ihn nicht und beugte sich zu dem schluchzenden Jungen hinunter. »Im Moment sind wir alle ein wenig gestreßt«, tröstete sie das Kind. »Und du hast es ja gehört: Jenny findet das mit der Pistole auch nicht so toll.«

»Aber es ist doch *meine* Pistole«, bettelte der Junge verzweifelt.

»Jenny hat hier nichts zu melden!«, erklärte Oliver und

nahm Jonas die Pistole aus der Hand. Im Moment konnte er es sich nicht leisten, einen potentiellen Verbündeten zu verlieren. Eine kurze Untersuchung des Spielzeugs ergab, daß ein Hebel den Abzug arretierte. Oliver entsicherte die Waffe und gab sie dem Jungen zurück. »Das war's schon.«

Die verheulten Augen des Kindes füllten sich mit dem Ausdruck tiefer Seligkeit. Um zu einer vergleichbaren Glücksempfindung zu kommen, dachte Oliver, müßte ihm irgend etwas Unvorstellbares widerfahren. Vielleicht müßte ihm Heidi Klum nackt Modell sitzen oder eine Fee seinem Sohn eine glänzende Zukunft als Friedensnobelpreisträger voraussagen. Aber daraus würde wohl nichts werden: Der Junge zielte mit dem Revolver begeistert auf Dos Plüschkätzchen und drückte ab. Oliver riß sich zusammen. Do rollte die Papierdecke vom Tisch und stopfte sie in den Müllsack, den sie bereitgestellt hatte.

Oliver sagte: »Wann will Schrödinger seinen Kasten zurückhaben?«

»Darüber haben wir nicht gesprochen. Er braucht ihn ja nicht.«

»Hat er dir das Ding gegen Vorkasse überlassen, oder bezahlst du hinterher?«

»Er will kein Geld dafür.«

»Ich habe auch nicht von Geld gesprochen.«

Sie hielt inne. »Was soll das heißen?«

»Das weißt du. Wir sollten endlich Klartext reden.«

»Worüber, bitteschön?«

»Über uns.«

»Über uns?«

»Und über dich und Schrödinger.«

»Von mir aus können wir über alles reden. Aber nicht, solange die Kinder wach sind.«

»Gibt es denn etwas, das du mir zu sagen hast, was für Kinderohren nicht bestimmt ist?«

»Das fragst du *mich*?«

»Himmel, Do, wen sonst? Seit dieser Schrödinger hier sein Unwesen treibt, bist du nicht mehr wiederzuerkennen. Von mir willst du nichts mehr wissen, und er umgarnt dich bei jeder sich bietenden Gelegenheit mit seinem widerlichen Alt-Herren-Charme.«

Es klang wie eine unmißverständliche Drohung, als sie sagte: »Ja, Oliver, er *hat* Charme! Und auch wenn du immer wieder betonst, daß er älter ist als wir, wirst du daran nichts ändern.«

Oliver versuchte, sich auf ein Geständnis gefaßt zu machen. »Ich verstehe dich also richtig: Du *hast* etwas mit ihm.«

Sie sagte: »Sollte ich?«

»Was ist denn das für eine blöde Frage?«

»Oliver, alles, was du hast sind Mutmaßungen. Ich habe *Informationen*.«

»Informationen?«

Jenny latschte herein, um sich noch ein Würstchen zu holen. Oliver wandte sich von Do ab und stürzte sich auf seine Tochter. Es machte ihn rasend, daß sie nicht in der Lage war, sich *vorher* zu überlegen, wie viele Würstchen sie essen würde. Er haßte dieses dauernde planlose Agieren nach Augenblicksgelüsten. Er mußte sich abreagieren, aber das ließ sich nicht allein über die Würstchenfrage erledigen. Da sie immer noch telefonierte, fuhr er sie an:

»Es reicht jetzt, Jenny. Ich sehe mir dieses ewige Telefonieren nicht länger mit an.«

Sie protestierte: »Es ist doch *mein* Anschluß.«

»Man muß nicht *stundenlang* telefonieren«, erklärte er mit Bestimmtheit und fügte hinzu: »Früher hatten wir überhaupt keine *eigenen* Anschlüsse.«

»Aber heute gibt es sie. Und wir haben sowieso Nulltarif.«

Das war ein guter Spruch, um zu explodieren: »Es ist verflucht noch mal nicht *alles* umsonst, Jenny! *Darum* geht's.«

Do – ganz so, als gehe sie der Streit nichts an – räumte weiter auf und fiel ihm moralisch in den Rücken. »Oliver, die Zeiten haben sich geändert.«

»Es ist einfach nicht notwendig«, erklärte er, »jede verfluchte belanglose Sekunde des Lebens in Echtzeit zu kommentieren und weiterzutratschen.«

»Überlaß das Jenny. Es sind ihre Sekunden.«

»Do, sie ist *zehn*.«

Jonas kam in den Raum. »Ich will auch einen eigenen Anschluß. Mama hat gesagt, ich bekomme einen zum Geburtstag.«

»Ich habe gesagt, wenn du groß bist, bekommst du einen.«

»Ich bin jetzt groß. Wenn man Geburtstag hat, *ist* man groß.«

Jenny schrie: »*Jede* Sekunde des Lebens ist wichtig. *Jede jede jede* Sekunde!«

»Ja, das findet deine Mutter auch«, sagte Oliver. »Besonders die Sekunden, wenn wir nicht da sind.«

Do warf ihm einen vernichtenden Blick zu.

Jonas insistierte: »Ich kann jetzt alle Zahlen, und deswegen kann ich auch telefonieren.«

Do sagte. »Oliver, treib es nicht auf die Spitze.«

»Sehr treffend ausgedrückt«, sagte er: »Auf die Spitze … Und was ist das überhaupt für eine Information, über die du angeblich verfügst? Was wolltest du vorhin sagen?«

Jonas begann demonstrativ zu zählen: »Eins, zwei, drei …«

»Wenn du es unbedingt so willst!«, sagte Do und kam einen Schritt näher. »Also bitte: Ich weiß über die Vorgänge *in deiner Werkstatt* Bescheid.«

Oliver stutzte. »Die Vorgänge in meiner Werkstatt?«

Jenny nahm den Hörer wieder ans Ohr und erkundigte sich. »Ariane, bist du noch dran?«

»… neun, zehn, elf, zwölf …«

Do sagte: »Willst du allen Ernstes, daß ich *noch deutlicher* werde? Willst du das wirklich? Hier? Jetzt!?«

»Wenn's sein muß«, schrie Oliver. »Wenn's sein muß!«

»Also bitte«, erwiderte Do. »Ganz wie du willst. Dann *werde* ich deutlich: Wer ist das in deiner Werkstatt? Sag es uns. Wir hören *alle* zu, Oliver. *Wer ist es*?«

»… neunzehn, zwanzig, einundzwanzig …«

Und dann hörte Oliver sich etwas Sonderbares sagen, einen Satz, der alles veränderte, der ein wirres Gemisch aus diffusen Möglichkeiten und Vermutungen unwiderruflich in Wirklichkeit verwandelte. Er sagte: »Du kennst sie nicht.«

Als Oliver zum ersten Mal einen nackten Frauenkörper gezeichnet hatte, begriff er, *wie sehr* zeichnen bedeutete,

Wirklichkeit zu erschaffen. Mit wenigen Bögen hatte er weibliche Blöße hervorgebracht, und was er sah, stand der Realität an psychologischer Macht und sinnlicher Plastizität in nichts nach, ja übertraf diese sogar. Diese Entdeckung war ebenso erregend wie die auf dem Papier erschaffene Nacktheit selbst. Und das bewies: So wie die Wirkung seiner Zeichnung auf einer kunstvollen Täuschung beruhte, konnte auch Realität aus einer Summe von Täuschungen hervorgehen.

Die Stille, die er geschaffen hatte, war aus einer Täuschung hervorgegangen. Jonas hatte mit dem Zählen aufgehört, weil er spürte, daß es niemanden interessierte, wie weit er ohne Fehler kommen würde. Dos Schweigen, das ebenfalls der Täuschung entsprang, dauerte lange. Oliver fühlte sich mächtig: Das hatte er bewirkt. Auch Jenny schwieg. Lediglich aus dem Telefonhörer drang eine ferne verwirrte Stimme. »Jenny … hallo … alles in Ordnung?«

Sie hob den Hörer langsam ans Ohr und sagte: »Ich rufe dich zurück.«

Do ließ Oliver ohne ein weiteres Wort stehen und ging mit den Kindern hinaus. Für einen Moment hatte Oliver sich allmächtig gefühlt, doch ebenso schnell, wie es gekommen war, verging das Gefühl wieder. Je älter er wurde, desto kürzer wurden seine Rauschzustände, so kam es ihm vor. Und im gleichen Maße wurden die nachfolgenden Katerstimmungen länger. Er empfand es als niederschmetternd, wie weit sein indirektes Eingeständnis, er habe eine Geliebte, von der Wahrheit entfernt war. Und er fragte sich, ob sich mit einer Geliebten das Leben besser aushalten ließ. Vielleicht war es eine Erleichterung, sich davonstehlen zu können in die Arme einer anderen. Doch im selben Moment raubte der Gedanke an Sex ihm jeden Mut. Sex war so brutal persönlich. Es war unmöglich, jemanden aus Fleisch und Blut zu lieben, ohne ungeschoren davonzukommen. Oliver stand allein im Zimmer und versuchte sich in einen maßvollen Zustand zu versetzen. Er wollte nicht mehr wütend sein. Und als er sah, daß Jonas das Plüschkätzchen mit seinem Pistolenpfeil getroffen hatte, wurde er nicht wütend. Er sagte sich, daß es keine Rolle spielte. Der Junge würde noch früh genug lernen, daß im Leben nicht jeder Treffer folgenlos blieb.

| | | | |
|---|---|---|---|
| 16 | 3 | 2 | 13 |
| 5 | 10 | **11** | 8 |
| 9 | 6 | 7 | 12 |
| 4 | 15 | 14 | 1 |

Immer wenn Do ihrer Mutter gegenübertrat, hatte sie das Gefühl, sich in etwas Nebensächliches und Nebulöses zu verwandeln. Zwar sagte sie sich jedes Mal: Erkenne das Muster!, es ist nicht real, es ist eine Suggestion – doch das half nichts. Kaum schlossen sie einander in die Arme, erübrigte sich alle Psychologie. Bestimmte archaische Gesetzmäßigkeiten, denen mit reflektierender Vernunft nicht beizukommen war, übernahmen unvermeidlich die Regie. Vielleicht, so dachte Do sich, würde sich daran einmal etwas ändern, wenn Ursel, ihre Mutter, alt und gebrechlich wäre und ihre geistigen Kräfte nachließen. Aber mit zweiundsechzig Jahren war sie von jeder Form körperlichen Verfalls oder geistiger Demenz noch himmelweit entfernt.

Das bedeutete nicht, daß man ihr die Jahre nicht angesehen hätte. Sie hatte sich und ihren Körper im Laufe ihres Lebens nicht in besonderer Weise geschont. Darüber hinaus hatten bestimmte Gewohnheiten ihrer Generation in Bezug auf Alkohol- und Zigarettenkonsum ein übriges getan. Ihr Gesicht war davon gezeichnet. Dreimal in der Woche suchte sie ein Sonnenstudio auf, und um das Zentrum ihrer Nasenspitze herum war in ihre kupferfarben gebräunte Gesichtshaut eine Art Spinnennetz aus Falten gewebt. Die Augen unter zwei dichten Wolken aus dunkelgrünem Lidschatten wirkten pathologisch vergrößert, aufgepumpt von einer unbestimmten wachsamen Gier. Sie lächelte, als stünde sie unerwartet vor einem Pulk von Fotografen, als sie aus dem Gepäckbereich des Flughafens trat und Do unter den Wartenden erblickte.

»Kind!!«, rief sie entzückt, ließ ihren Koffer fallen und umarmte ihre Tochter beherzt, »du siehst müde aus.«

»Oh, na ja«, sagte Do, als müßte sie sich rechtfertigen. »Findest du? Im Moment haben wir ein straffes Programm. Du weißt ja, kurz vor den großen Ferien kommt bei uns immer alles zusammen. Geburtstage, Zeugnisse …«

»Ja, natürlich … Der Flug war übrigens *sehr* unruhig. Ich bin gestorben vor Angst. Der Pilot meinte, das hinge mit bestimmten Scherwinden zusammen – was ist das eigentlich? – und außerdem gäbe es über Großstädten wie Berlin immer besondere Turbulenzen, aber das Flugzeug komme damit bestens zurecht, wir sollten uns keine Gedanken machen. Sehr komisch! Diese Kerle müssen wirklich Nerven haben.«

Do tauchte, ihrer Mutter folgend, in das Sommerhoch Hekate, dessen thermische Turbulenzen das Flugzeug also durchgeschüttelt hatten. Hier am Boden war die heiße, mit Abgasen gesättigte Luft schwer zu atmen und zementfarben.

»Du kannst dich bei uns erst einmal ausruhen«, sagte Do.

»Aber Kind, für wie alt hältst du mich? Wenn ich sage, daß ich mit dem Schlimmsten gerechnet habe, heißt das nicht, daß ich jetzt freiwillig die Augen schließen möchte. Ich hätte aber nichts dagegen, mich bei euch unter die Dusche zu stellen. Die Luft hier *klebt* einem ja regelrecht an der Haut.«

Do hatte sich fest vorgenommen, bestimmte Charaktereigenschaften und Verhaltensformen ihrer Mutter klag-, vor allem aber *kommentar*los hinzunehmen. In den vergangenen Jahren war ihr nämlich bewußt geworden, daß Ursels mütterliche Macht zur vollen Entfaltung ganz entscheidend ihrer töchterlichen Mitarbeit bedurfte. Jede Reaktion, ganz egal welche, stärkte sie – darin lag das Geheimnis ihrer Provokationen. Gab man ihr nämlich recht (»Ja, Mutter, die Luft hier in Berlin ist eine Katastrophe, wir leiden auch Tag für Tag darunter …«), dann kam sie erst recht in Fahrt und bauschte ihr persönliches Empfinden zu einem Phänomen von allgemeingültiger Bedeutung auf. (»Ja, das kontinentale Klima hier ist *sehr* ungesund. Der Zustand der maroden Fabrikanlagen im Osten und die Nähe zu Polen sind da vermutlich nicht gerade förderlich …«) Widersprach man ihr aber (»Es ist doch Sommer, Mama, was erwartest du denn?«), machte man alles nur noch schlimmer, weil sie es liebte, ihre Vor- und Fehlurteile in zermürbenden verbalen Scharmützeln zu stählen. (»Gerade im Sommer ist die Schadstoffgefahr besonders groß. Du wirst im Moment ja kaum Zeit dafür finden, aber *ich* verfolge die aktuelle Feinstaubdiskussion mit allergrößter Aufmerksamkeit. Laß dir durchaus auch einmal von *mir* etwas gesagt sein.«) Und machte man sie –

als letzte und psychologisch präziseste Variante aus dem Fundus denkbarer Reaktionen – auf die ihrer Äußerung zugrundeliegende Struktur aufmerksam (»Mama, mußt du eigentlich immer an Berlin herummäkeln? Ich weiß, daß es dir in der Eifel besser gefällt, und ich akzeptiere dein Leben voll und ganz. Warum fällt es dir im Gegenzug so schwer, *meines* zu akzeptieren?«), dann riskierte man eine jener unschönen, qualvollen und verletzenden Mutter-Tochter-Auseinandersetzungen, die Do jedes Mal mit dem erniedrigenden Gefühl zurückließen, sie sei immer noch sechzehn. Der einzige Weg, dieser unwürdigen und aussichtslosen Situation, die einem nur die Wahl zwischen drei falschen Alternativen ließ, zu entkommen, das wurde Do schließlich klar, war es, Ursels egozentrische Unterstellungen ganz einfach zu ignorieren, ihre mütterlichen Kränkungen langmütig hinzunehmen und unauffällig das Thema zu wechseln.

»Ach, Kind«, seufzte Ursel, als sie den Wagen erreichten und Do ihr die Beifahrertür öffnete, »du kannst dir gar nicht vorstellen, wie froh ich bin, hier zu sein. Ich freue mich schon so sehr auf deine Geburtstagsparty. Glaube mir, dein Geburtstag ist einer der wenigen Lichtblicke, die es in meinem Leben zur Zeit gibt.« Stöhnend griff sie über die rechte Schulter nach hinten, um den Gurt zu fassen zu bekommen. »Was ist das für ein riesenhaftes Auto? Ich wußte gar nicht, daß ihr einen neuen Wagen habt.«

»Ein Hyundai.«

»Ah, ein Japaner.«

»Ich glaube, es ist ein koreanisches Fabrikat.«

»Man sitzt so enorm hoch. Koreaner sind doch eher kleinwüchsig. Ist das nicht lästig beim Einsteigen?«

»Aber nein«, erklärte Do und zwang sich innerlich zu gottergebenster Ruhe. »Mit der Ladefläche, den umklappbaren Sitzen und der großen Hecköffnung ist der Wagen ausgesprochen praktisch. Gerade mit zwei Kindern.«

Ihre Mutter nickte: »Ich verstehe. Man muß Kompromisse machen.«

»Mama, es ist *genau der Wagen*, den ich haben wollte.«

»Das ist doch in Ordnung, Kleines. Papa und ich, wir gehören einfach einer anderen Generation an. Wir hätten es nicht fertig gebracht, etwas von den Kommunisten zu kaufen.«

»Aber *Süd*korea ist doch nicht kommunistisch, Mama.«

Ursel dachte einen Moment nach. »Nach außen hin vielleicht. Zuinnerst ist den Asiaten unser individueller Lebensstil und unsere Freiheitsliebe aber fremd. Doch laß uns nicht über Politik reden, das ist heutzutage wirklich zu unerfreulich. Sag mir, wie es dir geht.«

Do steuerte den Wagen langsam an die Schranke des Parkdecks heran und öffnete das Seitenfenster, um die Magnetkarte einzustecken. Sie war froh, daß die kurzzeitige Konzentration, die der Handgriff ihr abverlangte, sie von dem Druck befreite, sofort antworten zu müssen. Sie befürchtete, durch eine zu verhaltene Reaktion argwöhnische Neugier bei ihrer Mutter zu wecken. Ursel verfügte über einen hervorragenden Instinkt, wenn nicht gar hellseherische Fähigkeiten in Bezug auf den Zustand von Ehen. Gleichzeitig drängte es Do, sich ihr anzuvertrauen. Das uralte Bedürfnis, als Kind bei der Mutter Trost zu suchen, erfüllte sie und suggerierte ihr mit enormer Intensität, ihr Kummer ließe sich leichter ertragen, wenn sie ihn aussprechen würde. Hin- und hergerissen zwischen den beiden einander widersprechenden Impulsen, ihrer Mutter etwas vorzumachen und sich ihr anzuvertrauen, verstieß Do gegen die von ihr selbst aufgestellte Regel des schweigsamen Erduldens aller mütterlichen Nadelstiche und nahm die vorangegangene Diskussion wieder auf.

»Unsere deutschen Autos sind teuer und einfallslos, Mama, das kannst du überall nachlesen. Wenn es irgendwo auf der Welt kommunistisch zugeht, dann bei VW.«

Ursel fixierte ihre Tochter einen Moment lang von der Seite, so daß die frontal in den Wagen scheinende Sonne einen Anteil flammendroter Farbpigmente in ihrer kastanienbraunen Haartönung zum Leuchten brachte.

Schließlich sagte sie: »Entschuldige, Dori, aber ich finde, ihr jungen Leute redet zu schlecht über unser Land. Ich bin jedenfalls froh, daß wir immer genug Geld hatten, uns einen Mercedes zu leisten. Dein Vater hat damals, Gott sei Dank, gut verdient. Und das war nicht leicht für ihn, das gebe ich zu. Es ist ein Jammer zu sehen, was aus ihm geworden ist. Die Depressionen lähmen ihn, aber er weigert sich, seine Medikamente zu nehmen. Er sitzt von morgens bis abends vor dem Fernseher, und alles um ihn herum verkommt. Du solltest seine Wohnung sehen, Dori! Es ist erschütternd. Ich sehe ab und an nach dem rechten, weil ich es nicht übers Herz bringe, ihn ganz und gar aufzugeben, aber ich kann ihn nicht vor sich selbst schützen. Er sieht einfach nicht ein, daß es so nicht weitergehen kann. Er *will* gar kein anderer werden.«

»Vielleicht ist er nicht depressiv, sondern nur müde«, sagte Do. »Er hatte eine Menge zu verkraften. Du weißt, wovon ich rede.« Sie spürte, wie kraftlos sie selbst war. Eigentlich hätte sie Ursel überlegen sein sollen, weil sie die heikle Dynamik der Mutter-Tochter-Beziehung durchschaute. Vor kurzem hatte sie gelesen, daß man in der Psychologie vom Elektra-Komplex sprach. Demnach nahmen Töchter ihre Mütter nicht als liebevolle Schutzengel wahr, sondern in Wahrheit als Konkurrentinnen um die Gunst der Männer – üblicherweise um die des Vaters. Dos Urteil über ihre Erziehung war eindeutig: eine unreflektierte, sträflich konforme Sechzigerjahreerziehung. Ohne Umschweife gesagt, war sie der Meinung, daß ihre Mutter alles falsch gemacht hatte. Sie sah die Fehler, aber sie sah auch, daß sie nicht in der Lage war, sie zu korrigieren. Gerade darin lag das Fatale bei der Beschäftigung mit psychologischen Mechanismen. Man erfuhr, was alles falsch gelaufen war, und zugleich erfuhr man, daß die Dinge nicht mehr zu ändern waren. Man konnte es so ausdrükken: Die Tatsache, daß sie sich ihrer Mutter überlegen fühlen durfte, bewies Do, daß sie ihr auf immer unterlegen sein würde.

Eine Weile lang war nur das leise Rollen der Reifen zu hören. Ursel blinzelte nachdenklich hinaus, als zögen in der Seitenscheibe nicht die Außenbezirke Berlins an ihr vorbei, sondern Teile ihrer Vergangenheit. »Es ist gut, daß du deinen Vater verteidigst«, sagte sie irgendwann, »aber du solltest mir nicht mein Leben vorwerfen. – Du brauchst nicht zu protestieren, ich weiß, wie du über bestimmte Dinge denkst. Ich habe Onkel Stefan in der Beatleszeit kennengelernt, kurz *vor* deinem Vater. Wußtest du, daß die Beatles mal ein Lied auf deutsch aufgenommen haben? Es hieß ›Komm gib mir deine Hand!‹. Onkel Stefan war ein grandioser Foxtrott-Tänzer, aber er war gut fünfzehn Jahre älter als ich und alles in allem ein verantwortungsbewußter Familienvater. Wir haben uns nichts zu Schulden kommen lassen, das kannst du mir glauben. Mitte der siebziger Jahre, du warst acht oder neun, ist seine Frau dann auf tragische Weise bei einem Verkehrsunfall ums Leben gekommen, und er stand wieder allein. Für bestimmte Dinge ist man nicht verantwortlich, Dori. Du schätzt mich falsch ein, wenn du annimmst, ich wäre leichtlebig gewesen. Ich habe mich weiß Gott an die Spielregeln gehalten. Es war eine andere Zeit. Damals waren alle verheiratet, und die einzige Chance, glücklich zu werden, war es, ein Verhältnis zu beginnen.«

»Für dich waren es Spielregeln, für mich Schuldgefühle.«

»Ach, Dori. Du liest zu viele Frauenzeitschriften.«

»Ich hatte damals oft Angst vorm Einschlafen.«

»Du hattest eine Schilddrüsenunterfunktion. Irgendwas mit deinem Kalziumkreislauf war nicht in Ordnung.«

»Nein, ich habe mich wegen eurer Trennung schuldig gefühlt. Scheidungskinder *entwickeln* Schuldgefühle.«

»Warum beschäftigt dich das so sehr, Dori?«

»Liegt das nicht auf der Hand?«

»Nein. Du wirst in ein paar Tagen achtunddreißig. Es gibt einen anderen Grund dafür.«

»Warum sollte ich mich mit achtunddreißig nicht mehr schuldig fühlen?«

»Sag mir, was los ist, Dori.«

Do sah ein, daß sie sich nicht dagegen wehren konnte, über das zu reden, was sie bedrückte. Sie wollte es selbst. Irgendwann in den kommenden Tagen, das sah sie deutlich, *würde* sie ihrer Mutter alles erzählen, sei es nach einer Flasche Wein in der Küche oder einer unterschwelligen oder offenen Gehässigkeit Olivers. Und wenn es sowieso zu einem Geständnis kommen sollte, dann konnte sie dieses auch jetzt gleich, hier im Wagen ablegen. Ihre Mutter war neugierig, das stimmte. Aber es steckte noch etwas anderes hinter ihrer Frage. Sie hatte den Wunsch, mit ihrer Tochter durch das Tor einer gescheiterten Ehe endlich in das Reich gemeinsamer fraulicher Erfahrungen einzutreten.

Schließlich sagte Do: »Ich bin im Moment nicht glücklich, Mama. Ich komme trotzdem zurecht. Glücklich und unglücklich sind keine Kriterien für unser Leben.«

»Das sehe ich anders, Dori. Versteck dich nicht hinter solchen Sätzen. Warum sagst du mir nicht einfach was los ist? Hat Oliver eine Geliebte?«

Sie zögerte und sagte: »Offenbar.«

»Du weißt es nicht?«

»Er hat es zugegeben. Ich weiß nicht, wer sie ist.«

Auf ihre alten Tage hatte sich Dos Mutter eine neue Art des beredten Schweigens zugelegt: Einem kurzen vernehmlichen Atemstoß folgte so lange kein weiterer, daß man es mit der Angst bekam, es könnte ihr letzter gewesen sein. Ihre Kehle erschlaffte wie die eines Reptils, und für Momente sah man ihr die Lebensjahrzehnte mit eklatanter Deutlichkeit an. Unvermittelt sagte sie: »Schlaft ihr noch miteinander?«

Es schockierte Do, ihre Mutter geradeheraus über Sex reden zu hören. Es war ihr nie gelungen, sich ihre Eltern als Liebespaar vorzustellen, als sexuell eigenständige Wesen, die über die gleichen körperlichen Erfahrungen verfügten wie sie selbst.

»Seit ein paar Monaten nicht mehr.«

»Das ist noch nicht so lange.«

»Laß uns aufhören, über diese Dinge zu reden.«

»Warum?«

Die Unentschiedenheit, mit der Dos Gedanken sich formten, übertrug sich auf ihre Fahrweise. Zögerlich ließ sie den Hyundai über eine Kreuzung rollen. »Weil wir unterschiedliche Vorstellungen von Glück haben.«

»Das glaube ich nicht. Du warst immer ein versonnenes Kind. Du bist bis heute versonnen und, entschuldige, ein wenig naiv. Aber das ändert nichts an der schlichten Tatsache, daß du eine Frau bist.«

»Eine Frau? Mutter, was ist denn *eine Frau*?«

»Ich werde es dir sagen: Wir werden nicht glücklich, sondern wir werden glücklich gemacht.«

Dos Unsicherheit schlug in helle Empörung um: »Das ist nicht wahr! Das ist das dümmste, was du je gesagt hast. Es ist nicht nur dumm, Mama, es ist widerlich. Wie *kannst* du so etwas sagen?«

Sie fuhren unter hohen sommerlichen, prall mit Blättern und Licht gefüllten Baumkronen her. Es waren Vorboten der märkischen Alleen, die ins Umland von Berlin führten. Do gefiel die Sanftheit, mit der sie sich in weiten Bögen durch die Landschaft zogen. Vor sechs Jahren hatten Oliver und sie zum ersten Mal mit dem Gedanken gespielt, sich hier ein Haus zu kaufen, und nach dem Tod von Olivers Mutter damit begonnen, nach einem zu suchen. Do mochte das Siedlungshaus aus den zwanziger Jahren gleich, das niemand haben wollte, weil der Putz zementgrau und pockennarbig war, die Fenster zugig und der Garten verwildert. Nachdem die geglätteten Wände in einem schönen hellen Farbton erstrahlten, der auf der Farbpalette die Bezeichnung *Malaga 17* getragen hatte, wurde sein warmherziger Charakter mit der kleinen Eingangsveranda und dem Walmdach sichtbar. Do dachte an die Hoffnungen und Erwartungen bei der Renovierung des Hauses, Oliver und sie waren sehr glücklich gewesen.

Sie hatten alles renoviert bis auf den Keller. Alle Gegenstände, die sie nicht mehr brauchten, wanderten dort hinunter, in ein staubiges Reich aus vollgestopften Baumarktregalen. Manchmal fühlte Do sich von der Fülle des nutzlos Gewordenen dort unten erdrückt. Sie sah den Tag mit Schrecken kommen, da sie all die Regale ausmisten mußten, um wieder Platz zu schaffen für ein nächstes Jahrzehnt des Verbrauchens, Verstauens und Vergessens. Aber vielleicht würde es dieses Jahrzehnt ja nie geben.

Sie bog in eine Querstraße und ließ den Wagen an einer alten Betonlitfaßsäule vorbeirollen, die nicht mehr benutzt wurde. Ihr spitzes Kegeldach hatte eine dicke Schicht märchenhaftes Moos angesetzt. Do hob den Arm und wies zum Ende der Straße. »Wir haben einen neuen Nachbarn. Er wohnt dort, in dem weißen Haus.«

Ihre Mutter wandte den Kopf zur Seite und ließ das Gebäude im Seitenfenster vorüberziehen. »Sehr kühl. Aber *très élégant*!«

»Er ist unverheiratet. Seine ganze Liebe gilt seinen Möbeln und der Kunst. Er ist Zauberer.«

Ursel sagte: »Ich nehme an, in diesem Wagen darf man nicht rauchen. Aber wir sind ja gleich da. Was meinst du übrigens damit: Zauberer? Ist er berühmt?«

Dos Puls beschleunigte sich, als sie von Schrödinger sprach. »Er ist Mitte fünfzig. Oliver behauptet, er sei älter. Wir wissen nicht so genau, was er bisher gemacht hat. Offenbar hat er es nicht nötig, irgendwo aufzutreten.«

»Und woher wißt ihr, daß er Zauberer ist? Jeder kann von sich behaupten, Zauberer zu sein.« Sie schob die Zigarettenschachtel zurück, die sie nach Art besonders süchtiger Raucher aus der Handtasche geholt hatte, um sie wenigstens einmal betrachten zu können.

Do sagte: »Er ist kein Hochstapler. Er hat mir einen kleinen Trick für Jonas Geburtstag verraten.«

»Das ist sehr ungewöhnlich. Zauberer verraten keine Tricks.«

»Oliver hat mir die Hölle deswegen heiß gemacht.«

»Sei froh. Dann ist er noch eifersüchtig.«

Do ärgerte sich über die Bemerkung. »Warum habe ich eigentlich das Gefühl, daß du auf *seiner* Seite stehst und nicht auf meiner.«

»Glaube mir, Dori, ich beurteile die Dinge *sehr* neutral. Was erwartest du denn von mir? Daß ich mich schuldig fühle, weil du nicht glücklich bist.«

»So habe ich es nicht gemeint, Mama.«

»Doch hast du. Und wahrscheinlich hast du sogar recht. Sei nicht immer so defensiv.«

»Ich bin ein wenig überreizt«, sagte Do.

»Ja, Liebes, das sehe ich. Jetzt bin ich ja da und werde dich entlasten. Ich werde auf gar keinen Fall zulassen, daß du in den kommenden Tagen einen einzigen Handgriff machst!« Sie legte jenen betriebsamen Ton an den Tag, der für sie typisch und Ausdruck eines manischen Tatendrangs war, an dem sie sich selbst am meisten berauschte. Do folgte dem Bogen der Straße, an deren Ende ihr Haus zwischen den Stämmen der Linden auf dem Gehweg sichtbar wurde. Kurz vor der Einfahrt holte Ursel die Zigarettenschachtel wieder heraus.

»Darf ich dich noch etwas fragen, Dorischatz?«

»Ja, sicher ...«

»Aber werde nicht gleich wieder ärgerlich.«

»Nein. Was denn?« Do schlug das Steuer ein, um den Wagen zwischen den beiden Torpfosten hindurchzumanövrieren.

Ursel sagte: »Hast du ... eine Affäre mit ihm?«

»Mit wem?«

»Na, diesem Zauberer.«

»Wie kommst du denn darauf?«

»Ich höre da so etwas heraus. Ich bin deine Mutter.«

»Nein. Es ist nichts.«

»Ganz sicher?«

Der Hyundai war zum Stehen gekommen, und Do schaltete den Motor ab. »Herrje, wieso glaubst du mir nicht? Wieso glaubt mir eigentlich niemand!? Oliver denkt genauso wie du. Nicht zu fassen! Könnt ihr euch denn nicht vorstellen, daß man einen Menschen einfach nur nett findet, freundlich, hilfsbereit und charmant, *ohne* etwas von ihm zu wollen?«

Ursel steckte sich die makellose weiße Zigarette in ihren knittrig umfältelten Mund. »Einen Mann?«

»Ja, Mama. Einen *Mann*«, bestätigte Do.

Ihre Mutter öffnete die Wagentür und sog, nachdem sie die Zigarette angezündet hatte, den ersten Zug tief in die Lunge. Dann, als wollte sie die Silben auf den Qualmpäckchen irgendwohin fliegen lassen, sagte sie kopfschüttelnd: »Nein, mein Schatz. Kann ich nicht.«

| | | | |
|---|---|---|---|
| 16 | 3 | 2 | 13 |
| 5 | 10 | 11 | 8 |
| 9 | 6 | 7 | **12** |
| 4 | 15 | 14 | 1 |

Seit Dos Mutter das Haus mit ihrer Anwesenheit parfümierte, fühlte sich Oliver in seinen eigenen vier Wänden nicht mehr recht wohl. Aus irgendeinem Grund, der ihm nicht ganz klar war, kam er sich auf eine bestimmte Weise beobachtet vor, aufmerksam und verstohlen zugleich, in etwa so, als streife er den ganzen Tag im Pyjama durchs Haus. Wenn er nach dem Aufstehen die Küche betrat, um sich in der köstlichen Sechs-Uhr-Stille eines Sommermorgens eine Tasse Kaffee zu brühen und in aller Ruhe den Frühstückstisch zu decken, war die alte Dame, gewandet in einen samtroten mit schillernden Goldfäden durchwirkten Morgenmantel, immer schon da. Offensichtlich brauchte sie keine nennenswerten Mengen Schlaf, denn auch abends zeigte sie niemals erkennbare Anzeichen von Müdigkeit. Sie erhob sich erst, wenn man sie mehr oder weniger unmißverständlich dazu aufforderte, beziehungsweise sich selbst für erledigt und bettreif erklärte.

Ursel war jederzeit sowohl konversationswillig als auch -tauglich. Oliver blieb nichts anderes übrig, als sich bereits am frühen Morgen mit so bedeutenden Fragen zu befassen wie der nach dem optimalen Besichtigungszeitpunkt für die Reichstagskuppel, und ob er diese denn gelungen fände? Sie solle ja sehr beeindruckend sein, sagte Ursel. Dann fügte sie einschränkend hinzu, in ihrer Eifelnachbarschaft habe es auch manche Kritik daran gegeben. Gaby Schnellheim zum Beispiel, eine ihrer engsten Freundinnen, habe die Kosten des Bauwerks angeprangert. In ihrer allseits bekannten, ziemlich lockeren Art habe sie die gläserne Konstruktion eine begehbare Titte genannt. Das Ordinäre dieser von seiner Schwiegermutter en passant wiedergegebenen Sottise war für Olivers morgendlichen Geisteszustand in etwa so angenehm wie die Ausdünstung eines übriggebliebenen Schnapsglases für den vom Duft frischer Brötchen verwöhnten Geruchssinn.

Alles in allem glich Ursels Konversationsstil dem Auslegen eines Dominos. Aus einer sehr überschaubaren Anzahl von Grundthemen konnte sie jederzeit lange lückenlose Redeketten bilden, die sich nach Belieben unterbrechen, ergänzen und fortführen ließen. Diese kommunikativen Endlosschleifen hatten durchaus den Vorzug, daß sie auf Antworten, Repliken oder Einwürfe im Grunde nicht angewiesen waren, sondern auch als Monolog funktionierten. Olivers Geistesgegenwart war bei den morgendlichen Begegnungen mit seiner Schwiegermutter genaugenommen also gar nicht gefordert. Und doch fühlte er sich durch ihre Anwesenheit in der Küche erheblich gestört. Andererseits ging es ihm beim Fortgang von Ursels Betrachtungen durch den Kopf, ob er die intime Morgenmantelsituation nicht klugerweise ausnutzen sollte, um sich mit der redseligen Ursel gegen die noch schlafende Do zu verbünden. Er spürte deutlich, daß die Harmonie zwischen Mutter und Tochter brüchig war und von beiden nur mit einer gewissen Mühe gewahrt wurde.

Die Lage war schwer zu durchschauen. Wieviel wußte Ursel? – davon hing alles ab. Aber wie sollte Oliver das in Erfahrung bringen? Seine Schwiegermutter war für ihn ein rein akustisches Phänomen mit der Eigenschaft, stundenlang reden zu können, ohne ein bedeutsames, mit ihrem Seelenleben verknüpftes Wort von sich zu geben. Eventuelle persönliche Ober- oder Untertöne – falls es sie denn gab – entgingen ihm. Er war nicht in der Lage herauszubekommen, was Do ihr möglicherweise über den Stand ihrer Ehe anvertraut hatte. Es gab Gründe, die dafür sprachen, daß Do Ursel von ihrem Verhältnis mit Schrödinger erzählt haben könnte – möglicherweise sogar aus niederen Motiven und nicht, um sich etwas von der Seele zu reden. Oliver hielt es für möglich, daß Do eine alte Mutter-Tochter-Rechnung mit etwa folgender Münze beglichen hatte: Was du seinerzeit konntest, das kann ich schon lange. Was dir dein Federball-Schleuderer war, ist mir mein Herr der Kätzchen.

Andererseits war Do in Bezug auf ihr Intimleben nicht klatschhaft veranlagt. Die Intensität ihrer Freundschaft mit Helma Kienapfel litt darunter. Für Helma waren Schlafzimmerdetails das Salz in der Kommunikationssuppe, was Do, wie sie einmal gesagt hatte, niveaulos und aufdringlich fand. Insgesamt war Oliver hier auf Mutmaßungen angewiesen, er nahm aber an, daß sie in diesem Punkt aufrichtig war und es ihr ehrlich widerstrebte, sich unverblümt über Sex auszutauschen. Gegenüber ihrer Mutter mochten die Dinge aber anders liegen. Man konnte Ursel vieles vorwerfen, auf keinen Fall aber moralische Prinzipienreiterei. Warum sollte Do ihr Verhältnis Ursel gegenüber also verheimlichen? Gegenüber der einzigen Person, bei der sie trotz aller Neigung zu oberflächlicher Egozentrik auf so etwas wie Verständnis hoffen durfte?

Die zweite, nicht weniger bedeutsame Frage, die sich in diesem Zusammenhang stellte, betraf nicht Dos (reales), sondern Olivers (virtuelles) Verhältnis. Seit er Do nach jener mißlungenen Zaubershow am Ende von Jonas' Geburtstagsparty erklärt hatte, mit einer seiner Kundinnen (beziehungsweise einer ihr nicht näher bekannten Frau) seinerseits das Bett beziehungsweise das legendäre Werkstattsofa zu teilen, redeten sie nur noch das im Alltag unvermeidlich Geforderte miteinander. Zu Olivers großem Erstaunen funktionierte trotz dieses Defekts auf der Kommandoebene die eingespielte Maschinenraummechanik ihres Ehelebens ziemlich reibungslos weiter. Das überraschte ihn: Es war also überhaupt nicht notwendig, miteinander zu reden, um eine Ehe zu führen! All die Worte, die man Tag für Tag miteinander wechselte, waren nur eine Art Dreingabe wie jene kleinen Radiowecker, die man beim Abschluß eines Tageszeitungsabonnements als Prämie bekam.

Doch trotz dieser Entdeckung, daß der Fortbestand seiner Ehe vorerst nicht akut gefährdet war, beunruhigte Oliver das Schweigen doch. Er nahm an, daß die schwelende Krise Do in erhöhte Redebereitschaft gegenüber ihrer Mutter versetzen würde. Und damit stieg auch die Wahrscheinlichkeit dafür, daß Ursel von Do längst dahingehend informiert worden war, daß er, Oliver, seit geraumer Zeit fremdgehe. Und damit wiederum zerschlug sich für ihn jede Hoffnung, es könnte ihm womöglich gelingen, Ursel auf seine Seite des Konflikts zu ziehen. Am Ende würde sie zu ihrer Tochter halten, ganz gleich, was diese sich hatte zu Schulden kommen lassen. Ursel mochte eine notorische Tratschtante sein – eine Verräterin war sie nicht.

Oliver versetzte seinen Kaffee mit Milch. Ursel war bei ihren Betrachtungen von der Besichtigung der Reichtagskuppel inzwischen auf die Geflügelgrippe zu sprechen gekommen. Das thematische Bindeglied, falls es denn existieren sollte, war Oliver entgangen. Auf einmal begriff er, daß die sonderbaren Blicke, denen er sich seitens Ursel seit Tagen ausgesetzt fühlte, gleichsam bewiesen, daß er tatsächlich recht hatte: Sie nahm an, daß er Do betrog, und suchte in seinem Verhalten nach bestimmten Anzeichen dafür.

Er dachte darüber nach, was das für ihn bedeutete. Es schmeichelte seinem Ego auf eine bestimmte archaische Weise, daß Do und ihre Mutter ihm eine Geliebte zutrauten. Er entwickelte eine psychologische Theorie, die ihn dazu brachte, an dem verfahrenen Status Quo vorerst nicht zu rütteln. Dieser Theorie zufolge hatte seine »Geliebte« in Dos Bewußtsein insbesondere deswegen so hartnäckig Gestalt angenommen, weil sie die Nebenbuhlerin insgeheim begrüßte. Denn die Tatsache, daß Oliver eine Liebesaffäre hatte, bedeutete ganz einfach, daß er moralisch nicht besser dastand als sie mit ihrer Beziehung zu Schrödinger. Sie wollte nicht allein an dem traurigen Zustand

Schuld sein, in dem sich ihre Ehe befand. Und dieser Wunsch nach gemeinsamer Verantwortung für das Desaster offenbarte doch eigentlich etwas Versöhnliches, eine liebenswerte Do-Schwäche: Sie klammerte sich an ihn, Oliver, ihren Mann, an seine untilgbare Mitschuld, an seine Komplizenschaft im Niedergang.

Sah man von diesen partnerschaftlichen Komplikationen ab, die Ursels Besuch mit sich brachte, erwies sich ihre Anwesenheit in den Tagen vor Dos Geburtstag als nützlich und hilfreich. Sie war praktisch veranlagt und mühelos in der Lage, zwei Stunden am Stück engelsgeduldig mit einer unglaublich schlecht Deutsch sprechenden thailändischen Restaurantbesitzerin zu telefonieren, die sämtliche b-, v-, w-, p- und f-Laute wie ein kurz gegähntes Hua aussprach. Mit bewundernswerter Selbstverständlichkeit (die in ihrer Generation bei weitem nicht die Regel war) schöpfte Ursel dabei die Möglichkeiten der modernen Telekommunikationstechnologien voll und ganz aus. Unter anderem stellte sie eine Dreier-Konferenzschaltung zwischen dem Thai-Restaurant, ihrem Hausapparat und Olivers Geschäftstelefon her. Die Verhandlungen erwiesen sich wegen der erwähnten Aussprachemängel der Thailänderin aber als fürchterlich umständlich: »Huaschierta Huisch.« – »Mittagstisch?« – »Nai, nai huaschiert …« – »Haschee? Ursel, wovon spricht sie?« – »Huaschierta Huisch.« – »Oliver, ich glaube, sie meint *pochierten Fisch* …« Die phonetische Detektivarbeit strapazierte Olivers multikulturelle Geduld über das ihm im Moment verkraftbare Maß hinaus. Er erklärte, mit allem einverstanden zu sein, und empfahl, Do anzurufen, deren Wünsche in Bezug auf das Büffet maßgeblich seien und nicht seine. Das allerdings hatte seine Schwiegermutter bereits versucht, ohne Erfolg. Gnädig entließ sie Oliver aus der Büffetkonferenz mit der Information, Do habe ihr Mobiltelefon abgeschaltet oder befinde sich zur Zeit in irgendeinem Funkloch.

Die Bemerkung machte Oliver erst recht wahnsinnig. Er ließ sich in seiner Werkstatt auf das heugrüne Sofa fallen und hoffte inständig, für mindestens eine halbe Stunde von jeder Heimsuchung durch Kundschaft verschont zu bleiben. Die Tatsache, daß ihn die dunkel-sexuelle Aura des Wortes Loch aus der Bahn zu werfen drohte, war niederschmetternd. Zugleich machte sie ihm etwas deutlich: Was für fantastische Mutmaßungen Do und Ursel bei ihren abendlichen Küchengesprächen über *sein* Liebesleben auch immer anstellen mochten – die schlichte Wahrheit war, *daß er nichts und Do alles hatte*.

Je länger Oliver auf seinem alten, treuen Sofa über seine Lage nachsann, um so aussichtsloser erschien sie ihm. Die Situation, nüchtern analysiert, bot ihm zwei Möglichkeiten, stilvoll zu reagieren: Entweder er verließ Do, oder er legte sich tatsächlich eine Geliebte zu. Die erste Variante würde ihn in deprimierender Hinsicht schuldig werden lassen: Er würde seinen Kindern den Vater rauben, sie zwingen, in eine kleinere Wohnung zu ziehen, Schule und Kindergarten zu wechseln, Jonas würde wieder mit dem Bettnässen beginnen und Jenny Männer für alle Zeiten hassen und sich trotzdem – unbewußt, aber erbarmungslosen psychologischen Gesetzmäßigkeiten gehorchend – einen Mann suchen, der sie ebenfalls verlassen würde.

Sich eine Geliebte zuzulegen schien da eine prickelnde, reizvolle und moralisch vertretbare Alternative. Das Schlimmste, was einem im Zusammenhang mit einem Liebesverhältnis widerfahren konnte, so sagte Oliver sich, war, daß es aufflog und man kleinmütig zu Kreuze kriechen und einräumen mußte, eine Geliebte zu haben. Aber *genau das* war bereits geschehen. Er hatte ein Geständnis abgelegt, hatte sich gleichsam präventiv für schuldig erklärt, und auf einmal wurde ihm bewußt, wie unsinnig es wäre, ein Verbrechen *nicht* zu begehen, das man bereits gestanden hatte – was für eine kolossale Verschwendung von Ehrlichkeit!

Do hielt ihn für schuldig, und also hatte er ein Recht darauf, auch schuldig zu sein. Fragte sich nur, wie schuldig werden? Alle Gedankenspielereien um Liebesaffären hatten den Schönheitsfehler, rein hypothetisch zu sein. Als er mit seinen Überlegungen an diesem Punkt angekommen war, bewertete Oliver die bevorstehende Party zu Dos achtunddreißigstem Geburtstag neu. Von einer verlogenen Pflichtveranstaltung, die Do und ihn dazu zwang, Freunden und Bekannten eheliche Eintracht und Harmonie vorzugaukeln, mutierte das Fest in seiner Fantasie unversehens zu einer konspirativen Angelegenheit. Während Do ahnungslos ihren Geburtstag beging, würde für ihn jede Plauderei mit einer Vertreterin des anderen Geschlechts voller geheimer Signale sein, voller verschlüsselter Botschaften.

Das malte sich Oliver auf seinem Sofa liegend aus. Irgendwo hatte er einmal gelesen, daß sich die meisten Affären und Liebschaften nicht in den kühlen zweckorientierten Sphären der Büros anbahnten (wie allgemein vielleicht vermutet wurde), sondern im engsten Freundes- oder Bekanntenkreis. Offenbar stimmte das, wie der Fall Do bewies. Und Oliver fragte sich, warum nicht auch er von solch erstaunlichen Phänomenen des Zeitgeistes profitieren sollte.

Der Samstagabend war lau, trocken und in jeder Hinsicht ideal für ein Gartenfest. Tagsüber waren Tische und Bänke angeliefert worden, und wegen einer am Vorabend prognostizierten dreißigprozentigen Regenwahrscheinlichkeit stellte eine Spezialfirma im hinteren Teil des Gartens ein sturmfestes Zelt auf. Von der Regenwahrscheinlichkeit wollte morgens aber keiner der Radiosprecher mehr etwas wissen. Statt dessen hieß es, Hoch Hekate werde die Temperaturen am Wochenende noch höher treiben, als ohnehin schon vorhergesagt. Aber das Zelt, eine wüstenpalastartige Konstruktion, hatte etwas Großzügiges und gab dem Fest einen mondänen Charakter.

Gegen sieben wurde mit emsiger asiatischer Betriebsamkeit das von Ursel per Telefon komponierte thailändische Duftreisbüffet mit seiner unüberschaubaren Anzahl von Schüsseln und Schälchen voller Suppen, dampfenden Currys, Erdnußdips und Chutneys in allen Farben geliefert. Oliver entkorkte am Getränketisch die ersten Weinflaschen. Sein Plan, bei der Party irgendeine Affäre einzufädeln, der ihm auf seinem Werkstattsofa so klar und einleuchtend erschienen war, erwies sich jetzt als vollkommen vage – ein Fantasiekonstrukt, das sich beim Zusammentreffen mit der Realität in nichts auflöste.

Gleich zu Beginn nämlich, als er noch beim Weinflaschen-Entkorken war, stürzte sich Helma Kienapfel auf ihn. Oliver konnte ihre massigen Schenkel gut sehen, weil sie einen Minirock trug. Sie ließ sich ein großes Glas Tinto Fino eingießen – Spanier waren gerade in Mode im Freundeskreis. Sie sei fix und fertig und am Boden zerstört, sagte sie und trank das erste Glas in den folgenden Minuten erstaunlich schnell aus, weil ihre Kamelie unwiderruflich eingegangen sei! Dabei hatte sie die Pflanze, eine Mathotiana Rubra, zweimal ganz und gar prächtig zum Blühen gebracht. Aber trotz des regelmäßigen Abbrausens mit enthärtetem lauwarmem Wasser und einer speziellen Mischung aus Stickstoff- und Eisendünger hatte die Kamelie in diesem Frühjahr auf einmal alle Knospen abgeworfen – ohne jeden erkennbaren Grund. Und heute nachmittag nun hatte Helma einsehen müssen, daß es zwecklos war, weiter an dem armen Busch mit den gelb gewordenen, chlorotischen Blättern herumzudoktern, und ihren ganzen botanischen Stolz samt Wurzelballen erschüttert aus dem Kübel gehoben und in die Mülltonne befördert. Dieser letzte grausame Schritt war notwendig gewesen, um eventuellen Krankheitserregern nicht die Chance zu geben, sich im Garten auszubreiten und noch mehr Unheil anzurichten.

Oliver hörte sich die Mathotiana-Rubra-Geschichte geduldig bis zum Finale an. Die Vorstellung, ein geheimes erotisches Signal mit Helma auszutauschen, war so unglaublich absurd, daß er selbst zwei Gläser Tinto Fino während der Schilderung trank. Danach nagelte ihn Tobias Fleischer fest, sein Steuerberater, der mit millimeterkurz geschnittenem weißgrauen Haar und einem ebenso kurzen Dreitagebart auf Survival-As machte. Er hielt ihm einen längeren Vortrag über Weinreifung in Eichenfässern, bei der auf gar keinen Fall, wie in Spanien leider immer noch üblich, billige amerikanische, sondern nur hochwertige französische Fässer zum Einsatz kommen dürften, wenn man ein komplexes Aroma erreichen wolle, das geschmackvoll und großzügig seine Tannin-Nuancen freigebe und darüber hinaus durch einen strukturierten Nachgeschmack mit fruchtbetontem Hintergrund überzeuge, mit Anklängen an reifes Obst, samtige Schwarzkirsch- und Johannisbeernoten sowie feine Vanille- und Röstaromen.

Oliver begriff im Verlauf dieses weitschweifigen, pseudoprofessionellen Monologs, daß ihm das Einfädeln einer Liebesaffäre heute Abend nicht gelingen würde. Tobias Fleischers Auslassungen ließen ihm nämlich Zeit, das allmähliche Eintrudeln der Gäste zu beobachten. Dabei wurde ihm schlagartig klar, worin der grundsätzliche Unterschied zwischen seinen Sofa-Fantasien und der aktuell sich manifestierenden Gartenfest-Realität bestand: Jene imaginäre neue Geliebte, die er in seiner Werkstatt ersonnen hatte, war eine ihm völlig unbekannte, ungebundene Frau, eine Art erotische Allrounderin mit unscharfen und verlockend vieldeutigen Attributen. Damit stand sie im krassen Gegensatz zu allen Frauen, die jetzt an der Seite ihrer Männer (die meisten waren verheiratet oder jedenfalls liiert) in den Garten flanierten. Oliver kannte sie alle: Maren Singer, Linda Broschek, Susi Müller-Buchbinder, Heike Degen oder die kleine blauhäutige magersüchtige

Bi Odenthal mit ihrem wuchtigen Sportlehrer, der 1984 als Ruderer im olympischen Kader für die Spiele in Los Angeles gestanden hatte und in Amerika also beinahe um olympisches Gold gekämpft hätte, wenn sich die DDR nicht dem Olympiaboykott der Sowjetunion angeschlossen und die Teilnahme an den Spielen abgesagt hätte.

Während Oliver all diese Frauen in den Garten strömen sah, mit leuchtenden Augen und fliegenden Armen, wurde ihm klar, daß er sich in Wahrheit mit keiner dieser Frauen insgeheim ein Verhältnis wünschte. Alle Liebespartnerinnen, die er je gehabt hatte, waren für ihn fremd und unerforscht gewesen in jenen bangen Stunden voller Unsicherheit und Hitze, als es erstmals dazu gekommen war. Oliver trank sein sechstes oder siebtes Glas Wein auf nüchternen Magen. Und er erkannte eine Regel: Er konnte nur dann eine Frau lieben, wenn er sie entweder überhaupt nicht kannte oder mit ihr verheiratet war.

Das Durchbrechen der Sphäre längerer freundschaftlicher Vertrautheit hingegen besaß eine inzestuöse Aura. Die Vorstellung gegenüber Bi Odenthal eine Bemerkung fallen zu lassen, aus der sie hätte schließen können, er sei verstärkt daran interessiert, mit ihr in nächster Zeit ins Bett zu gehen (genaugenommen sah sie nicht einmal schlecht aus und sie war kleiner als er), würde ihn mit dem Gefühl, sich peinlichst daneben benommen zu haben, vermutlich noch Wochen und Monate quälen. Und nicht anders würde es ihm mit Helma Kienapfel oder Susi Müller-Buchbinder ergehen, mit Linda Broschek oder Heike Degen: Das ganze System funktionierte nur, weil sie alle voreinander die Tatsache verbargen, hungrige körperliche

Wesen zu sein, und sich mit der blendenden Hülle perfekten Glücks tarnten.

Oliver hakte den Abend also mehr oder weniger ab (wobei ihm irgendwie dämmerte, daß er damit genaugenommen sich selbst abhakte). Jedenfalls spürte er deutlich, daß er die vor ihm liegenden Stunden nicht ohne weitere Mengen Rotwein überstehen würde. So verweilte er einfach an der Bar und unterhielt sich mit den Gästen, wie sie kamen und gingen. Solange eine Batterie schlanker geöffneter Tinto-Fino-Flaschen mit Designeretikett in Griffweite neben ihm stand, würde er einigermaßen über die Runden kommen. Der Flüssigkeitspegel stieg und fiel in seinem Glas wie in einem Fieberthermometer. Er hätte liebend gerne herausgeschrieen, daß ihm etwas fehlte, daß er vielleicht krank war, aber soviel stand fest: Niemand hätte sich dafür interessiert.

Irgendwann sah er Do und ihre Mutter mit dem inzwischen eingetrudelten Balthasar Schrödinger im flackernden Licht einer Bodenfackel beisammenstehen. Daß sie angeregt und offenbar zwanglos plauderten, ging Oliver einfach zu weit. Es gab eine bestimmte Grenze persönlicher Anständigkeit, die Do seiner Meinung nach auch bei ihrer eigenen Geburtstagsfeier nicht überschreiten durfte. Er kippte ein weiteres Glas Tinto Fino hinunter. Dann dachte er, daß es keine sehr effektive Strafe für Do war, wenn er sich einfach nur still und leise betrank. Er mußte einen anderen Weg finden, ihr klar zu machen, daß es nicht ohne Folgen bleiben konnte, sich von Schrödinger ad eins bereitwillig bumsen zu lassen und ihn zweitens bei der ersten sich bietenden Gelegenheit auch gleich ihrer Mutter vorzustellen. Offensichtlich wollte sie der (ahnungslosen?) Ursel für alle Fälle schon mal Olivers Nachfolger in der Rolle des Schwiegersohns präsentieren. Das konnte Oliver ihr nicht durchgehen lassen. Er verließ seinen Platz an der Bar, wenn auch nicht ohne vorher sein Rotweinglas noch einmal aufgefüllt zu haben. Den kurzen Slalom durch die Partygäste bewerkstelligte er halbwegs verlustfrei.

Schrödinger erkannte ihn und rief: »Oliver! Wie schön, Sie zu sehen!«

Oliver hörte Ironie heraus und entgegnete: »Wo haben Sie denn *Josephine* gelassen?«

Die Bemerkung weckte Ursels Neugier. »Wer ist Josephine?«

»Eine seiner Geliebten.«

Schrödinger nickte: »Bei Gott, Oliver, das ist wahr!«

Do trug ein glitzerndes Stretchtop, das ihre Brüste so eng umschloß, als wären sie vakuumverpackt. »Warum haben Sie Ihr Goldstück denn nicht mitgebracht? Sie hat das Terrain ja schon erkundet.«

»Oh, sie hat mir die kalte Schulter gezeigt, als ich gegangen bin.«

Ursel sagte: »Ist sie jung, Ihre Josephine? Vermissen Sie sie?«

»Josephine und ich, wir lassen uns unsere Freiheiten.«

»Sie haben recht. Ich wünschte, ich wäre auch so modern gewesen!«

»Warst du doch«, sagte Do gut gelaunt.

Oliver erkannte, daß alle Bemerkungen voller ironischer Anspielungen steckten, die ihn ausschlossen. Do amüsierte sich prächtig. Und es war zudem offensichtlich, daß Ursel über die Affäre zwischen ihrer Tochter und Schrödinger im Bilde war und sie billigte. Er bemühte sich, ebenfalls ironisch zu sein, in der vagen Hoffnung, daß es so klang, als sei es ihm scheißegal, was Do trieb. »Haben Sie Ihrer Josephine gegenüber denn kein schlechtes Gewissen, *hier* zu sein?«

Um Ursel nicht in Verlegenheit zu bringen, flüsterte Do schnell: »Mutter, Josephine ist ein *Kätzchen*!«

»*Oliver*!«, trällerte Ursel amüsiert, »da hast du mich aber *rein*gelegt, als du von einer Ge*lieb*ten gesprochen hast.«

Sie war tief dekolletiert. Ihr Schlüsselbein spiegelte jede ihrer affektierten Gesten motorisch wider. Oliver spürte, daß es ihm schwerfiel, dieses Schlüsselbein und überhaupt ihr Dekolleté *nicht* anzustarren. Als ihm dadurch klarwurde, daß er die erotische Sprache ihres alternden Körpers noch verstand, packte ihn Entsetzen. Er wandte sich ab und sagte zu Schrödinger: »Ich dachte, Sie hassen es, weibliche Wesen einzusperren.«

»Oh, ja«, nickte der Zauberer, »das stimmt auch. Verraten Sie's nicht weiter, aber die Terrassentür ist nur angelehnt. Josephine weigert sich, die Katzenklappe zu benutzen, die ich vor ein paar Wochen habe einbauen lassen. Meine Erziehungsversuche schlagen fehl, weil ich zu inkonsequent, zu nachgiebig bin. Doch was sage ich – das ist es ja eben: Was auch immer wir hervorbringen wollen, wir erschaffen immer nur uns selbst. *Wir* sind es, die erzogen werden müssen.«

Devot schlug Do die Augen nieder; der Satz erregte sie. Ursel tat so, als habe es sich bei Schrödingers Bemerkung um einen harmlosen pädagogischen Rat gehandelt, und gab irgend etwas in der Art von sich, wie wichtig es gerade im Moment für Jenny sei, überzeugende Vorbilder zu haben. Die Bemerkung schockierte Oliver. Jenny würde die nächste sein, die ihn mit irgendeinem dahergelaufenen Bengel demütigen würde. Er hatte genug gehört. Sein Weinglas war leer, ohne daß er sich erinnern konnte, getrunken zu haben. Er spürte, daß er inzwischen einen nicht zu leugnenden Grad an alkoholbedingter Benebelung erreicht hatte. Plötzlich fand er sich auf dem Gehweg vor dem Haus wieder und konnte sich nicht daran erinnern, wie er dorthin gekommen war. Aus den Geräuschen, die vom Garten auf die Straße drangen, schloß er, daß die Party nach wie vor in vollem Gange war und ihm wohl nur ein paar Minuten fehlten. Alles hatte die Tendenz, sich in Brennpunkten zu sammeln: das Licht, die Menschen und auch der Rausch. Und nun war diese Verdichtung von Bewußtlosigkeit schon wieder vorüber.

Verwaist stand er da, in der gepflegten Vorgartenleere des Wohngebiets, unter leise raschelnden Baumkronen, als wäre er herausgefallen aus irgendeinem Nest. Er dachte: aus meinem Leben. Er wollte nicht, daß irgend jemand ihn so sah, und ging los. Das Licht der Straßenlaternen hob ihn aus der Nacht, aber in den dunklen Zwischenräumen fühlte er sich geschützt. Als er um die nächste Straßenecke bog, atmete er freier. Er sog den Duft der Linden in sich hinein, deren Wurzeln die Gehwegplatten aufgeworfen hatten. Zuweilen joggte er morgens durchs Viertel, und es beruhigte ihn, daß es immer die gleichen Straßen und Häuser waren, die er dabei zu sehen bekam. Auch jetzt war es so: Die Akazienstraße und der Eibenweg kreuzten einander in der üblichen, nicht ganz rechtwinkligen Weise. Und er dachte: Was wäre das für eine Welt, in der Straßen Rotwein trinken könnten?

Er kam an der alten Litfaßsäule aus rohem vermoostem Zement vorbei. Sie gehörte zum Viertel wie ein stummer, steinerner Mitbewohner. Noch nie hatte Oliver eine Reklame daran gesehen, noch nicht einmal ein illegales Plakat oder Flugblatt. Letzteres bedeutete, daß weder Anarchisten noch freie Theatergruppen je auf die Idee gekommen waren, daß sich hier, in diesem paradiesisch langweiligen Bezirk, irgendein Publikum finden könnte, das anzusprechen oder wachzurütteln sich lohnte. Oliver war an der alten Säule immer vorbeigelaufen, aber jetzt blieb er stehen. Er bückte sich, fand einen Kieselstein und kratzte in den rohen Beton mit großzügigem Schwung helle Linien. Es befriedigte ihn zu zeichnen, eine tiefe archaische Befriedigung. Das war es, was Urmenschen in ihren Höhlen empfunden haben mußten, als sie anfingen, mit Steinen oder Kohlestückchen Tiere und auch sich selbst zu zeichnen. Anstatt – wie jener Käfigaffe – nur die Wände ihrer Höhlen abzubilden, hatten sie gleichsam Fenster hineingezaubert.

In einem Schwung erschuf Oliver einen angehobenen Arm, die kleine Bucht einer Achselhöhle, die Flanke eines Oberkörpers, einen wohlproportionierten Taillen- und Hüftbogen und die gewölbte Kontur eines Oberschenkels. Danach ließ er eine zweite Linie herabfließen, die er durch die Rundung einer Brust ergänzte. Ein geschwungenes Y markierte den Schoß, ein Halbkreis die zweite

Brust. Und mit einem angedeuteten femininen Profil gab er dem Akt ein Gesicht. Er hatte nicht darüber nachgedacht, aber als er einen Schritt zurücktrat, sah er: Es war Do.

Vom Zeichnen, vom In-die-Hocke-Gehen und Sich-wieder-Aufrichten und den ausladenden Armbewegungen, wurde ihm schwindlig. Die Geister des Tinto Fino kehrten zurück und übernahmen erneut die Kontrolle. Das Graffiti verschwamm vor seinen Augen, und als es ihm gelang, die Zeichnung wieder zu fokussieren, war sie lebendig geworden. Wie eine Seilwelle durchlief ein Hüftkick den lasziv überstreckten Leib. Auf einmal sah Oliver nicht mehr Do, sondern Salome-Saidi, die Bauchtänzerin. Es gibt eine Art von Scheinnüchternheit auf hohem Trunkenheitsniveau, und er begriff sehr deutlich, daß seine Sinne ihn täuschten, aber auch, daß er dagegen machtlos war. Was er sah, faszinierte ihn, aber es war nicht real. Er mußte dringend weiterziehen, um die erforderlichen Mengen lauer Sommernachtsluft zu tanken, die nötig waren, in seinem Kopf wieder ein gewisses Minimum an Klarheit zu schaffen.

Es gab dabei aber ein Problem: Nicht nur er, sondern die ganze Welt war jetzt betrunken! Die Straßen ebenso wie die Zäune. Gartentore torkelten an ihm vorbei, und der Schein der Straßenlaternen bog sich von ihm fort, sobald er versuchte, sich ihren Pfosten auf geradem Weg zu nähern. Es war nicht leicht, sich in diesem Delirium der Dinge zurechtzufinden, und er war heilfroh, als sein Blick ein Haus aus dem Strudel seiner Sinneseindrücke fischte, das er kannte. Es lag bläulich silbern im Halbmondlicht da. Und als sein Bewußtsein diesen Rettungsanker ergriffen hatte, befand er sich auch schon vor der hinteren Terrassentür, die nur angelehnt war. Das erinnerte ihn an irgend etwas, aber seine Gedanken hielten mit dem Tempo der Ereignisse nicht Schritt. Schon durchquerte er das Wohnzimmer, stieg die Treppe hinauf und blieb vor einer Tür stehen. *Er* hatte vor ein paar Wochen behauptet, diese Tür niemals im Beisein Fremder zu öffnen, weil sich dahinter das spirituelle Kraftzentrum *seiner* magischen Kräfte befinde. Oliver stand vor Schrödingers Schlafzimmer.

Er fühlte sich jetzt nüchtern. Er betrachtete die Lempicka-Reproduktion, die neben der Tür hing, blaß schimmernd im nachtblauen Licht, das durch irgendein Fenster hineindrang. Oliver sah, daß er mit seiner Litfaßsäulen-Zeichnung die Lempicka-Pose kopiert hatte. *Hier* machte ihn das Bild wütend. Er sah darin einen Ausdruck der Unverfrorenheit des Zauberers (oder seiner Methode), sein Opfer (Do) durch einen permanenten Beschuß mit Anzüglichkeiten solange zu traktieren, bis kein nennenswerter Widerstand mehr zu erwarten war. Schrödinger hatte den Raum sein Allerheiligstes genannt. Sein Garbhagriha – Oliver erinnerte sich an das gestelzte Wort: sein Schoßhaus. Das war seine Art von Humor. Oliver hatte schon damals nicht darüber lachen können. Jetzt würde sich zeigen, was es damit auf sich hatte.

Er öffnete die Tür. Tropisch warme Lüfte wirbelten aus dem Raum, und das bißchen Mondscheinhelligkeit verlor sich schnell. Instinktiv tastete Oliver mit der flachen Hand nach einem Lichtschalter, aber er fand keinen. Fühlerartig streckte er seine Arme vor und meinte nach ein paar

Schritten einen Tisch wahrzunehmen und darauf etwas wie eine Lampe. Er bekam kühles Metall zu fassen und ein baumelndes Zugkettchen, mit dem sich ein nach unten gerichteter kobaltblauer Mattglasschirm schwächlich zum Leuchten bringen ließ.

Er sah sich um. Ihn umgab ein vollgestopftes, unsäglich rumpelkammerartiges Interieur. Die gepflegte monostilistische Art-déco-Leere des Wohnzimmers hatte sich hier in ihr überbordendes materiestrotzendes Gegenteil verkehrt, in einen sagenhaften Möbel- und Stilepochenfundus. Rein historisch fand sich Oliver halbwegs zurecht. Er verdankte seiner Liebe zur Malerei ein reichhaltiges Bildreservoir, bestehend aus imposanten Thronbesteigungen in Öl, bürgerlichen Salonszenerien oder minutiösen Stillleben. Für die meisten Einrichtungsgegenstände (sofern es angebracht war, von einer Einrichtung zu sprechen) fand er eine Art Anschauungsmuster.

Das Bodenniveau im hinteren Raumdrittel war durch eine Bühne um zwei Stufen angehoben. Dort stand das Bett. Es handelte sich um eine Récamiere mit hellgrauem Überwurf und einer abnehmbaren, mit bordeauxrotem Samt bezogenen Lehne. Darüber hing eine in Gold gerahmte Kopie von Giorgiones schlafender Venus. Kunsthistorisch war das Original die erste großformatige Darstellung der Venus in völliger Nacktheit. Oliver verbot sich, darüber nachzudenken, *wer* ihre Blöße und Pose auf dem Samtpolster nachgestellt haben mochte.

Auf der linken Seite des Bettes stand ein Biedermeier-Paravent mit Rosengobelin. Rechts ragte ein wuchtiger Renaissance-Schrank in die Höhe. Er war wie die Fassade eines Palazzos gestaltet und verziert, mit Fenstern, Giebeln, Gesimsen, Säulen und filigranen Kapitellen. Eine Rokokositzgruppe mit geziert-geschweiften Stuhlbeinen, ovalen Rückenlehnen und einem weißen runden Tischchen voller Intarsien verschwand rechts hinter drei wuchtigen, mitten im Raum von der Decke hängenden epigonal-caravaggesken (vermutlich spätromantischen) Amordarstellungen. Links davon erstreckte sich ein kleines Wäldchen aus vielarmigen Stehleuchtern auf drei oder vier Schichten einander überlappender fransiger orientalischer Brükken, Läufer und Teppiche. Die kobaltblaue Schreiblampe wiederum war reinstes Art déco. Sie halste dem aus allen Stilnähten platzenden Schlafzimmer auch noch die Ästhetik des Erdgeschosses auf. Im Lampenschein lagen drei Schreibkladden, eine in warmem Gelb, eine in samtigem Rot und eine in tiefem Nachtblau.

Oliver sah, daß es sich um Hefte aus Dos Boutique handelte. (Do hatte ihm nie erzählt, daß der Zauberer bei ihr je als Kunde aufgetaucht war, und es lag auf der Hand, warum sie ihm das verheimlicht hatte.) Er setzte sich und schlug die Hefte auf. Das gelbe war auf der ersten Seite mit »Salome« überschrieben, das rote mit »Tullia d'Aragona« und das blaue mit »Mata Hari«. Rund die Hälfte der Seiten war jeweils beschrieben, aber ohne Brille konnte Oliver die Schrift nicht entziffern. In einer Schublade (er saß an einem Jugendstilsekretär mit schmetterlingsflügelartigen Beschlägen) fand er ein zerbrochenes Monokel. Er erinnerte sich, daß Schrödinger behauptet hatte, es hätte seinem quantenphysikalischen Großvater gehört. Er hatte es Oliver sogar schenken wollen, es dann aber vergessen.

Oliver schloß ein Auge und klemmte sich das Monokel ins andere. Augenblicklich verschwamm die Möbelepochenrumpelkammer zu einem schummrigen Boudoirbrei. Die Konturen verdoppelten sich und schoben sich übereinander. Und es geschah noch etwas anderes: Neben der Rokoko-Sitzgruppe hinter den großformatigen Amordarstellungen bewegte sich etwas ungefähr so, als wäre dort ein Windstoß durch die Falten eines Vorhangs gefahren. Oliver glaubte zunächst, daß es sich um einen optischen Effekt handelte, der mit dem Monokel zusammenhing, aber dann erwuchs der Erscheinung aus dem Weiß von Amors Brustkasten ein Haupt. Und wenn Oliver noch einen letzten Beweis dafür brauchte, daß er nicht allein im Raum war, bekam er diesen jetzt. Die Erscheinung begann mit mädchenhaft heller, schmollender Stimme zu sprechen: »Herrgott, ich friere! Warum drehst du immer die Heizung ab? Es ist *eiskalt*!«

Oliver konnte es nicht fassen. Die Tatsache, daß jemand im Raum war, ließ ihn erstarren. Er dachte: Kaum hat meine Einbrecherkarriere begonnen, findet sie auch schon ihr jämmerliches Ende. Er sah sich in einen Abgrund aus Peinlichkeit und Schuld stürzen. Im übrigen fand er es, gelinde gesagt, ziemlich warm.

Die Stimme sagte: »Wenn du mich schon hier einsperrst, anstatt mit mir in meine Heimat zu ziehen, dann sorg wenigstens dafür, daß man sich hier nicht vor lauter Kälte den Tod holt! Außerdem paßt es mir *absolut* nicht, daß du kommst und gehst, wie es dir gefällt. Immer soll alles nach deiner Pfeife tanzen. Und noch nie hast du mich irgendwohin mitgenommen, obwohl du's immer wieder versprichst. Spiele ich in deinen blöden Zauberergedanken überhaupt *irgend*eine Rolle?«

Oliver überwand seine Lähmung und riß sich das Monokel aus dem Auge. Das Mädchen entpuppte sich als verdrossen dreinblickende, heftig gestikulierende, sehr dunkelhaarige Sechzehn- oder Siebzehnjährige. Sie wirkte orientalisch, aber davon abgesehen, dachte Oliver, hätte sie seine im Handumdrehen erwachsen gewordene Tochter Jenny sein können. Sie strahlte die gleiche egozentrische Widerspenstigkeit aus. Das Geschöpf war in mehrere Schichten seidener Schleier gehüllt, deren Farben in dosierten Abstufungen von warmen Gelb- bis zu gesättigten Orangetönen reichten. Oliver räusperte sich. Sie kam näher und sagte: »Wer bist *du* denn?«

»Schwer zu erklären«, sagte er. »Und Sie?«

Sie wuchs ein paar Zentimeter. Die sonnenfarbenen Schleier legten sich noch enger und weicher um ihren schlanken Leib. Dann sagte sie mit tiefernstem Hochmut: »Ich? Ich bin Salome, Tochter der Herodias, Prinzessin von Judäa!«

Dann machte sie eine dramatische Pause. Zu ihrem Verdruß schwieg Oliver. Sie hatte erwartet, daß er beeindruckt sein und irgend etwas Ehrerbietiges von sich geben würde. Sie setzte sich in ein sandfarben bezogenes Jugendstilfauteuil. Oliver betrachtete es als Wunder, daß sie nicht die gesamte Nachbarschaft mit hysterischem Mädchengekreische aufweckte. Das Fauteuil, in das sie sich hineinlümmelte, stand auf halbem Weg zur Bühne neben einer der drei bleichhäutigen und übrigens in *allen* Details sehr realistisch ausgeführten Amordarstellungen. Oliver begnügte sich vorerst mit der Annahme, daß Schrödinger hier Rollenspiele veranstaltete. Das war nicht unbedingt logisch, ermöglichte ihm aber, sich in der Situation zurechtzufinden.

Das Mädchen – Salome also – seufzte: »Kennst du Balthi? Ich finde ihn wunderbar, auch wenn er ein ekelhaftes Schwein ist. Er nimmt nicht die geringste Rücksicht auf mich und meine Bedürfnisse. Er tut einfach, was ihm gefällt. Aber jetzt reicht's mir, er wird sich noch wundern. Ich tue nämlich auch, was mir gefällt.« Sie sprang wieder auf und kam auf Oliver zu. Sie trug feinriemige Jesuslatschen an ihren bloßen Füßen. Als sie den Tisch erreicht hatte, rutschte sie mit einer Pobacke auf die Tischkante. Die Seidenschleier spannten sich von der Taille bis zu den Oberschenkeln um ihren Körper und ließen durchschimmern, daß sie unter den zarten Stoffbahnen nichts weiter am Leib trug. Oliver schluckte.

Er sagte: »Das ist wahr. Dein Balthasar ist ein Schwein. Das sehe ich auch so. Ganz im Vertrauen muß ich dir etwas sagen. Raste bitte nicht aus: Er hat eine Geliebte.«

Gemessen an ihrem orientalischen Temperament blieb sie erstaunlich ruhig. »Na, so etwas. Das hätte ich nicht für möglich gehalten.«

»Es ist wahr«, sagte Oliver düster und fatalistisch. »Es ist sogar in ganz furchtbarer Weise wahr… Dein Balthasar hat ein Verhältnis mit meiner Frau.«

Daraufhin lachte jemand. Es war ein kehliges Mezzosopran- oder eher schon Alt-Lachen. Da Salome nicht gelacht hatte (es war auch nicht ihre Tonlage), mußte sich eine weitere Person im Raum befinden. Oliver bemerkte, daß es um das Bett herum etwas heller geworden war. Irgend jemand hatte dort zwei als Putten gearbeitete Wandleuchten eingeschaltet, und auf den samtigen Polsterflächen der Récamiere bewegte sich ein Schatten. Bei näherer Analyse der Lichtverhältnisse mußte er von einer hinter dem Biedermeier-Paravent verborgenen Person stammen. Salome drehte sich zum Bett und sagte: »Ich finde das überhaupt nicht zum Lachen, Tullia. Ich kann verstehen, daß er es nicht gerne sieht, wenn Balthi etwas mit seiner Frau hat.«

»Schätzchen, du kennst seine Frau doch überhaupt nicht«, sagte die Stimme. Offenbar gehörte sie dieser Tullia d'Aragona. Sie kam hinter dem Paravent hervor, imposant gekleidet. Der breite viereckige Ausschnitt eines Schnürkorsetts wurde von reichlich Kettenschmuck und einem feingefältelten und plissierten Leinenhemd verdeckt. Die Ärmel waren gepufft und liefen in einer trichterförmigen Spitzenkrause aus. Der kegelförmige Brokatrock öffnete sich vorne keilförmig, wurde durch eingesetzte Stahlringe aufgeweitet und fiel in steifen Röhrenfalten zu Boden. Die Kleidung wirkte mit ihren eingesetzten Stangen und Verstärkungen wie eine Rüstung. Tullia war so kräftig gebaut wie Helma Kienapfel.

Salome war beleidigt: »Du weißt ja immer alles besser.«

Tullia sagte: »Kindchen, ich habe einfach ein bißchen mehr Erfahrung als du.«

»Klaro. Soweit ich weiß, hast du ja jeden rangelassen, der mit ein paar Dukaten geklimpert hat.«

»Ach Gott, du weißt nichts. Sei froh.«

»Ich weiß genug, das kannst du mir glauben. Ich weiß,

wie Herodes mich von morgens bis abends mit seinen Maulwurfsaugen anstiert. Das reicht mir.«

»Hauptsache, du zeigst ihm konsequent die kalte Schulter. Falls er dich angrapscht oder versucht, dich mit irgend etwas zu ködern, gib auf keinen Fall nach. Keinen Millimeter, hörst du. – Sag mal, Oliver, habe ich das gerade richtig verstanden? Deine Frau hat etwas mit Balthi?«

Oliver sank dumpf in sich zusammen. »Er hat sie solange mit Anzüglichkeiten und Frivolitäten traktiert und bedrängt, bis ihr gar nichts anderes mehr übriggeblieben ist, als nachzugeben. – Und du, Tullia? Stimmt das? Du warst …?«

»Dichterin und Philosophin! Meine Liebeslyrik war äußerst erfolgreich. Oliver, du denkst zu kleinbürgerlich. Die Liebe ist etwas Großes!«

»So groß auch wieder nicht. Ich nehme an, euer Balthi hat ein bißchen mit seinem Ding gewedelt, und da konnte meine Frau nicht anders.«

»Gut, Oliver, reden wir über deine Frau. Oder besser noch: Reden wir über Frauen. Wie war dein Verhältnis zu deiner Mutter.«

»Wie bitte?«

»Ich nehme an, du hast deine Mutter nicht als Individuum, sondern als funktionierende Versorgungsinstanz wahrgenommen.«

»Nun ja, sie war Krabbenpulerin.«

»Sei ehrlich, hast du jemals über ihre Sexualität nachgedacht?«

»Dazu gab es keinen Grund. Sie hat in ihrem Leben mehr als vierzig Millionen Krabben gepult, um ihr Haus abzubezahlen, und wahrscheinlich noch mal die gleiche Menge, um mir und meinen beiden älteren Schwestern eine Ausbildung zu ermöglichen.«

Tullia hakte sofort nach. »Du hast noch zwei ältere Schwestern? Hast du dich von ihnen unterdrückt gefühlt?«

»Es sind dumme Schnepfen. Sie haben wegen des Geldes geheiratet und sind jetzt unglücklich. Typisch.«

Tullia d'Aragona nickte gelassen. »Ich merke schon, Oliver, an dir sind die Ergebnisse sämtlicher Gender Studies ziemlich spurlos vorübergegangen. Aber das kriegen wir schon hin. Für den Feminismus bist du ein offenes Buch. Deine Mutter hat dich stets und ohne Murren mit allem versorgt, was du zum Leben brauchtest, während dich deine älteren Schwestern mit ihrer physischen und intellektuellen Überlegenheit gedemütigt haben. Das frühkindliche Fehlen der Inzestschranke hat sie dir außerdem zunächst als Sexualobjekte vorgeführt, deren Besitz aber unmöglich war. Ihre Allgegenwart hat deinen maskulinen Herrschaftsanspruch beständig eingegrenzt und untergraben, und dafür rächst du dich bis heute, indem du von allen Frauen erwartest, daß sie dich stets und ohne Murren mit sexueller Befriedigung versorgen.«

Daraufhin sagte eine dritte weibliche Stimme: »Tullia, was soll dieses ganze Gequatsche? Lutsch ihm einen, und wir sind den Wichser wieder los.«

Der kathedralenhafte Renaissanceschrank mit den acht, auf dem oberen Abschlußsims aufgereihten Holzkaryatiden teilte (wie Oliver erst jetzt sah) ein dahinter gelegenes Séparée ab. Dort trat nun eine brünette Endzwanzigerin mit stark geschminktem Gesicht hervor. Ihr Teint war so dunkel wie der von Do, und sie trug kaum etwas am Leib – nur Schmuck, um genau zu sein. Die Fransen eines tief auf ihren Hüften liegenden Gürtels aus Kettengewebe bedeckten ihre Scham und zwei mit Perlenspiralen verzierte Silberschalen die Brüste. Eine Menge Kettchen und Reife klimperten um ihre Hand- und Fußgelenke, und beim Gehen schepperte sie ein bißchen wegen des vielen Metalls. Sie kam auf Oliver zu und beugte sich zu ihm hinab. Ihr mit dicken Kajalstrichen, reichlich Puder und feuchtschimmerndem Lippenstift exotisch aufgetakeltes Gesicht schwebte hautnah an das seine heran, als sie mit mondäner rauchiger Stimme hauchte: »*Mata Hari*. Und Sie?«

Oliver preßte eine Mischung aus heiserem Räuspern und seinem Namen hervor.

Tullia sagte: »He, Mäggi. Die Entdeckung des Unbewußten fällt in deine Zeit. Ein bißchen Bildung würde dir nicht schaden. Ich fand es immer sehr anregend, mich mit Künstlern und Kardinälen zu umgeben. Einer der berühmtesten Mathematiker und Astrologen meiner Zeit, Gerolamo Cardano, gehörte zu meinem Freundeskreis. Er hat in meinem Boudoir fantastische Prophezeiungen gemacht: die Erfindung des Teleskops, die Galileische Revolution, die Mondlandung! Im übrigen mache ich kein Geheimnis daraus, daß wir eine Menge Spaß gehabt haben. Kennt ihr zum Beispiel schon *den*? Was ist der Unterschied zwischen einem Schwanz und einem Teleskop?« Sie sah sich um, und da niemand antwortete, sagte sie: »Das Teleskop hat die Menschheit klüger gemacht.«

»Versteh ich nicht«, gähnte Salome. Mit ihren herrlich

weißen Schneidezähnen versuchte sie einen Nietnagel am rechten Zeigefinger zu fassen zu bekommen, um ihn zu kürzen oder auszureißen. »In unserem Hofstaat treiben sich ne Menge solcher Typen rum, Astrologen, Wahrsager, Handleser und so weiter. Die meisten sind harmlos, aber einen von diesen durchgeknallten Propheten hat mein Stiefvater eingelocht, Jochanaan oder so ähnlich. Angeblich redet er von morgens bis abends völlig wirres Zeugs, von wegen, daß wir umkehren sollen und so, aber kein Mensch weiß wohin. Ich würde ihn trotzdem gerne mal sehen, ich habe nämlich den Verdacht, daß Herodes in Wahrheit eine Schweineangst vor ihm hat.« Sie fuhr träge damit fort, ihre schönen schlanken Finger zu untersuchen und kleine Hautüberschüsse an den Nagelbetten abzuweiden.

Mata Haris Zehen waren malvenfarben lackiert. Der Mummenschanz war gewöhnungsbedürftig, aber welcher Aspekt des Lebens war dies nicht, dachte Oliver. Sie stieg die Bühne hoch, warf sich auf die Récamiere und sagte zu Tullia d'Aragona: »Was hattest du am Ende davon, daß diese grandiosen Philosophen, Kardinäle, Künstler und sonst welche Geistesgrößen in deinem Salon verkehrt haben? Irgendwann sind sie weitergezogen und haben sich frischeres Fleisch gesucht. Mir soll man nichts erzählen, wenn es um all diese aufgeplusterten Gockel geht, die meinen, in die Suppe der Geschichte spucken zu müssen. Diese großartigen Reden und wichtigtuerischen Gebärden! – Die Männer produzieren den Donner, und wir sind die Blitzableiter, so sieht's aus. Wirklich Tullia, ich frage mich allmählich, wie du dir den Ruf erworben hast, eine der größten Huren deiner Zeit gewesen zu sein. – Und du«, wandte sie sich wieder an Oliver. »Wer bist du? Auch so ein scheißberühmter Prophet?«

Salome latschte gelangweilt zu ihrem Jugendstilsessel und fläzte sich aufreizend hinein, indem sie ein Bein ausstreckte und das andere über die Armlehne abspreizte. Oliver betrachtete sie. Ja, dachte er, die Liebe war gewiß groß. Aber er wußte trotzdem, daß er sofort auf die Knie gefallen wäre, um ihr, wenn sie es denn befohlen hätte, die sandigen Zehen Kuppe für Kuppe mit der Zungenspitze zu reinigen.

Salome bemerkte seinen Blick und sagte: »Was starrst du mich so an? Ich will nicht, daß ein Wildfremder mich so anstarrt.«

Oliver sprang auf und rief: »Salome! Tanze für mich!« Er hatte dabei ein unangenehmes Gefühl. Es kam ihm vor, als sei er nicht frei, sondern als stünde all das irgendwo geschrieben.

Tullia d'Aragona zischte: »Ich will nicht, daß sie tanzt.«

Salome erhob sich stolz. Die Seide ihrer sieben Schleier glitzerte. »Ich habe kein Verlangen zu tanzen, Oliver.«

»Salome, tanze für mich!« flehte Oliver. Seine Augen brannten, seine Kehle war ausgetrocknet, am liebsten hätte er Schnee gegessen.

Mata Hari beobachtete die Szene von der Récamiere aus. Sie lag sehr lasziv da. Sie dehnte sich einem kniehohen Kerzenleuchter entgegen, um sich eine Zigarette anzuzünden, die am Ende einer langen schwarzen Spitze zwischen ihren Lippen steckte. Die Glut wippte, als sie sagte: »Oliver, sei kein Esel. Komm her. Vielleicht erlaube ich dir ja, meine Gürtelschnalle abzulecken.«

Oliver flehte. »Salome. Ich bin heute Abend traurig, sehr traurig. Meine Frau hat ein Verhältnis mit eurem Dschinn oder Sultan oder was weiß ich. Ist das gerecht, Tullia? *Er* hat alles, und *ich* soll *nichts* haben? Wo bleibt da die Philosophie? Die Moral? Die Ethik? Salome, du bist jung. In der Jugend hat man ein ausgeprägtes, wildes Gerechtigkeitsempfinden. Ist es nicht so? Tanze für mich! Übrigens wirst du damit weltberühmt werden. Du bist eine weltberühmte Stripperin, du weißt es nur noch nicht! Salome, du wirst ein Weltstar wegen eines einzigen Strips! Tanze für mich und sieh es als Übung an. Ich gebe dir ein paar Tips. Ich habe mich – zugegeben als Laie – mit der erotischen Wirkung von Posen ernsthaft beschäftigt. Du wirst Geschichte machen. Du wirst die Fantasie von Genies entzünden. Die berühmtesten Künstler werden dich malen: Tizian, Benozzo, Caravaggio, Gustave Moreau, Klimt, Franz von Stuck …«

Tullia stöhnte: »Franz von Stuck, dieser schwüle, mittelmäßige Pinselgeili!?«

Mata Hari drückte ihre Zigarette in den Marmoraschenbecher, der auf einem Messingfuß neben dem Kerzenleuchter stand, und sagte: »Also *wenn* hier jemand die Weltgeschichte mit Arsch und Titten beeinflußt hat, dann ja wohl ich. Der deutsche Thronfolger lag in meinem Bett ebenso wie der französische Premierminister. Und sie haben Millionen von Soldaten verheizt, um sich zu zeigen, wer der Stärkere ist. Aber ich sage euch: Die großartigsten Strategen können so viele Soldaten aufs Schlachtfeld schicken, wie sie wollen – mehr als zwei Kugeln haben sie trotzdem nicht in ihren Rohren.«

Oliver bettelte: »Salome, tanze für mich!«

Sie kniff die Augen zusammen. »Und was gibst du mir dafür?«

Mata Hari zündete sich noch eine Zigarette an und nickte. »Na endlich. So langsam kapiert sie's.«

Oliver dachte nach. Seine Lage war nicht besonders gut. Als Kunde einer sexuellen Dienstleistung (als welche nach knapp zwei Jahrtausenden Salomes bahnbrechender Auftritt traurigerweise ja nur noch zu bezeichnen war) stand er mit eklatant leeren Händen da. Er besaß nichts, womit er das kindliche Naturell der verwöhnten Wüstenprinzessin hätte bestechen können. Gemessen an den Goldvorräten, die ihr maulwurfsäugiger Onkel und Stiefvater Herodes in seinen Schatzkammern hortete, dachte Oliver, wäre mit seiner Scheckkarte wahrscheinlich nicht einmal das Abziehen eines Hühneraugenpflasters zu bezahlen gewesen. In der Eile fiel ihm Folgendes ein: »Ich sage dir deine Zukunft voraus.«

»Hm …«, machte Salome.

Er sagte: »Salome, du bist ein fantastisches, herrliches Geschöpf, aber leider eine Marionette.«

»Das ist nicht wahr!«

»Doch, ist es. In der gelben Kladde auf dem Tisch kannst du dein Leben nachlesen. Balthi bastelt von Zeit zu Zeit an deiner Reinkarnation. Tut mir leid, du bist eine Erfindung. Strippe für mich, und du wirst frei sein. Du wirst aus dieser Tür dort hinausgehen können und in der Lage sein, fortan dein eigenes Leben zu leben. Salome, ich flehe dich an, tanze für mich. Tanze für mich um deiner selbst willen …«

Tullia d'Aragona erstarrte und brabbelte nur noch vor sich hin: »Die Liebe der niedrigen und gemeinen Menschen wird durch nichts anderes hervorgerufen, als durch das Verlangen, den Gegenstand ihrer Leidenschaft zu besitzen.«

Mata Hari blies Zigarettenrauch aus. »Als ich 1906 meinen triumphalen Erfolg in Wien gefeiert habe, bin ich Balthis Großvater übrigens ein paar Mal, nun ja, sagen wir: begegnet.«

Die Récamiere war jetzt von der Bühne verschwunden. Statt dessen hingen farbenprächtige Vorhänge von der Decke und erschufen zusammen mit dem sandgelben Licht dreier Ölfackeln eine realistisch wirkende Wüstenpalastatmosphäre. Salome stand auf der Bühne, zog ihre Jesuslatschen aus und meldete kurz und knapp: »Ich bin bereit, Tetrarch.«

Sie begann sich zu leisen Handtrommel-Rhythmen und einer eintönig sägenden Schnurgeigen-Tonfolge, die kaum Melodie zu nennen war, zu wiegen. Oliver schwitzte. Er war schon jetzt vollständig paralysiert von dem, was kommen würde. Doch auf einmal näherte sich ein warmer Atem seinem Ohr, und eine rauchige Stimme hauchte: »Sag mal, wie wär's denn mit einem Fick?«

Er sagte: »Wie bitte?«

»Ich verwöhne ihn dir ein bißchen, und dann legen wir los«, flüsterte Mata Hari. »Vielleicht hast du ja noch ein paar unerforschte Vorlieben, denen wir uns widmen können.«

Der erste Schleier fiel, und eine Andeutung von Nacktheit schimmerte durch die verbliebenen sechs. Oliver sah unschlüssig zur Seite. Mata Haris vielbenutzte Brüste lagen gut sichtbar und nur eine Handspanne von seinem Augapfel entfernt in ihren Metallschalen.

Sie sagte: »Wir Fantasiewesen halten es im Licht nicht lange aus und müssen uns in der Dunkelheit regenerieren. Nur in meinem Séparée bleibe ich die, die ich bin. Wir können da eine Menge Spaß haben, aber du mußt dich entscheiden, Süßer. Ich werde schwächer, ich muß gehen …«

Das Trommeln wurde lauter. Ein Daraboukawirbel untermalte das Fallen des zweiten Schleiers. Mata Hari ging. Olivers Kopf schmerzte. Was für eine Szenerie, dachte er: eine katatonische Renaissancekurtisane mit einem unglücklichen Hang zur Poesie und Philosophie – gefangen in den unlösbaren Verknotungen eines Dialogs über die Unendlichkeit der Liebe; eine blasierte Beduinenprinzessin, die als Preis für ihren teilnahmslos heruntergetanzten Strip einem Heiligen das Haupt würde abschlagen lassen (um kurz darauf ihr eigenes im Gegenzug zu verlieren); und schließlich die Tochter eines holländischen Mehrfachbankrotteurs, deren Armutstrauma sich im Erwachsenenalter als Quelle einer ebenso schlichten wie immergültigen Erkenntnis erweisen sollte, an die sich die spätere Diva (nach einem wenig erfolgreichen bürgerlichen Intermezzo) konsequent gehalten hat: Sex Sells.

Oliver folgte ihr. Er brachte es nicht fertig, sie ziehen zu lassen. Seine schweißnasse Kleidung drohte ihn mit ihrem schwülen Gewicht zu ersticken. Die Konturen ihres Körpers tauchten in die Dunkelheit. Auf einem Tischchen am Eingang ihres Séparées lag eine schwarze Kladde – eine die *seinen* Namen trug. Und es stand geschrieben (wie er las), daß Mata Haris entmetallisierte Nacktheit auf ihn wartete, mondsilbern und bereit im Indigoreich des Begehrens. Ihr Séparée war das dunkle Innere eines Kastens, und man wußte nie, ob man tot oder lebendig darin war. Aber wie konnte man tot sein, wenn doch etwas geschah?, *das*, auch gut …

| | | | |
|---|---|---|---|
| 16 | 3 | 2 | **13** |
| 5 | 10 | 11 | 8 |
| 9 | 6 | 7 | 12 |
| 4 | 15 | 14 | 1 |

Do stand im Wohnzimmer und sah hinaus in den Garten. Die letzten Vorbereitungen für ihre Geburtstagsparty waren abgeschlossen, und sie würde bald die ersten Gäste begrüßen können. Sie hatte ein sonderbares Gefühl dabei: Es kam ihr vor, als hätte sie all das schon einmal erlebt, aber aus einer anderen Perspektive. Bei einem normalen Déjà-vu blieb man die, die man war, doch jetzt fragte sie sich, ob man auch ein anderes Wesen dabei sein konnte? Hatte Balthasar Schrödinger nicht einmal gesagt, daß manche Dinge erst durch die Perspektive, durch eine bestimmte Richtung oder Intention bei der Beobachtung Realität gewinnen? Sein Großvater hatte das angeblich herausgefunden. Do war müde und verwirrt; all das war so kompliziert.

Sie dachte über den eigenartigen Traum nach, den sie in der Nacht zuvor gehabt hatte: Der Zauberer war gekommen, um ihr zum Geburtstag zu gratulieren. Er trug einen weißen Frack mit einer Pfingstrose im Knopfloch. Ihre dichten Blütenblätter hatten in etwa die gleiche pastellene Farbe wie seine zartrosa schimmernde Gesichtshaut. Sein Geburtstagsgeschenk war mehr als großzügig: Er zeigte ihr seinen Zauberstab und zwinkerte ihr zu. Er erlaube ihr, sagte er, diesen Stab zu benutzen, und zwar ohne jede Einschränkung, ganz gleich, was sie dem Stab befehle, werde er ausführen! Dann gab er ihr den Stab in die Hand. Do war in ihrem Traum sehr aufgeregt. Sie hatte schon viele stabartige Dinge in Händen gehalten – Trinkhalme, Kochlöffel, Minigolfschläger, einmal auch eine Angel –, aber einen Zauberstab, das war neu. Und das unerwartete Problem bei der Sache war, daß sie nicht wußte, was sie sich wünschen sollte.

Schrödinger flüsterte ihr ins Ohr, alles, was sie zu tun habe, sei, den Stab ein wenig hin- und herzuschwingen und fest an etwas zu denken, dann werde es auch geschehen! Sie standen auf einmal in seinem Garten, und er traf Vorbereitungen, die Rosen zu wässern. Do fühlte die Wunschaufforderung als großen seelischen Druck auf sich lasten. In wenigen Sekunden – so schnell, wie es nur im Traum möglich ist – gingen ihr die vielen Märchen durch den Kopf, in denen die Erfüllung eines Wunsches katastrophale Folgen hatte. Sie meinte zu begreifen, daß eine tiefe Wahrheit dahinter steckte, die lautete: Nur die Sehnsucht war es wert, gelebt zu werden, nicht die Erfüllung.

Schrödinger beugte sich zum Wasserhahn hinab und nickte ihr noch einmal aufmunternd zu. Do spürte, daß sie sich so schnell wie möglich von dem Wunschdruck befreien mußte. Der einzige Weg dorthin, den sie in der Eile sah, war es, gerade die Wunschlosigkeit zum Inhalt ihres Wunsches zu machen. Schnell schwang sie den Zauberstab hin und her und wünschte sich, sich niemals wieder etwas wünschen zu müssen. Daraufhin löste sich der Stab mit einem leisen Glöckchenton in einem schrumpfenden Lichtblitz auf.

Schrödinger, der gerade den Wasserstrahl für die Rosen (eine Sorte, die er selbst in langen Jahren gezüchtet hatte und die er beabsichtigte, auf den botanischen Namen Rosa Doisis zu taufen) in Gang setzen wollte, stockte und sah Do entsetzt an. Er kam auf sie zu gesprungen, aber er konnte die ätherische Entmaterialisierung des Zauberstabs nicht mehr verhindern. Do hatte ihn, den Magier, seiner magischen Fähigkeiten beraubt. Er brach weinend auf dem Rasen zusammen. Do beugte sich zu ihm herab, um ihm über den zitternden Kopf zu streichen. Seine grauen Haare waren unerwartet weich und dünn, und sie mußte dabei an irgend etwas denken. Auch sein Schluchzen und Wimmern kam ihr bekannt vor, und als es ihr endlich gelang, die Distanz zwischen Traum und Realität zu überbrücken, begriff sie, daß sie nicht über den Kopf des Zauberers strich, sondern über den ihres Sohnes Jonas. Wie es manchmal geschah, hatte das Kind nachts sein Bett verlassen und sich zwischen Oliver und sie gelegt. Erschreckt von einem Alptraum, umklammerte der Junge sie schluchzend.

Im Halbschlaf drückte Do das Kind an sich, um es zu trösten. Dabei erinnerte sie sich an den Traum, aus dem sie selbst soeben erwacht war. Lange Zeit konnte sie daraufhin nicht mehr einschlafen. Die schemenhaft grauen Lichtbahnen, die durch die Rollos und Vorhänge schimmerten, zeigten an, daß draußen der neue Tag schon begonnen hatte. Ihr Geburtstag.

Zwei thailändische Kellner trugen das Büffet auf und sandten das ewig rätselhafte Leuchten ihres fernöstlichen Lächelns in Dos verwirrtes Bewußtsein. Die langen Tische im Garten waren mit frisch geschnittenen Efeutrieben und roten Wicken geschmückt, und an der Bar entkorkte Oliver Rotweinflasche um Rotweinflasche. Verkniffenstoisch führte er die immer gleiche Folge von Handgriffen aus: Flasche vom Tisch nehmen, entkapseln, Korkenzieher eindrehen, ziehen, Flasche zurückstellen. Er hätte sein Pensum mit roboterhafter Monotonie und ohne jede Pause abgearbeitet, wenn die Korken mit ihrer Eigenschaft, mal fester zu sitzen, mal weniger fest, dem neurotischen Gleichmaß seiner Verrichtungen nicht gelegentlich ihren unerwarteten Widerstand entgegengesetzt hätten.

Do sah ihm schwermütig zu. Es blieb ihr aber keine Zeit, in Selbstmitleid zu versinken. Kaum waren die beiden Thailänder gegangen, trafen Helma und Mark ein. Helma rauschte ins Wohnzimmer, als eile sie ihrem Lächeln hinterher, das ihr stets einen Schritt voraus zu sein schien. Als sie Do erreichte, fiel sie ihr leidenschaftlich um den Hals. Spuren ihres schweren Dufts auf der Basis von Anis blieben auf Dos Kleidung zurück.

»Laß dich ans Herz drücken, du Gute!«, trällerte sie euphorisch. »Ich hoffe nur, der Tag war nicht zu stressig mit all den Partyvorbereitungen. Du siehst *grandioso* aus! Ach, Liebste, mögen alle deine Wünsche und Träume in Erfüllung gehen!« Aber niemand war so perfekt im Erspüren ungewöhnlicher Stimmungen bei anderen wie Helma Kienapfel. Der Charakter ihres Umarmungsdrucks änderte sich, die optimistische Konstanz wich einer ebenso fest zupackenden, aber sanft modulierenden Kopf-hoch!-Variante, und sie sagte deutlich leiser und mit einer vertraulichen *Entre-nous*-Betonung: »Und natürlich hoffe ich ganz besonders, daß dein neues Lebensjahr in *einer* bestimmten Hinsicht besser wird als das alte!«

Do trug einen klassisch geschnittenen, dunklen Baumwollrock und ein schulterfreies, aber am Hals hochgeschlossenes Oberteil aus schwarz-silbernem Stretch. Sie löste sich von Helma, strich den Rock glatt und sagte: »Das ist lieb von dir Helma, aber das alte Jahr war in *jeder* Hinsicht zufriedenstellend.«

Die Zurechtgewiesene nickte und flüsterte: »Entschuldige Liebste, ich habe verstanden. Wir reden ein andermal drüber.«

»Es *gibt* nichts zu reden. Ich möchte nicht, daß du Dinge denkst, die mit der Wirklichkeit nichts zu tun haben.«

Helma sah hinaus in den Garten. Oliver hatte sich an der Bar ein großes Glas Rotwein eingegossen und trank stumm vor sich hin. »Ja, natürlich«, nickte sie. »Ich denke gar nichts. Es war dumm von mir, diese Anspielung zu machen. Verzeih mir!«

Mark trottete heran. Sein faltenloses, schlaffes Gesicht war hinter dem üppigen Blätter- und Blütenmeer eines Rhododendrons verborgen, der aus einem mit buntem Geschenkpapier umwickelten Topf herauswuchs, den er vor sich hertrug. Als er Do erreicht hatte, kippte er die Pflanze zur Seite, um Blickkontakt aufnehmen zu können. Eine Umarmung erübrigte sich, und Do empfing einen schlecht gezielten Kuß, der irgendwo unterhalb ihres Mundwinkels und genaugenommen mehr oder weniger auf ihrem Kinn landete. Sie bedankte sich pflichtschuldig und fügte hinzu, daß der Rhododendron sich im Vorgarten sicher gut machen werde, im Halbschatten des Ginsters vielleicht. Auf dieses Stichwort hin setzte sich Mark wieder in Bewegung, um den Blumenkübel auf der Terrasse abzustellen. Einer gnädigen Fügung folgend, klingelte in diesem Moment das Telefon, und Do konnte sich Helmas Zugriff entziehen. Es war ihr Vater, der ihr zum Geburtstag gratulieren wollte. »Ich stelle dich hoch ins Schlafzimmer«, sagte Do schnell. »Bleib dran, hier unten ist es zu unruhig.«

Sie stieg die Treppe zum ersten Stock hoch. Das Schlafzimmer empfing sie mit wohltuender Ruhe und einer Atmosphäre von beherrschbarer Alltäglichkeit.

»Was soll diese Weiterstellerei«, sagte ihr Vater, nachdem sie sich auf die Bettkante gesetzt und abgehoben hatte. »Wieso habt ihr kein drahtloses Telefon, mit dem man durchs Haus wandern kann? Diese Dinger kosten heutzutage zwanzig Euro oder weniger.«

»Wir benutzen es nur unten«, sagte Do. »Oliver haßt drahtlose Telefone. Er behauptet, daß wir von dem ganzen Elektrosmog allesamt Gehirntumore bekommen werden.«

»Das ist ziemlich übertrieben. Kein Mensch weiß, was diese Wellen mit uns machen. Wahrscheinlich nichts.«

»Rufst du an, um mir das zu sagen?«

»Entschuldige, Doris. Ich wünsche dir alles Gute zum Geburtstag. Ich habe dir zweihundert Euro überwiesen. Kauf dir was Schönes.«

»Danke Papa.«

»Und wie geht es dir?«

»Ach ja, ganz gut.«

»Das klingt wie: schlecht.«

Es überforderte sie, ihre Stimmung zu verbergen und mit Ungezwungenheit zu überspielen. Daß Oliver ein Verhältnis hatte, war schlimm; aber schlimmer war es, daß alle es spürten. Alle errieten, was die Stunde geschlagen hatte. Als Paar hatten sie mehr als zehn Jahre lang nicht von sich reden gemacht; nun schienen sie aus Sicht ihrer Freunde allmählich reif für eine fundamentale Krise zu sein. Und wie jedes Gerücht war auch dieses sehr suggestiv. Do spürte, daß sie selbst zu glauben anfing, was wohl alle dachten: daß einer Ehe auf Dauer bestimmte schmerzhafte Vorfälle nicht erspart blieben. Sie unterdrückte den leisen Impuls, gegenüber ihrem Vater ein Geständnis abzulegen. Vielleicht wäre aus seiner männlichen Perspektive etwas Substantielles über Olivers Zustand zu erfahren gewesen, das nicht auf weiblichen Mutmaßungen und Sekundärbeobachtungen beruhte. Aber sie sagte: »Wir bekommen Gäste. Und leider erschlagen einen die Vorbereitungen jedes Mal, noch bevor überhaupt einer eintrudelt.«

Ihr Vater sagte nichts, und in der Leitung wurde es so still, als wäre die Verbindung auf einmal unterbrochen. Die Pausen, in denen er einen neuen Gedanken faßte oder die Unterhaltung thematisch auf ein anderes Gleis zu schieben beabsichtigte, wurden immer länger. Do mußte an Ursels notorische Behauptung denken, er nehme seine Medikamente nicht.

»Ist deine Mutter gut angekommen?« fragte er schließlich.

»Ja. Du hättest auch kommen können.«

»Ach nein. Ich bin nicht mehr so mobil.«

»Ihr könntet zusammen kommen.«

»Es gibt Dinge, über die ich mit dir allein reden möchte.«

Do kannte ihn. Hinter der Bemerkung verbarg sich etwas. »Wie meinst du das?«

Er zögerte. »Habe ich ja gesagt. Ich möchte meine Tochter für mich allein haben.«

»Nein. Ich meine, worüber möchtest du *reden*?«

»Das ist nicht so wichtig, Bärchen. Du hast Gäste. Ich will dich nicht aufhalten.«

»Papa. *Worüber* möchtest du mit mir reden?«

»Ach, es ist wirklich nichts«, wehrte er ihre Frage noch einmal müde ab, um dann hinzuzufügen: »Ich sehe in letzter Zeit ab und an Dinge, die ich nicht sehen sollte.«

Do stutzte. »Wie bitte?«

»Ja, es ist sehr eigenartig«, sagte er.

»Mutter behauptet, daß du deine Medikamente nicht nimmst.«

»Das behauptet sie schon seit Jahrzehnten. Mit den Medikamenten hat es nichts zu tun. Es ist egal, ob ich sie nehme oder nicht.«

»Das sagst du. Was sind das denn für Dinge, die du siehst?«

»Das ist es ja eben«, sagte er. »Zum Beispiel sehe ich *dich* hier im Wohnzimmer sitzen, und natürlich weiß ich genau, daß da etwas nicht stimmt, weil du woanders bist. Aber ich kann das, was ich sehe, mit vernünftigen Argumenten nicht zum Verschwinden bringen. Ich sehe sogar

Menschen, alte Freunde, weißt du, die schon tot sind. Ich glaube wirklich nicht daran, daß Menschen, die tot sind, zurückkehren können, in welcher Form auch immer. Aber du brauchst dir keine Sorgen zu machen, Bärchen, die Medizin ist heutzutage eine fantastische Wissenschaft. Ich habe vor ein paar Tagen meinen Kopf durchleuchten lassen, mit einer dieser großartigen neuen Maschinen, mit der sie scheibchenweise in uns hineingucken können. Denn soviel war ja klar, daß es irgend etwas mit meinem Kopf zu tun haben mußte.«

»Ja und!?« Do spürte, wie sich ihr Magen zusammenzog. Sie hatte den ganzen Tag über nichts gegessen. Oliver sollte sich schuldig fühlen, weil sie abnahm.

Ihr Vater sagte: »Nichts Schlimmes. Ein kleiner Tumor.«

Do war schockiert. Sie schämte sich, weil sie geglaubt hatte, es könne um sie und *ihr* Leiden gehen. »Oh Gott, ist das wahr? Und ich mache auch noch so eine blöde Bemerkung über die Wirkung von Elektrostrahlen. Ich hatte ja keine Ahnung, Papa, ich konnte nicht wissen …«

Er unterbrach sie mit der monotonen Stimme, mit der er ihr früher Märchen und Kinderbücher vorgelesen hatte. »Es ist wirklich nur eine kleine Sache. Sie werden es wegoperieren.«

»Aber wer denn, Papa? Man kann Ärzten nicht trauen. Sie verdienen Geld mit dem, was sie tun. Hast du dir eine zweite Meinung geholt?«

»Wozu denn? Wir haben ein hervorragendes Krankenhaus mit einem ausgezeichneten Ruf. Ihr Großstädter solltet nicht glauben, auf dem Land würde alles mit Sägen und Zangen repariert. Doktor Bosseler versteht sein Handwerk. Mit Ärzten kenne ich mich aus, Bärchen. Er sagt, man muß nur ein kleines Loch bohren, nicht größer als eine Münze, und dann kann er den Tumor rausholen.«

»Du willst dir ein Loch in den Kopf bohren lassen?« Die Vorstellung entsetzte sie. Sie mußte an die roboterhaften Bewegungen denken, mit denen Oliver die Flaschen entkorkt hatte.

»Anders kommt man ans Gehirn nicht ran.«

»Was ist mit Bestrahlungen?«

»Ich dachte, du hast etwas gegen Strahlen.«

»Ich habe etwas gegen ... ach, ich weiß nicht. Ich möchte, daß du die Dinge nicht einfach hinnimmst.«

»Ich nehme hin, was nicht zu ändern ist«, sagte er und fuhr nach einer seiner Pausen fort: »Das Seltsame daran ist ja, daß *du* es gewissermaßen bist, die man mir aus dem Kopf schneiden will. Gut, es ist nur eine Halluzination, und doch macht es mir Sorgen. Was sind eigentlich Erinnerungen? Bosseler hat mich beruhigt. Alles, was sie mir rausholen werden, ist ein kirschkerngroßes Stück dunkelgrauer Materie, das auf meine Gehirnwindungen drückt und sie dazu bringt, verrückte Dinge zu produzieren. Ansonsten läuft der Kasten noch ganz gut. Sie bohren ein Loch, holen den Mist raus, und machen das Loch wieder zu. Das ist alles.«

»Weiß Mutter davon?«

»Nein. Und ich wäre dir dankbar, wenn du ihr nichts davon sagen würdest. Ich wollte es dir auch nicht sagen. Nicht heute. Tut mir leid.«

»Es ist gut, daß du es mir gesagt hast.« Sie schwiegen

beide. »Wann wird die Operation sein?«, erkundigte sie sich.

»Am Donnerstag.«

»*Diesen* Donnerstag? Ich werde auf jeden Fall kommen.«

»Das mußt du nicht. Es ist eine kleine Sache.«

»Papa, ich muß auflegen«, sagte Do. »Sonst werden alle denken, es sei etwas passiert.«

»Geh nur, Bärchen. Es geht mir gut.«

»Ich rufe dich morgen an.«

»Amüsiere dich. Es ist dein Fest.«

Do legte auf und ließ sich ins Kissen fallen. Im Garten entluden sich die Hallogewitter fröhlicher Begrüßungen. Warum geschah das alles? Und warum geschah es *jetzt*? Wer drehte an den Schicksalsrädern, wer schrieb ihre Geschichte? Es mußte jemand sein, der sie haßte – Oliver höchstwahrscheinlich. Sie dachte darüber nach, ob sie womöglich nur eine Erscheinung in seinem Geist war. Und jetzt, da er Platz schaffen mußte für seine Geliebte, überhäufte er sie mit Unglück, um sich an ihr zu rächen und sie zu vernichten. Diese Variante erschien Do trotz einer gewissen Absurdität und eines unübersehbar paranoiden Zugs in diesen Sekunden sogar sehr wahrscheinlich. Sie fühlte sich nämlich ganz und gar geisterhaft, besonders als sie sich im Bad noch einmal zurechtmachte, um den Ausdruck der Schockiertheit und der Sorge um ihren Vater irgendwie aus ihren Zügen herauszuschminken. Da war ihr eigenes Gesicht ihr so fremd wie noch nie. Sie blickte in den Spiegel wie durch ein Fenster auf diese Frau, die dort, auf der anderen Seite versuchte, mittels Abdeckstift und Transparentpuder ein gesellschaftsfähiges weibliches

Wesen aus sich zu machen. Und sie fragte sich: Warum tut sie das bloß, diese fremde Frau? Alles umsonst.

Aber Balthasar Schrödinger, fünf Minuten später, sagte: »Do, ich habe Ihnen ja immer schon zu Füßen gelegen, aber heute Abend sind sie ganz einfach … wunderschön!« Dann wandte er sich an Dos Mutter, die neben ihm stand, und fügte hinzu: »Und ich weiß jetzt, wo es herkommt.«

Ursel lächelte dankbar. Do hatte das Gefühl, daß ihre Mutter weitaus besser aussah als sie selbst. Zufriedenheit machte schön, und Selbstzufriedenheit offenbar besonders. Ursel hatte keine Schwierigkeiten damit, sich in Gesellschaft nicht nur als Gesprächspartnerin, sondern ganz selbstverständlich auch als Sexualobjekt zu präsentieren. Do hatte dies immer als ein untrügliches Zeichen von Ordinarität gewertet. Inzwischen dachte sie, daß sie selbst ein Problem hatte und nicht ihre Mutter. Warum fühlte sie sich in tief ausgeschnittenen Kleidern nicht wohl? Warum fühlte sie sich immer nur angestarrt, sobald die Spalte zwischen ihren Brüsten zu sehen war? Ihre Mutter war großzügig dekolletiert. Die Zeit hatte in ihre gesprenkelte, gebräunte Haut feine Riefen geritzt, aber sie schämte sich ihres Körpers nicht und hielt ihn weiterhin für attraktiv. Es lag feminines Selbstbewußtsein darin, fand Do jetzt auf einmal. Sie selbst hatte sich eine zweite Haut aus silberglitzerndem Stretchstoff zugelegt, die sie einschnürte. Irgendwann gesellte sich Oliver zu ihnen. Do war überrascht darüber, weil sie gedacht hatte, er würde ihr den ganzen Abend aus dem Weg gehen.

Schrödinger entdeckte ihn und rief: »Oliver! Wie schön, Sie zu sehen!«

Oliver wollte witzig sein. Aber wie immer, wenn er ein Glas zuviel getrunken hatte, war sein Humor ungelenk. Er fragte: »Wo haben Sie denn *Josephine* gelassen?«

Ursel horchte auf. »Wer ist Josephine?«

Oliver sagte: »Eine seiner Geliebten.«

Schrödinger nickte: »Bei Gott, Oliver, das ist wahr!«

Do wollte sich nicht anmerken lassen, wie verwirrt sie war, und versuchte, ironisch zu sein. »Warum haben Sie Ihr Goldstück denn nicht mitgebracht? Sie hat das Terrain ja schon erkundet.«

»Oh. Sie hat mir die kalte Schulter gezeigt, als ich gegangen bin.«

Ihre Mutter sagte: »Ist sie jung, Ihre Josephine? Vermissen Sie sie?«

»Josephine und ich, wir lassen uns unsere Freiheiten.«

»Sie haben recht. Ich wünschte, ich wäre auch so modern gewesen!«

»Warst du doch«, sagte Do voller Wut; sie hätte aufschreien können und verging vor Scham. Ursels Neugier war grenzenlos und ungeniert. Der Name Josephine hatte sie wachsam werden lassen, eine instinktive Alarmiertheit, die der Reaktion eines Tieres glich, das bei einem unbekannten Geräusch ein Ohr spitzt. Ihre Mutter witterte Konkurrenz, und der Reflex stieß Do ab. Ihre vorübergehende Milde gegenüber Ursels Dekolleté verwandelte sich wieder in Verachtung, weil der tiefe Ausschnitt eben doch nichts anderes war als der Versuch, in bestimmter, eindeutiger und primitiver Weise auf sich aufmerksam zu machen.

Oliver war zu betrunken, um zu merken, daß die Sache

längst peinlich geworden war, und sagte: »Haben Sie Ihrer Josephine gegenüber denn kein schlechtes Gewissen, *hier* zu sein?«

Do zischte: »Mutter, Josephine ist ein *Kätzchen*!«

»*Oliver*!«, trällerte Ursel heiter, »da hast du mich aber *rein*gelegt, als du von einer Ge*lieb*ten gesprochen hast.«

Do war entsetzt und Oliver amüsiert; er fand kein Ende. »Ich dachte, Sie hassen es, weibliche Wesen einzusperren.«

»Oh, ja«, nickte Schrödinger, »das stimmt auch. Verraten Sie's nicht weiter, aber die Terrassentür ist nur angelehnt. Josephine weigert sich, die Katzenklappe zu benutzen, die ich vor ein paar Wochen habe einbauen lassen. Meine Erziehungsversuche schlagen fehl, weil ich zu inkonsequent, zu nachgiebig bin. Doch was sage ich – das ist es ja eben: Was auch immer wir hervorbringen wollen, wir erschaffen immer nur uns selbst. *Wir* sind es, die erzogen werden müssen.«

Do fühlte sich durch diesen Satz auf einen Schlag vernichtet. Er hatte zerstörerische Logik: Wenn Eltern immer nur sich selbst erschaffen konnten, dann war sie ihre Mutter. Und da sie ihre Mutter haßte, haßte sie sich selbst.

Vico Müller kam dazu und warb für sein botanisches Jahrhundertprojekt, im hinteren Teil des Gartens statt der kränkelnden Blaufichte einen Mammutbaum zu setzen. Seine beiden bisexuellen Freundinnen hingen an seinen Lippen. Wie ein grüner Leuchtturm sollte der Baum eines Tages aus dem Hecken- und Rasenmeer gestutzter Kleingärten herausragen. Ein Fanal. Ein weithin sichtbares Zeichen für Vicos Credo, daß die Natur wichtiger war als alle menschlichen Interessen. Vico wußte, wo er stand, seit er erstmals die legendäre Weissagung der Cree vernommen hatte, die den weißen Mann davor warnte, daß man Geld nicht essen kann.

Oliver verzog sich, obwohl er das Mammutbaumprojekt bisher immer befürwortet hatte. Im Moment war ihm wohl nicht danach, einen Baum zu pflanzen, dachte Do. Sie war froh, daß er ging und nicht noch mehr Peinlichkeiten von sich gab. Und dann dachte sie wieder an ihren Vater. Wieso hatte sie Geburtstag und er Krebs? Und was hatte es zu bedeuten, daß sie ihm erschien? War wirklich nur ein erbsengroßes Stück wuchernder Gehirnsubstanz der Grund dafür? Die Menge der unbeantworteten Fragen erdrückte sie. Sie wußte, daß auch Naturvölker Löcher in Köpfe gebohrt hatten, um Geister zu befreien. So gesehen war die Wegstrecke, die die Medizin zurückgelegt hatte, nicht sehr weit. Der Unterschied war, daß Völker wie die Cree den Geistern das gleiche Existenzrecht zubilligten wie allen anderen Erscheinungen. Eine exakte Grenzziehung zwischen Realität und Illusion war ihnen nicht besonders wichtig; sie glaubten nicht einmal daran, daß sie möglich sei. Sie suchten nach den Botschaften hinter den Erscheinungen. Do fragte sich, ob es eine Botschaft hinter *ihrem* Erscheinen gab, etwas, das sie ihrem Vater übermitteln wollte, ihm sagen mußte, bevor er vielleicht würde gehen müssen. Aber sie wußte nicht, was für eine Botschaft das hätte sein können, und so fühlte sie sich noch leerer, noch nichtswürdiger.

Bi Odenthal wußte zu berichten, daß einer aktuellen kanadischen Studie zufolge Frauen nach der Eheschließung häufig *zu*nehmen würden, im Schnitt fünf bis sechs Pfund. Die Autoren des in der Zeitschrift *Physiology & Behavior* veröffentlichten Reports, ein Team aus Diätetikern und Konsumpsychologen, erklärten das damit, daß Freizeitaktivitäten aller Art – Ausgehen, Sport, Sex – reduziert würden. Eine gewisse Laurette Dube von der McGill University in Quebec hatte zudem nachgewiesen, daß es ein genetisch bedingtes weibliches Verhaltensprogramm gebe, depressive Schübe durch erhöhte Nahrungsaufnahme zu kompensieren. Blanker Unsinn, dachte Do.

Die Fackeln und die Lampions und die Verteilung der Gäste im Garten ließen es so aussehen, als hätte man an mehreren Stellen Feuer gelegt. Ursel wich nicht mehr von Schrödingers Seite, und Do fand, daß sie ihn anhimmelte wie ein blind verliebter Teenager. Irgendwann wollte sie Oliver bitten, den häßlichen Wald geleerter Flaschen von der Bar zu räumen und neue zu öffnen. Aber Oliver war verschwunden. Sie fand ihn weder im Garten noch im Haus. Zunächst machte sie sich Sorgen um ihn, weil sie wußte, daß er betrunken war. Dann kam ihr ein anderer Gedanke: Vielleicht hatte er die Party verlassen, um sich zu seiner Geliebten zu stehlen.

Das einzig Gewisse, was Do über Olivers Geliebte wußte, war, daß sie sie nicht kannte – zumindest hatte Oliver das behauptet. Und wenn das der Wahrheit entsprach, konnte es keine ihrer Freundinnen im Garten sein. Gerade das beunruhigte sie. Wenn Olivers Geliebte nämlich *nicht hier* war, konnte er jetzt *bei ihr* sein, in ihren Armen. Und da er nicht den Wagen genommen hatte (wozu er wohl auch nicht in der Lage gewesen wäre), wohnte sie also in der Nachbarschaft – das war das zweite Konkrete, was Do über sie herausfand.

Sie konnte nichts tun. Oliver war nicht der Mensch, der es auf einen Skandal ankommen ließ. Irgendwann würde er wieder auftauchen und sich unter die Gäste mischen, als sei er nicht fortgewesen. Partys erzeugten Anonymität, eine Sphäre, in der man sich entmaterialisieren konnte. Do dachte an den schwarzen Kasten, den Schrödingers Großvater vor hundert Jahren gebaut hatte, um zu beweisen, daß nichts von dem, was geschah, *wirklich* stattfand. Sie glaubte, den Gedanken in dem Moment zu verstehen, da sie in den Garten zurückkehrte: Niemand hatte sie vermißt.

Irgendwann kam Ursel auf sie zu geeilt und verkündete dramatisch: »Es ist etwas Furchtbares geschehen!«

Schrödinger stand neben ihr und sagte gelassen: »Ich muß leider gehen. Diese wunderbare ältere Dame, die sich um meinen Haushalt kümmert, hat mich gerade angerufen. Sie hat einen Schatten um mein Haus schleichen sehen. Ich mache mir keine Sorgen. Es liegt in der Natur von Achtzigjährigen, nachts Schatten zu sehen.«

»Er hat doch für sein Kätzchen die *Hintertür offengelassen*!«, schrie Ursel hysterisch.

»Ich spaziere da ein Viertelstündchen hin, überzeuge mich, daß alles in Butter ist, und komme anschließend zurück. Wie sieht's aus, meinen Sie, daß hier in einer Dreiviertelstunde noch die Puppen tanzen?«

»Ich fahre Sie«, sagte Do. »Dann sind wir in zehn Minuten wieder da.«

Er schüttelte den Kopf. »Das ist Ihr Fest.«

Ursel sagte: »Dori-Liebes, bleib du hier. *Ich* werde ihn fahren.«

»Auf keinen Fall!«, sagte Do und dachte: Das würde dir so passen.

»Was ist mit Oliver? *Er* sollte fahren.«

»Oliver hat sich hingelegt«, sagte Do. »Es geht ihm nicht gut. Seine Migräne.«

»Er leidet unter Migräne? Das wußte ich gar nicht.«

»Seit neuestem. – Mama, sei so lieb und bitte Helmas Mann ein paar Weinflaschen zu entkorken.«

Als Do mit Schrödinger im Wagen saß, schimmerte die Straße, und der Sternenhimmel kam ihr enorm hoch vor. Auf einmal war die Nacht eine Lunge, die sich auf einen Seufzer des Universums hin geweitet hatte. Das Pflaster ließ den großen Wagen leise schaukeln. Schrödinger, neben ihr, schwieg nachdenklich. Über sein Gesicht glitt regelmäßig das weiße Licht der Straßenlaternen – es war wie ein Umblättern und jede Seite zeigte *ihn*.

Do begriff, daß sie allmählich darüber nachdenken mußte, was sie eigentlich wollte. Sie mußte entscheiden, was sie tun würde, wenn er ihre Hand nähme und begänne, sie zu sich hin zu ziehen. Liebte sie diesen großherzigen, ungezwungenen Mann? Fühlte sie sich ihm nah genug, um mit ihm zu schlafen? War sie bereit, Oliver zu betrügen? Und warum betrog Oliver sie? Sie fragte sich, ob von all den männlichen Krisen und Psychosen, die man inzwischen entdeckt hatte – Midlife-crisis, virile Wechseljahre, Adoniskomplex –, eine auf ihn zutraf. Er alterte. Vielleicht suchte er bei jener anderen, mit der er sich traf, nicht

Liebe oder Sex, sondern Schutz. Vielleicht ging er in Dekkung vor der Zeit. Und vielleicht ging es Schrödinger ebenso, und sie würde nur eines seiner Bollwerke gegen den Tod sein.

Sie sagte: »Oliver liegt übrigens nicht im Bett. Oder vielleicht doch. Ich weiß es nicht so genau. Er hat zuviel getrunken. Aber die schlichte Wahrheit ist, daß er eine Geliebte hat. Ehrlich gesagt, ich weiß fast nichts. Können Sie nicht *sehen*, wo er gerade ist?«

Schrödinger hob bedauernd die Augenbrauen, kommentierte den traurigen Kern ihres Eingeständnisses aber nicht. »Leider sind wir Magier keine Hellseher. Das wäre zuviel des Guten. Vielleicht steckt ein religiöses oder psychologisches Verbot dahinter. Entweder man *macht* etwas oder man *weiß* etwas. Beides geht nicht. Was mich betrifft, war Wissen nie meine Stärke. Die Wahrheit ist, daß ich ein sehr schlichter, sehr naiver Charakter bin, das können Sie mir glauben, Do. Ich will das, was alle wollen: Schönheit, Stil, und natürlich Glück. Auf die Dauer kommt man nicht klar, wenn man nicht hin und wieder glücklich ist.«

Do mochte es, wenn er in seiner Art philosophisch wurde. Sie sagte sich Folgendes: Wenn die Situation, die sie gerade erlebte, Teil eines Romans wäre, dann würde sie als Leserin *wollen*, daß *es* geschah. Alles war so eingerichtet, daß sie in dieser Nacht ihres achtunddreißigsten Geburtstags zum ersten Mal seit mehr als zwölf Jahren wieder mit einem anderen Mann schlafen sollte als mit Oliver. Das war ihr Schicksal, und sie wollte mit ihrem Schicksal einverstanden sein. Sie dachte an den Fatalismus ihres Vaters, der ein Fatalismus des Leidens war. Ihrer war einer des

Glücks. Und es erschien ihr auf einmal sehr wahrscheinlich, daß Schrödinger sie in dieser Nacht glücklich machen würde.

Sie erreichten das Haus des Zauberers. Der geometrische Bau lag blaß unter den aufragenden schwarzen Tannen da. Als der Zauberer die Tür aufschloß, ging Do ein absurder, verwirrender Gedanke durch den Kopf. Vielleicht hatte es den Anruf seiner Nachbarin gar nicht gegeben. Vielleicht war all das Teil eines Plans, um sie in sein Haus zu locken. Dos Vorstellung von Wohnungseinbrüchen war ein Destillat aus Filmen und Fernsehserien. Sie dachte an Taschenlampenlichtkegel, die hinter Glas lautlos durch dunkle Räume huschten. Aber es gab keine Anzeichen dafür, daß jemand das Haus durchsucht hatte. Der Wilcox-Gay Röhrenempfänger und die Aphrodite von Preiss & Kassler standen noch an ihren Plätzen. Die perfekte Aufgeräumtheit des Wohnzimmers war durch keinen Akt des Vandalismus angekratzt worden. Schrödinger ging zur Terrassentür, die tatsächlich nur angelehnt war, und schloß sie. Er hatte die Wahrheit gesagt, aber auch in diesem Punkt konnte sie von ihm inszeniert sein.

»Ich habe Glück gehabt, es ist nichts geschehen. Ich bin das, was man einen Glückspilz nennt, Do. Alle meine Wünsche sind in Erfüllung gegangen. Ich bin Zauberer geworden, bin in der Welt herumgekommen, das Publikum hat mich geliebt! Aber wissen Sie, Do, wahr ist auch, daß ich mir immer genommen habe, was ich wollte. Es steht mir ja nicht zu, Ihnen einen Rat zu erteilen, aber ich habe das Gefühl, Sie müssen allmählich was unternehmen, um den Zug zum Glück nicht zu verpassen. Im Moment gehen von Ihnen sehr unklare und nervöse Signale aus. Ich hab's ja schon gesagt: Ich bin kein Hellseher, und Handlesen ist auch nicht meine Stärke. Aber wenn Sie mich fragen, müssen Sie sich wirklich ranhalten und das Leben bei den Hörnern packen. Achtunddreißig ist nicht ganz ohne, da sind schon einige Jährchen weg. Die Zeit rast, wie wir alle wissen. Ich finde, Ihre Mutter ist eine großartige Frau, die läßt sich die Butter nicht vom Brot nehmen, auf ihre Weise. Also wie gesagt, das ist alles ganz unverbindlich. Und ich sag's auch nur, weil ich inzwischen das Gefühl habe, irgendwie Ihr Freund zu sein. Machen Sie damit, was Sie wollen, oder vergessen Sie ganz einfach wieder, was ich gesagt habe. Sie sind wirklich eine tolle Frau, Do, aber ein bißchen eingetrocknet.«

Inzwischen waren sie oben angekommen und blieben vor der Schlafzimmertür stehen. Der Lempicka-Akt mit der eingeknickten Taille und dem tief auf dem Hüftknochen hängenden, um die Schenkel geschlungenen Laken hing schimmernd im indirekten Licht. Und da geschah es endlich: Do sprang Schrödinger an, schlang mit äffchenhafter Energie die Arme um seinen rosigen Zaubererhals und stammelte dabei: »Du hast recht ... ja recht ... du ... du ...« Sie küßte ihn so gierig auf Mund und Wangen, als atmete sie nicht Sauerstoff, sondern irgendein lebensnotwendiges Element, das seiner Haut entströmte. Dann nestelte sie an seinen Hemdknöpfen herum, als wären diese allesamt glühend heiß. Sie stotterte: »... du ... oh ... du ...« Derart mit Küssen gestempelt, verlor der Zauberer die Balance. Die Schlafzimmertür sprang auf, sie stolperten in den Raum und stießen krachend gegen irgendein

Möbelstück. Der Aufprall trennte sie. Während Do sich auf einer gepolsterten Fläche liegend wiederfand, war Schrödinger auf seinen Beinen verblieben. Er durchquerte die Zimmerdunkelheit, in der er sich auskannte, und schaltete das Licht ein.

Der lange Stab einer Neonröhre flammte an der Zimmerdecke auf, und Do sah sich verwirrt um. Schattenlose, papierweiße Helligkeit füllte den Raum, der praktisch leer war bis auf einen rohen Holztisch, einen Stuhl und das Möbelstück, auf dem Do halb lag, halb saß. Es erwies sich als Bett, oder genauer gesagt als militärisch anmutende Schlafpritsche mit einer dünnen strohigen Matratze auf einem leise knirschenden Spannfedergeflecht. Der Linoleumfußboden war blaßgrün, die Wände weiß. »Oh«, sagte sie irritiert. »Ich hatte es mir üppiger, barocker vorgestellt.«

»Es ist mein Arbeitszimmer. Ich habe lange über die Farbe der Wände nachgedacht, die Maler sind praktisch wahnsinnig geworden. Aber irgendwann habe ich begriffen, daß ich in die falsche Richtung dachte. Der Raum ist meine Leinwand und nicht mein Puff.«

»Ich dachte, Sie lassen Dinge verschwinden und holen sie aus einem Zuschauerohr oder einem Ärmel wieder hervor. Oder Sie wickeln eine Jungfrau in einen Seidenschleier, der dann auf einen Fingerschnipser hin leer zu Boden flattert. Aber hier? Was entsteht hier? Was möchten Sie erschaffen?«

Groß und unschlüssig stand er am Lichtschalter. »Nicht *was*, Do. Wen! Alle großen Künstler haben schließlich ihre Göttin erschaffen: Bildhauer, Maler, Literaten, Komponisten. Da möchte ich mich in aller Bescheidenheit einreihen. Ich möchte niemanden verschwinden lassen, sondern jemanden in die Wirklichkeit rufen. Aber ich tue mich verdammt schwer damit. Irgendwie habe ich den magischen Dreh noch nicht raus.«

Sie stand auf und ging auf ihn zu. »Bist du dir sicher? Daß ich hier bin, kommt mir wie Zauberei vor. Vielleicht hast du es ja geschafft. Du hast *mich* erschaffen.« Sie küßte ihn wieder, seine rasurbedürftigen Mitternachtswangen, den großen Knorpel seiner Nase, seine weichen Lippen. Auf Zehenspitzen balancierend, preßte sie ihren Mund auf seinen. Aber etwas stimmte nicht dabei. Küsse wollen erwidert werden oder wenigstens glückselig empfangen. Es war aber, als küßte sie eine – wenn auch lebendige – Puppe. Ein fühlloses, eingeschlafenes Wesen. Das einzige Signal, das sie von ihm empfing, war geduldige Passivität. Und ein Blick in seine traurigen, ratlosen Augen machte ihr klar, daß es umsonst war, daß sie die Situation vollkommen mißverstanden hatte. Wieder begann sie Worte hervorzustammeln, diesmal Entschuldigungen: »Oh, nein ... ich dachte ... wie konnte ich nur ... du ... ich meine, Sie ...« Sie fühlte sich vernichtet. Sie wollte sterben.

Er sagte: »Bleiben wir doch beim Du.«

Sie wandte sich ab und schob ihren Rock zurecht: »Es ist so peinlich ... so ...«

Er unterbrach sie. »Das ist es nicht, auf gar keinen Fall. Es braucht dir nicht unangenehm zu sein, und du solltest es wirklich nicht als Niederlage sehen. Offenbar ist das alles ein Mißverständnis«, sagte er und fügte nach einer kurzen Pause hinzu: »Es ist einfach so: Du spielst im falschen Team, Do. Und dafür kannst du nichts. Ich habe gedacht, das wäre dir klar. Ich meine, ich habe gedacht, es wäre *allen* klar. Die Art wie ich lebe – ich mache ja keinen Hehl daraus, wie ich geschaltet bin. Do, ich bin Herr der *Stäbe*. Das scheint mir heutzutage so selbstverständlich zu sein, daß ich es nicht großartig herumposaune. Ich meine, warum sollte ich das tun? Warum sollte ich überall als erstes meine erotische Visitenkarte abgeben? Dafür gibt es keinen Grund.«

Sie starrte ihn an. »Oh … das heißt, du bist …«

»Ist das für dich ein Problem?«

»Wo denkst du hin?«, beeilte sie sich zu versichern. »Das ist doch … toll … ich meine, normal. Ach, was rede ich für einen Unsinn. Es kommt, wie soll ich sagen, es kommt nur etwas plötzlich. Also ich war darauf nicht vorbereitet.«

Sie betrachtete ihn wieder; auf einmal wirkte seine Dandy-Eleganz eine Spur weniger ironisch. An seinen Füßen huschte ein dünner schwarzer Schatten durch den Türspalt: Josephine. Das Kätzchen umrundete die Wildlederschuhe des Zauberers, trippelte lautlos durchs Zimmer und sprang mit einem geschmeidigen Satz auf den Tisch. Dort lag eine Schreibkladde, sie war schwarz. Ruth mußte sie dem Zauberer verkauft haben, davon hatte sie nie etwas gesagt. Do begriff, daß sie keine Exklusivrechte an seinem Charme besaß. Keine Frau würde Schrödinger je besitzen. Josephine umrundete die Kladde, deren Schwarz der Farbe ihres Fells entsprach. Nach Katzenart rollte sie sich auf dem Tisch zusammen und schloß die Augen.

Schrödinger sagte: »Alles, was ich über Frauen gesagt

habe, habe ich auch so gemeint. Ich verehre Frauen. Sie sind mir lieber als Männer. Weitaus lieber. Nur was einen bestimmten, allseits beliebten Zeitvertreib angeht, setzen meine Hormone andere Prioritäten; dagegen ist man machtlos – aber beschäftigt dich das tatsächlich, Do? Ehrlich gesagt, bin ich mir nämlich nicht sicher, ob du *das* wirklich willst. Ich kann ja nicht in dich hineinsehen, aber aus dieser Sache mit dir und Oliver werde ich einfach nicht schlau. Was läuft da? Du sagst, er hat eine Geliebte? Nun gut, das erste, was du tun solltest, ist diese Hexe zu verjagen. Oliver will dich, das spürt man deutlich. Do, ich verrate dir jetzt *noch einen* Trick: Besorge es ihm nach allen Regeln der Kunst, dann kommt er zu dir zurück. So läuft der Hase seit Jahrtausenden. Er sehnt sich nach dir; ich wette, seine Eier kribbeln noch, wenn er dich sieht.« Und dann rief er unvermittelt: »Zum Teufel, jetzt haben wir aber genug Probleme gewälzt. Wie sieht's aus, wollen wir nicht lieber etwas trinken? Ich habe im Keller einen formidablen Capet-Guillier, 1989er, absoluter Ausnahmejahrgang, sage ich dir, der geradezu danach schreit, endlich gebechert zu werden.«

Später mußte Do an etwas denken, das er einmal erzählt hatte. Es war jene Theorie, der zufolge das Universum sich jedes Mal teilte, wenn von zwei Möglichkeiten nur eine eintrat. Er hatte es mit einer Katze in einem verschlossenen Kasten erklärt, die vielleicht tot oder lebendig war. Und wenn man den Kasten öffnete, teilte sich das Universum, und in einem lebte sie noch und in dem anderen war sie tot. Und Do dachte, daß sich beim Öffnen der Schlafzimmertür das Universum geteilt hatte. In irgendeinem anderen Universum liebten sie sich, aber es war nicht das Universum, in dem sie weiterleben mußte. Sie hatte den falschen Abzweig erwischt, und es fiel ihr schwer, nicht gekränkt zu sein. Sah man von der philosophischen oder psychologischen Verstiegenheit jener Theorie ab, dann hatte er sie als Frau ganz einfach zurückgewiesen. Er hatte ihr einen Korb gegeben, und damit mußte sie sich abfinden. Sie lächelte traurig und ging aus dem Raum. Er schaltete hinter ihr das Licht aus und schloß die Tür. Und danach war sein Schlafzimmer wieder ein leerer schwarzer Kasten, in dem Josephine ihr traumloses Nickerchen machte.

Im Wagen fiel Dos Blick auf die Uhr im Armaturenbrett. Mehr als zwei Stunden waren vergangen, und das schien ihr unmöglich zu sein. Aber es war nicht zu ändern. Millionen, Milliarden und Abermilliarden von Sekunden, unter denen man lebendig begraben wurde: Das war die Zeit. Ein unaufhaltsames Versinken in den eigenen Fehlern und Versäumnissen. Do dachte, wenn sie sich jetzt in einem Spiegel sähe, wäre ihr Gesicht so leer und leblos wie das Ziffernblatt der Wagenuhr, auf das sie starrte. Wie deren Zeiger drehte sich ihr Leben im Kreis. Überall fanden sich Zeichen der Vergeblichkeit – nur daß man sie nicht immer sah, weil man es nicht ertrug. Aber jetzt sah sie sie: die Dunkelheit hinter den Fenstern, all die Zäune, die Straßenlaternen, die Bäume, die parkenden Autos, die Bordsteine und Verkehrsschilder, als bestünde die Welt nur aus Hindernissen, um einen in die immer gleichen Bahnen zu zwingen. Sie sah die Vorgärten, die mit der gleichen Sorgfalt gepflegt wurden wie Gräber. Sie sah die Zeichen und glaubte, ersticken zu müssen. Als sie aus dem Wagen stieg, atmete sie ein, so tief es ging. War ihr Lungenvolumen kleiner geworden seit dem letzten Mal? Sie wußte es nicht. Sie legte den Kopf in den Nacken und sah auf: Die schwarze Katze der Nacht, die dünne Kralle der Mondsichel. Das Universum ein großer dunkler Kasten. Eine Möglichkeit zwischen Leben und Tod.

Außer ihrer Mutter war niemand mehr im Garten. Ursel saß an einem der Tische, eine Wolljacke um die dünne Seidenbluse gelegt. Sie sprang auf. Ihr Gesicht sah im schwachen Kerzenschein vielfach eingedellt und verschrammt aus wie eine Messingbüchse, auf die ein Leben lang Bälle geworfen worden waren. »Doris, Kind, wo warst du denn so lange? Was meinst du, was *das* für ein Gerede gibt? *Alle* haben gesehen, daß du mit diesem Zauberer abgezogen bist, und die, die es nicht gesehen haben, werden es spätestens morgen erfahren! Was hast du dir nur dabei gedacht?«

Sie setzte sich. »Na und? Oliver verzieht sich zu seiner Geliebten, ich verschwinde mit einem Zauberer – was auch immer geredet werden wird: Es stimmt ganz einfach. Es ist alles vorbei. Laß uns schlafen gehen. Sind die Kinder im Bett? Danke, daß du dich um sie gekümmert hast.«

»Apropos Oliver«, sagte Ursel, »du weißt es noch nicht, oder?«

»Was sollte ich wissen?«

Es konnte nicht *noch* schlimmer kommen – diese Einsicht gab Do überraschend Ruhe.

Mit theatralischer Knappheit verkündete Ursel: »Man hat ihn gefunden.«

»Was soll das heißen? – Wen?«

»Oliver natürlich. Also Dori, was ich dir jetzt zu sagen habe, ist nicht sehr erfreulich. Ich hoffe …«

»Mama! *Wo* ist er von *wem* gefunden worden? Mein Gott, es ist ihm doch nichts …«

»Nein, nein. Es geht ihm den Umständen entsprechend gut. Jedenfalls ist mir das versichert worden. Er liegt im Krankenhaus. Ich konnte hier ja nicht weg, oder ich hätte die Kinder wecken müssen. Aber ich habe die Adresse.«

»Was ist passiert?«

»Deine Freundin Helma hat mich angerufen, kurz nachdem sie sich verabschiedet hatte. Stell dir vor, sie ist mit ihrem Mann *zu Fuß* nach Hause gegangen!«

»Das weiß ich. Es ist nur eine Viertelstunde.«

»Es kam mir ein wenig leichtsinnig vor, hier in Berlin.«

»Mama!«

»Schon gut. Also die beiden haben Oliver gefunden.«

»Wo?«

»Offenbar vor einer alten Litfaßsäule. Gibt es hier so etwas?«

»Ja, ja. Ich weiß schon, wo.«

»Er war bewußtlos, und sie haben einen Krankenwagen gerufen. Ich habe natürlich sofort gedacht, er wäre überfallen worden, aber Gott sei Dank ist es nur eine Kreislaufgeschichte. Das warme Wetter, der Alkohol.«

»Weiß man, wie lange er dort gelegen hat?«

Ursel sah sie an: »Ich weiß schon, was du denkst, aber auf *diese* Frage gibt es keine Antwort. Niemand weiß, wo er die ganze Zeit gewesen ist. Du wirst Oliver selbst fragen müssen.«

»Ich fahre sofort hin.«

»Er liegt im Koma, Kind. Und … ich muß dir noch etwas sagen.«

»Was gibt es noch?«

»Diese Litfaßsäule, vor der Oliver gefunden worden ist.«

»Ja?«

»Helma hat sich sehr schwer damit getan, mir reinen Wein einzuschenken.«

»Du kannst sicher sein, daß sie jedes Wort genossen hat«, sagte Do.

»Wie du meinst. Offenbar hat Oliver mit einem Stein eine Zeichnung auf den Beton gekratzt.«

»Eine Zeichnung?«

»Eine Frau.«

»So?«

»Eine nackte Frau.«

»Ach ja?«

»Dich, Dori. Und das offenbar in einer äußerst aufreizenden Pose mit hochgestreckten Armen und so. Ist das nicht ungeheuerlich! Er hat dich an eine Litfaßsäule gekratzt, an der das ganze Viertel tagtäglich vorbeikommt.«

»Woran erkennt man denn, daß ich es bin?«

»Aber das ist doch ganz egal. Ich meine, Helma *hat* dich jedenfalls erkannt.«

»Helma sieht, was sie sehen will.«

»Ich verstehe nicht, wie du Oliver in Schutz nehmen kannst. Er macht dich lächerlich, und wir, die wir dich lieben, sollen ihn dafür nicht verurteilen dürfen?«

»Vielleicht macht er mich ja *nicht* lächerlich. Vielleicht ist es ja eine *sehr schöne* Zeichnung.«

»Ich verstehe dich nicht.«

»Wenn jemand das Recht hat, ihn zu verurteilen, dann ich, Mama, und niemand sonst. Ich werde jetzt zu ihm fahren.«

»Aber es ist praktisch eine Höhlenzeichnung, Dorilein. Er hat sich wie ein Neandertaler benommen! Er betrachtet dich sozusagen als seine Squaw oder eine Art von Wild.«

»Nein, Mutter, ich kenne ihn besser als du. Er ist kein Neandertaler.«

»So?! Und was ist er dann?«

Es kam ihr nicht leicht von den Lippen: »Er ist mein Mann.«

# 14

Zwei Dinge waren es, die Oliver sich vornahm, als er im Krankenhaus erwachte. Gräßliche Schmerzen marschierten durch seinen Kopf. Er fühlte sich hundeelend, und doch war es ihm nicht möglich, *nicht* über sein Leben nachzudenken. Als erstes faßte er den Entschluß, das absurde Geständnis, er habe eine Geliebte, Do gegenüber zu widerrufen. Er übte massive Selbstkritik und warf sich Verschiedenes vor, unter anderem, sich die imaginäre Geliebte aus niederen Motiven zugelegt zu haben. Die sexuelle Sackgasse, in die er geraten war, bestand nicht darin, daß Do und er nicht mehr miteinander schliefen, sondern darin, daß er das immer noch wollte. Sich ihren Körper vorzustellen, erregte ihn auch nach zwölf Jahren noch. Ihre Figur war etwas gedrungen, aber sehr weiblich. Für die perfekte Form ihrer Brüste hatte die Büstenhalterindustrie die Körbchengröße 75 B definiert. Diese erotische Chiffre hatte sich Oliver gleich zu Beginn ihres Liebeslebens genauestens eingeprägt. Er liebte Dos BHs, und mehr noch liebte er deren Inhalt. Er war ihren Brüsten als Mann und als Zeichner hoffnungslos verfallen.

Als es ihm wieder etwas besser ging, übte Oliver in Gedanken aber auch Kritik an Do. Zur Zeit schwor sie auf Holzsohlenindoorsandalen. Sie trug sie aber nur im Erdgeschoß, weil sie eine strikte Hausschuhtrennung zwischen Parterre und dem ersten Stock mit den Schlafzimmern und dem Familienbad angeordnet hatte. Die Sandalen ließ sie beim Heraufeilen notorisch mitten vor der ersten Treppenstufe von ihren hübschen Füßen rutschen. Dort blieben sie stehen, bis sie wieder herunterkam. Oder bis Oliver (beispielsweise an einem dämmrigen Herbst- oder dunklen Wintermorgen) verschlafen auf Strümpfen heruntertappte, um sich in der Küche einen herrlichen ersten Milchkaffee zuzubereiten. Der Schmerz, wenn er auf die Holzlatschen trat, war jäh und scharfkantig. Die Sache war nun die: Wie konnte man abends mit einer Frau schlafen, die man morgens haßte?

Das Krankenhaus übte eine reinigende Wirkung auf Olivers Seelenleben aus. Er glaubte klar zu sehen, was ging und was nicht ging. Vielleicht war es unangemessen, gleich von Haß zu sprechen, aber er begriff, daß man sich auf Gefühle nicht verlassen konnte, denn sie hatten einen entscheidenden Nachteil: Sie änderten sich. Es war also ein Fehler, Sex an Gefühle zu binden, weil man eine unkalkulierbare Größe mit ins Spiel brachte. Offensichtlich war Sex zu wichtig im Leben, um sein Gelingen von alltäglichen Kleinigkeiten abhängig zu machen. Eine Geliebte herbeizufabulieren und Do als erotische Konkurrentin zu präsentieren, um sie zu demütigen oder unter Druck zu setzen, war in diesem Zusammenhang besonders erbärmlich. Es war kein Ausweg aus dem hormonellen Dilemma der Liebe, sondern vor allem ein glatter Selbstbetrug. Oliver sah mit bestechender Deutlichkeit, daß es so nicht weitergehen konnte. Während er all das dachte, päppelte man ihn mit isotonischen und mineralienreichen Flüssigkeiten auf, die so klar und stetig in ihn hineintropften wie die Wahrheit: Es mußte sich etwas ändern.

Als er aus dem Krankenhaus entlassen wurde (Mark holte ihn nach zwei Tagen ab, weil Do zu ihrem Vater geflogen war, um ihm bei seiner Tumoroperation beizustehen), fuhr Oliver an der alten Litfaßsäule vorbei. Er war sich nicht sicher, ob er die Ereignisse nach Dos Geburtstagsparty nicht nur geträumt hatte. Und er hatte es nicht gewagt, Do nach der Zeichnung auf dem vermoosten Beton zu fragen. Sie existierte. Die von ihm im Suff dort hingehauene Do-Lempicka-Aktmelange war rudimentär und bei weitem nicht so genial, wie er sie in Erinnerung hatte. Für ein Graffito war sie aber doch recht kunstvoll. Alles in allem war er mit seiner zeichnerischen Stegreifleistung zufrieden.

Als Do ihm vor zwölf Jahren zum ersten Mal Modell gestanden (oder eher: gesessen, gelegen) hatte, war sie zu zeichnen und sie zu lieben ein und dasselbe gewesen. Die Kunst: ein Vorspiel. Eine Hommage an ihren Körper mit allen feuchten Pinseln, die ihm zur Verfügung standen. Damals fertigte er in wenigen Monaten Hunderte von Zeichnungen und Aquarellen von ihr an. Am Morgen nach seinem Krankenhausaufenthalt kramte er einen Teil dieser alten Skizzen hervor. Sie schockierten ihn. Sie konfrontierten ihn mit einem lustvollen und leichten Lebensgefühl, das er über die Jahre vergessen hatte. Heute konnte er sich beredt über Anselm Kiefer, Gerhard Richter oder AR

Penck streiten und sich im Freundeskreis wort- und kenntnisreich für die eine oder gegen die andere Kunstrichtung in Pose werfen. Aber beim Betrachten seiner eigenen frühen Bilder wurde ihm klar, wie fremd ihm all das längst geworden war. Traurig sah er, daß er einmal beide geliebt hatte: sowohl Do als auch die Kunst. Aber die Glut in ihm war irgendwann erloschen, ohne daß er es bemerkt hatte.

Vormittags in seinem Geschäft fühlte Oliver sich sehr einsam, und die stummen Brillengestelle deprimierten ihn. Er freute sich, als Do anrief. Sie wohnte bei ihrer Mutter und schlief in ihrem ehemaligen Kinderzimmer. Die Tatsache verstärkte in Oliver das Gefühl der Einsamkeit und des Ausgesetzt-Seins, denn seine Mutter war tot und das Haus, in dem er aufgewachsen war, verkauft und abgerissen. Do sagte, sie würde vielleicht zwei Wochen bleiben, was bedeutete, daß der Familienurlaub storniert werden mußte. Oliver versprach, sich darum zu kümmern. Ruth Weiß, Dos Partnerin, fand es selbstverständlich, Do im Geschäft solange zu vertreten, bis ihr Vater sich wieder erholt haben würde. Im Sommer war nicht allzuviel los, und daß Ferienzeit war, erleichterte manches. Oliver brachte die Kinder morgens zu Freunden und holte sie abends wieder ab. Er beruhigte Do in dieser Hinsicht: Er komme gut klar.

In zwei Tagen würde ihr Vater operiert werden. Oliver hatte sich so sehr an die Depressionsschübe seines Schwiegervaters gewöhnt, daß ihn die Tatsache verwirrte, es könnte eine handfeste organische Ursache dahinterstecken. Er betrachtete bestimmte Dinge in diesem Licht. Zum Beispiel fragte er sich, ob seine Erlebnisse nach der Geburtstagsparty real waren oder nicht. Die Tatsache, daß Helma und Mark ihn vor der Litfaßsäule gefunden hatten, bewies im Grunde nichts. Vielleicht hatte er im Koma halluziniert, vielleicht aber auch nicht. Andererseits war es eher unwahrscheinlich, daß er beinahe vier Stunden ohnmächtig auf dem Gehweg gelegen hatte, ohne von irgend jemandem bemerkt worden zu sein; aber wie ließ sich herausfinden, was in diesen vier Stunden geschehen war? Oliver zermarterte sich deswegen den Kopf, aber er kam nicht weiter.

Draußen war es heiß, und er machte Inventur. Gelegentlich verkaufte er eine Sonnenbrille. Die Gespräche mit Do (sie telefonierten jeden Tag miteinander) waren sachlich und drehten sich um die Operation. Fürs erste ging alles gut, ihr Vater erwachte aus der Narkose und war ansprechbar, aber für eine differenzierte Beurteilung des Eingriffs waren eine Menge Tests erforderlich. Vielleicht würde man sein Erinnerungsvermögen auf die Probe stellen, überlegte Oliver, und er fragte sich, wie er selbst bei so einem Test abschneiden würde. Ihm gingen nach wie vor verschiedene Dinge durch den Kopf, und er hatte eigenartige Assoziationen. Zum Beispiel dachte er bei einem seiner Sonnenbrillenverkäufe auf einmal an die schwarze Schreibkladde, die er vor Mata Haris Séparée gefunden hatte, als er ihr gefolgt war. Dieses Detail war ihm entfallen, aber jetzt kam es ihm wichtig vor. Er wußte, daß Do solche Kladden verkaufte, aber er kannte nur die farbigen; gab es auch schwarze in ihrem Warensortiment, dann war dies vielleicht ein Beleg dafür, daß er nicht nur geträumt hatte.

Die Frage war wichtig, weil er gerne gewußt hätte, ob er mit Mata Hari (beziehungsweise ihrer Darstellerin) geschlafen hatte. Sollte er an diesem Abend Sex gehabt haben, so wäre es ein Jammer, sich dessen nicht wirklich sicher sein zu können. Eine Erinnerung, die vielleicht bloß Einbildung war, war wenig wert. Unabhängig davon beschäftigte es ihn aber auch, wie willenlos er sich in Schrödingers Schlafzimmer verhalten hatte. Im Grunde wußte er nicht so genau, wie standhaft er möglicherweise war oder nicht, wenn es erotisch konkret wurde. Noch nie hatte es eine Frau, für die er ansonsten nichts empfand, darauf angelegt, ihn zu verführen. Vielleicht waren seine sexuellen Erfahrungen ja nicht reichhaltig genug, sagte er sich. Am Wochenende übernachteten Jenny und Jonas bei Freunden, und er dachte darüber nach, zu einer Prostituierten zu gehen. Er war noch nie bei einer gewesen. Er ließ es. Es waren zwei sonderbare Wochen, die er durchlebte.

Am zweiten Freitag nach der Party telefonierte er morgens mit Do. Sie sagte, sie werde nachmittags mit der Vier-Uhr-Maschine kommen. Ihr Vater war stabil, die Chirurgen waren zufrieden. Do traute Ärzten im allgemeinen nicht viel zu, aber ihr war klar, daß sie nicht ewig dort bleiben konnte. Die Halluzinationen ihres Vaters waren also chirurgisch entfernt worden. Oliver fragte sich, ob man auch Erinnerungen chirurgisch entfernen konnte? Und ob er das wollen würde? Zumindest bräuchte er sich dann nicht mehr mit der Frage nach ihrem Realitätsgehalt herumzuplagen. Er zeichnete in diesen Tagen viel. Er füllte einen Block mit flüchtigen Skizzen, auf denen Salome, Tullia d'Aragona und Mata Hari zu sehen waren, so wie er sich an sie erinnerte. Oder nicht ganz: In einem Detail ging er einen Schritt über seine Erinnerung hinaus. Er erlaubte es sich, Salome von Skizze zu Skizze ein wenig mehr zu entschleiern. Um zehn kam Mark ins Geschäft. Oliver bot ihm einen Kaffee an.

»Ich könnte mich wirklich in den Hintern treten!«, platzte es aus Mark heraus. »Weißt du, daß dieser Schrödinger im Frühjahr bei mir war, um Aktien zu kaufen? Ich hatte allerdings den Eindruck, daß er nicht das geringste vom Kapitalmarkt versteht. Ich habe mir den Mund fusselig geredet, und was macht er? Kauft Spielzeugaktien! Papiere von irgendeiner Klitsche, die so eine Art Neonknetgummi herstellt. Ich dachte, er spinnt, aber warst du in letzter Zeit mal in einem Spielzeugladen? Helma hat mich gestern beauftragt, Geburtstagsgeschenke für Maja zu kaufen, und jetzt rate mal, was sie sich unter anderem wünscht? Ich hetze also gestern abend zu Toysrus, und dort stapelt sich das Zeug schon bis unter die Decke – es ist der absolute Wahnsinn! Dieses Aktienkontingent, das Schrödinger gekauft hat, ist inzwischen ungefähr verdammte *achtzehn Mal* soviel Wert wie vor einem halben Jahr. Und ich habe läuten hören, daß er auch bei anderen Banken geordert hat. Ich habe mich heute morgen dahinter geklemmt, aber vergiß es. Diese Papiere sind inzwischen so teuer, daß sich ein Einstieg schon nicht mehr lohnt. Ich habe den Zug verpaßt, und das, obwohl er direkt vor meiner Nase gehalten hat. Das macht mich wirklich fertig.« Verdrossen rührte er Zucker in seinen Kaffee.

Oliver sagte: »Bist du denn sicher, daß sich ein Einstieg nicht mehr lohnt?«

Mark wurde nachdenklich. »Ja, vielleicht ist noch was drin. Ich weiß nicht. Erinnerst du dich noch an diese Kugeln, die wir als Kinder hatten? Zwei Holzkugeln an kurzen Fäden, die man gegeneinander klacken lassen konnte. Es klang so, als hätte man einen Turbospecht in der Hand. Auf einmal hatten alle diese Dinger, aber drei Monate später war der Spuk schon wieder vorüber. Die Börse nimmt solche Entwicklungen vorweg. Der Kurs dieser Papiere stagniert jetzt, und ich nehme an, der Höhepunkt ist überschritten. Du kannst sicher sein, daß Schrödinger seine Kontingente schon wieder abgestoßen hat. Woher zum Teufel wußte dieser alte Knacker nur, daß auf einmal alle wild drauf sein würden, kleine bunte Figürchen zu kneten?«

»Ist vielleicht so eine Art Urtrieb«, überlegte Oliver. »*Wir* sind diese Figürchen. Wenn wir über unser Leben nachdenken, sind wir unzufrieden, Mark. Wir kneten *an uns* herum.«

»Du vielleicht«, sagte Mark. »Na ja, Do kommt schon zurück.«

Oliver warf ihm einen verärgerten Blick zu. »Wußte gar nicht, daß du so gehässig sein kannst.«

»He, das war ein Spaß.«

Oliver schüttelte den Kopf. »Ich weiß, was nach Dos Geburtstagsparty geredet worden ist, aber die ganze Sache ist ein Mißverständnis. Tatsächlich hat es sich um eine unglückliche Verkettung von Umständen gehandelt. Du solltest nicht zuviel in diese Geschichte hineindeuten.«

»Mach ich nicht«, nickte Mark und trank seinen Kaffee aus. »Wir laufen alle mal aus dem Ruder.«

Oliver schüttelte den Kopf und erklärte noch einmal kategorisch: »Zwischen Do und mir ist alles im Lot.«

Mark mußte wieder los. Oliver trug die Kaffeetassen zum Waschbecken. Sein Ärger verflog schnell, denn er dachte jetzt: Eins zu achtzehn, nicht schlecht! Mark glaubte also, Schrödinger hätte die ganzen Aktienpakete gekauft – das war gut. Im Frühjahr hatte Oliver via Helma und Do von den Aktiengeschäften des Zauberers erfahren und sich die Sache durch den Kopf gehen lassen. Er stieg ein, aber es mißfiel ihm in diesem speziellen Fall, im Internet zu kaufen. Zwar stellte sich jetzt heraus, daß auch auf das Bankgeheimnis kein Verlaß war, aber das spielte nun keine Rolle mehr. Oliver hatte die Papiere in vier unauffälligen Zweieinhalbtausend-Euro-Tranchen geordert, und nun besaß er also quasi über Nacht Aktien im Wert von hundertachtzigtausend Euro. Für seine Verhältnisse war er auf einmal reich. Seine Mutter hätte für hundertachtzigtausend Euro – er überschlug die Sache kurz im Kopf, wobei er die Inflation sehr großzügig herausrechnete, indem er einen Cent pro gepulter Krabbe ansetzte – etwa achtzehn Millionen Krabben pulen müssen, was knapp zehn Jahre gedauert hätte. Oliver dagegen hatte für das Geld im wahrsten Sinne des Wortes keinen Finger krumm gemacht – im nachhinein war das ungerecht. Es war Zauberei.

Als Oliver mit seinen Überlegungen an diesem Punkt angekommen war, bewies ein alter Bekannter sein Talent für unerwartete Auftritte: Balthasar Schrödinger betrat das Geschäft. Aber irgend etwas bei seinem Erscheinen war anders als sonst. Die Sonne flackerte nicht.

»Oliver«, sagte er, »schön, daß ich Sie antreffe!« Seit Dos Geburtstagsfeier hatte Oliver den Zauberer nicht mehr gesehen. Er kam ihm eingefallen und blaß vor. Der rosige Blütenteint seiner Haut war einem matten Gipsgrau gewichen. Er trug ein Paket unter dem Arm und hielt eine Weinflasche in der Hand. »Ich habe Do an ihrem Geburtstag einen einzigartigen Tropfen aus meinen bescheidenen Beständen versprochen. Wir hatten doch so ein kleines Tête-à-tête in meiner Bude, weil meine Nachbarin die Pferde scheu gemacht hat. Wären Sie so lieb, ihr diese Flasche zu geben?«

Olivers zweiwöchige Seelenreinigung zeigte Wirkung; er blieb ruhig und sagte: »Sie können sie ihr selbst geben. Sie kommt heute nachmittag zurück.«

»Das geht leider nicht«, sagte der Zauberer, stellte das Paket auf den Tisch und setzte sich unaufgefordert auf Olivers Beratungscouch. »Ich bin gekommen, um mich von Ihnen zu verabschieden. Ich breche meine Zelte hier ab. Ich bin gerade mit so einer jungen, dynamischen Maklerin durch mein Haus gesprintet. Sie ist entzückt. Das verstehe ich, aber wissen Sie was, Oliver: Mein Haus ist für mich wertlos. Ich habe es Ihnen ja einmal erklärt: Es war für mich viel mehr als ein komfortables Dach über dem Kopf. Es war das Kraftzentrum meiner Kunst. Eine Inspirationsquelle. Tja, und nun? Um die Wahrheit zu sagen, Oliver: Mein Schlafzimmer hat jede spirituelle Potenz verloren. Ich kann es Ihnen nicht anders erklären, aber es ist wie mit diesem dunklen Kasten meines Großvaters, Sie wissen schon, diese brutale Sache mit der eingesperrten Katze: Solange der Deckel zu ist, ist die Katze unsterblich, und die engen Gesetze unseres Makrokosmos haben in ihrem Reich keine Gültigkeit. Aber wehe, Sie öffnen die Tür, um nachzuschauen, was läuft! Dann ist es aus. Die ganzen wunderbaren Quanten der Freiheit und der unbegrenzten Möglichkeiten sausen zurück in die ausgelatschten Bahnen der Realität. Finito amore. Tja, und was soll ich Ihnen sagen: Es kommt mir vor, als sei genau das geschehen. Irgendwie ist aus dem Raum die magische Luft raus. Es ist, als hätte jemand den Stöpsel gezogen, und meine schöpferische Fantasie ist in die Kanalisation der Wirklichkeit gegluckert.«

»Na, so etwas«, murmelte Oliver.

»Ja, so sieht's aus«, nickte Schrödinger. »Sie sind selbst ein kreativer, ein schöpferischer Mensch und wissen, was es bedeutet, wenn einem der Saft ausgeht und man das Gefühl hat, nichts mehr zustande zu bringen. Es ist schrecklich! – Oliver, ich muß den Tatsachen ins Auge sehen. Glauben Sie mir, ich habe mich hier pudelwohl gefühlt. Ihre Freundschaft bedeutet mir sehr viel, und Do ist eine einzigartige Muse. Ich war nur ein paar Monate hier, und doch kommt es mir so vor, als hätte ich in Ihrer Nähe eine Heimat gefunden. Aber es hilft alles nichts: Ich muß weiterziehen, das ist mein Schicksal. Es ist das Schicksal eines jeden Künstlers. Entweder wir fangen immer wieder von vorne an, oder unsere Quellen versiegen. Ist es nicht so?« Der Zauberer hatte sich ein wenig in seine alte Form geredet, und sogar das rosige Leuchten des Bluthochdrucks wurde wieder sichtbar, als er verkündete: »Ich werde nach Wien gehen! Wien ist die einzige Stadt, die für mich in Frage kommt. Der Umzug ist eine Rückkehr zu meinen

Wurzeln. Mein Großvater war Wiener, auch wenn er ständig umhergezogen ist. Er hatte ungefähr zehn Professuren. Er war ein paar Jahre in Berlin, aber dreiunddreißig ist er zunächst nach Belgien gegangen und von dort aus nach Dublin, um in den fünfziger Jahren nach Wien zurückzukehren. Alles in allem scheine ich also seine Gene geerbt zu haben.«

»Ich war noch nie in Wien«, sagte Oliver.

»Aber dann *müssen* Sie und Do mich besuchen kommen«, rief Schrödinger aus. »Wien ist eine der größten Kunstmetropolen überhaupt. Wien, das ist nichts außer Korruption und Kultur – wunderbar! So ähnlich wie Rom! Oliver, Sie sind Künstler, Sie werden sich dort sofort zu Hause fühlen. Apropos, ich würde Ihnen gern eine Ihrer Zeichnungen abkaufen. Ich möchte in meinem neuen Haus dort unten ein anderes Konzept verwirklichen. Diese etwas museale Zwanziger-Jahre-Art-déco-Geschichte hängt mir inzwischen zum Hals raus. Ich möchte mich mit *lebendiger*, mit *junger* Kunst umgeben. Und ich wäre überglücklich, wenn ich einer Ihrer Zeichnungen dort einen Ehrenplatz geben könnte.«

Oliver fühlte sich wider Willen geschmeichelt. Er nahm an, daß der Zauberer auf der Suche nach einer Erinnerung an Do (vor allem an ihren Körper) war. Ihm, ihrem Liebhaber, als ihr Ehemann eine Aktstudie zu verkaufen umgab ein Hauch von Perversität. Die Sache war moralisch zumindest verwickelt. Oliver fragte sich nämlich, ob Schrödinger und er durch eine Art von Partnertauschhandel miteinander verbunden waren. Sein Skizzenblock lag auf dem Tisch, und der Zauberer entdeckte ihn. Als er ihn aufschlug, stutzte er, und seine Verblüffung schien echt zu sein.

»Sie *müssen* mir diese Zeichnungen überlassen«, sagte er ungewöhnlich leise. »Wie ist das nur möglich? Sie haben die Heldinnen erschaffen, an deren Auferstehung ich vergeblich gearbeitet habe. Diese Bilder sind perfekt! Sie schockieren und sie demütigen mich. Oliver, Sie führen mir vor Augen, was ich nicht zustande gebracht habe. Sie haben *meine* Vision erschaffen!« Er blätterte erregt vor und zurück und sagte: »Salome, Tullia d'Aragona und Mata Hari! Ich bin zutiefst aufgewühlt. Wie konnte Ihnen *das* gelingen? Lassen Sie mir diese Zeichnungen. Wenigstens jeweils eine davon. Ich zahle Ihnen, was Sie wollen!«

Daß der Zauberer nun über Geld sprach, erinnerte Oliver daran, daß er hundertachtzigtausend Euro besaß, die er nur noch kapitalisieren mußte, um sie nach Herzenslust auszugeben. Und er verdankte dieses Geld keinem anderen als Schrödinger: hundertachtzigtausend Euro für drei Zeichnungen – das war eine Menge. Es war so viel, daß er sich für ein paar Sekunden als international gehandelter Künstler fühlen durfte. Er überließ Schrödinger die Zeichnungen umsonst.

Der Magier protestierte vehement: »Brot sollte umsonst sein, und Fleisch und Kleidung und Benzin – aber *niemals* Kunst! Wenn es überhaupt etwas auf der Welt gibt, das mehr als einen müden Cent wert ist, dann *nur* die Kunst. Nur die Kunst bereichert und befreit uns. Kunst *ist* Freiheit, ein Quantentanz im dunklen Reich unserer Rübe. Kunstwerke beglücken uns auf allen Ebenen, sie erfreuen sowohl das Großhirn als auch das Stammhirn. Ehrlich gesagt, Oliver, Kunst ist ja auch ein Mittel zur Triebabfuhr. Für den Künstler sowieso, aber warum nicht auch für das Publikum? Das wagt nur keiner so klar zu formulieren, aber was spricht eigentlich dagegen? – das ist jedenfalls meine Position. Ich sehe es so: Nicht wir verdanken den Göttern unsere Existenz, sondern es ist ganz und gar umgekehrt. Der Olymp ist *unser* Werk, das unserer erotischen Fantasie, ein herrlich verlottertes, frivoles Paradies, das uns anspornt, in Liebesdingen bei der Stange zu bleiben.«

Er entschied sich für eine einschleierige lempickaartige Salomeversion, eine nackte lesende Tullia d'Aragona und eine hart an der Grenze zur Pornografie agierende Mata Hari. Nachdem er die Blätter eingesteckt hatte, kam er zu dem mitgebrachten Paket. Es hatte ein Geschenk sein sollen, doch nun sollte Oliver es als bescheidenen Dank für die Zeichnungen betrachten. Er öffnete die Schachtel und holte den Wilcox-Gay Röhrenempfänger heraus.

»Ich trenne mich nur sehr ungern davon«, sagte er, »aber was ist dieser kleine Kasten gegen Ihre Zeichnungen! Außerdem weiß ich das gute Stück bei Ihnen in den besten Händen. Das Gerät liegt mir sehr am Herzen. Fragen Sie Do. Sie weiß, warum.«

Als er sich verabschiedete, forderte er Oliver noch einmal dringend auf, mit Do nach Wien zu kommen. Dort würden sie alle zusammen einen Zug durchs Leopoldmuseum machen, in dem all diese fantastischen Klimts und Schieles zu bestaunen seien. Niemand habe so fantastische, furchterregende Mösen gemalt wie Schiele! Und Oliver dachte: Gott sei Dank, er ist doch noch derselbe.

Als er wieder allein war, telefonierte er mit den Banken, um seine Knetgummi-Aktienpakete aufzulösen und den Verkaufswert seinen Depotkonten gutschreiben zu lassen. Es stellte sich aber heraus, daß alle Institute für diese Transaktion seine Unterschrift benötigten. Er sah auf die Uhr, es war kurz vor zwölf. Er hängte ein Geschlossen-Schild in die Tür, um die Sache lieber noch vor dem Wochenende in Angriff zu nehmen. Auf einmal fand er, daß er in einer fantastischen Zeit lebte: Hundertachtzigtausend Mäuse in vier Monaten.

Er setzte sich in seinen Lupo und düste los. Im Radio ging es um den Zaunkönig, der zum »Vogel des Jahres« gekürt worden war, von wem auch immer. Der Moderator war einer von diesen typischen Medienschlaumeiern, die bei jedem Ereignis den Durchblick haben. Sein Interviewstil war Besserwisserei im Gewand von Fragen. Er wollte immer wieder darauf hinaus, daß der Vogel doch bestimmt bedroht war, aber das war er nicht. Untersuchungen hatten sogar ergeben, daß sich der Zaunkönig in der Nähe des Menschen, in Dörfern und an den grünen Rändern der Städte, am wohlsten fühlte. Der befragte Ornithologe sprach sich daher dafür aus, durch möglichst viel Unordnung im Garten dem kleinen Piepmatz, der kaum mehr als zehn Gramm wog, viele Nistmöglichkeiten zu verschaffen. Außerdem hatte die systematische Zaunkönigbeobachtung einige höchst interessante Verhaltensweisen zu Tage gefördert: Zum Beispiel mußten die Männchen immer mehrere Nester bauen, von denen sich die Weibchen dann das bequemste aussuchten.

So so, dachte Oliver. Im Frühjahr hatte ein Zaunkönigpärchen im Garten genistet, im Rankgerüst für den Wein. Aus einem trauten zaunköniglichen Familienleben war aber nichts geworden, weil sich eine streunende Katze aus der Nachbarschaft über das Nest hergemacht hatte. Oliver nahm an, daß es Josephine gewesen war. Für eine Katze war dieses Verhalten normal, Schrödinger und Josephine paßten gut zusammen: Beide raubten auf ihre Weise fremde Nester aus.

Nach zwei Stunden hatte Oliver seine Aktienpakete verkauft, zwei weitere Stunden blieben ihm bis zu Dos Ankunft, und er setzte sich in ein Eiscafé. Das Azorenhoch Hekate stimmte ihn freundlich und friedlich. Hinzu kam jetzt das Hoch auf seinen Konten, und er beschloß, Schrödinger zu verzeihen. Danach fragte er sich, wie Zauberer eigentlich reisten? Flogen sie, wie alle anderen auch? Und er fragte sich, ob Maschinen, in denen Zauberer saßen, abstürzen konnten? Es war natürlich eine rein hypothetische Frage, da er nicht an Zauberei glaubte. Aber Schrödinger hatte steif und fest behauptet, es sei möglich, den Naturgesetzen Einhalt zu gebieten, wenn es einem gelang, sie zu ignorieren. Das war ein interessanter Standpunkt, aber vermutlich grandioser Unfug.

Oliver wollte jetzt lieber nicht über Flugzeugabstürze nachdenken. Unterschwellig befürchtete er wie viele Menschen, mit Gedanken Unglücke heraufbeschwören zu können. Er wußte, daß das unlogisch war, ebenso irrational wie Schrödingers Behauptung, es sei möglich, die Realität durch intensives Wollen zu steuern. Es war unlogisch, und trotzdem versuchte Oliver an irgend etwas anderes zu denken. Die Maschine mit Do war irgendwo in diesem grenzenlosen Blau über ihm, aufgehängt an nichts als ein paar Naturgesetzen. Um sich abzulenken (er hatte noch genug Zeit dazu), tankte er. Im Sommer tankte er gern. Die Wärme machte den Benzingeruch auf dem Asphalt besonders intensiv. Er lauschte dem angenehm vertrauten Rauschen des Benzins in der Zapfpistole.

Kurz darauf schwenkte er auf den Flughafenzubringer und folgte den Wegweisern zum Ankunftsterminal. Er rollte durch das Verteilerknotensystem aus Betonstelen, Überführungen und Verzweigungen. Der Bau platzte aus allen Nähten, sämtliche Planungen hatten sich als fehlerhaft erwiesen, aber es wurde weitergebaut und weitergeplant. Das war das Leben: mit den Tatsachen Schritt halten. Oliver parkte den Wagen und stieg aus. Als er den Terminalbereich erreichte, war die Maschine gelandet. Das bedeutete, er konnte jetzt ungeniert über alle Formen von Luftfahrtkatastrophen nachdenken, ohne befürchten zu müssen, eine auszulösen, die ihn betraf. Zum Beispiel fragte er sich, wie er sich bei einem Absturz verhalten würde. Was für ein Typ war er? Würde er mit der schönen Blondine auf dem Nebensitz noch schnell Sex haben wollen? Oder würde er die letzte Minute seines Lebens dumpf und gelähmt und verzweifelt vor sich hinbrüten? Zweiteres, befürchtete er.

Er dachte wieder an seinen Entschluß, Do endlich die Wahrheit zu sagen: Es zu tun war folgerichtig, denn er war unschuldig. Er hatte sich aber noch nicht überlegt, wie es danach weitergehen sollte. Was wäre, wenn Do seine Ehrlichkeit mit Ehrlichkeit erwidern würde? Im Moment (und mit den hundertachtzigtausend Euro im Rücken) fühlte Oliver sich stark genug, ihr die Affäre mit Schrödinger zu verzeihen, aber würde er das wirklich können? Das Flugzeug ihrer Ehe war abgestürzt, und Do *hatte* in der letzten Minute Sex gehabt. Oliver spürte die Brüchigkeit seines inneren Friedens.

Die ersten Passagiere tröpfelten durch die Milchglastür des Gates, die sich öffnete und wieder schloß. Do hatte Gepäck, und es würde dauern, bis ihre Koffer aufs Band rumpelten. Früher waren sie mehr oder weniger ohne Gepäck verreist, aber das war schon lange her. Oliver dachte an diese Reisen, und auf einmal fragte er sich, wieso er überhaupt hier stand? Sie verhielten sich so, als wären die Dinge wie immer. Er holte Do ab, nachdem sie bei ihren Eltern gewesen war. Aber in Wahrheit war nichts so wie immer. Warum drehte er sich nicht um und ging? Warum warf er sein Gepäck nicht ab und begann wieder zu reisen? Warum hatten die Quanten in seinem Kopf aufgehört zu tanzen?

| | | | |
|---|---|---|---|
| 16 | 3 | 2 | 13 |
| 5 | 10 | 11 | 8 |
| 9 | 6 | 7 | 12 |
| 4 | **15** | 14 | 1 |

Er war noch derselbe: ihr Vater. Aber er sah fremd aus. Die Halbschale des Kopfverbands wölbte sich über seinen Schädel, starr und weiß wie aus Gips. Do erschrak jedesmal, wenn sie ihn so sah. Es war, als läge sein Gehirn frei, ein Kern aus unvertrauter Substanz, nicht Fleisch, nicht Blut. So brutal begrenzt über seinen Augenbrauen, wirkte sein Gesicht klein und groß zugleich, eine Zone zusammengepferchter Mimik, nackt und isoliert, und doch alleiniger Brennpunkt seiner Ausdrucksfähigkeit. Mehr Gesicht stand ihm nicht zur Verfügung, der Welt gegenüber er selbst zu sein.

Irgendeinen Teil dieses Selbst hatte man ihm entfernt. Es fiel ihm schwer zu reden, aber Do dachte, daß es schon immer so gewesen war. Einmal (sie war gerade zwanzig geworden) hatte sie ihn bei einer längeren Autofahrt gefragt, warum er und ihre Mutter sich getrennt hatten? Er schwieg, während sie immer heftiger auf ihn einredete, ihn anklagte und ihm mit jugendlicher Inbrunst vieles vorwarf: moralisch versagt zu haben, nicht gekämpft zu haben, sie dazu verurteilt zu haben, ihre Liebe teilen zu müssen. Sie sagte, daß Untersuchungen ergeben hätten (damals fing sie an, sich in Sachen Psychologie auf dem laufenden zu halten), daß sie vermutlich nie wieder einem Menschen voll und ganz werde vertrauen können. Und sie sagte, sie wolle wenigstens wissen, warum! Sie habe ein Recht darauf, seine Version der Geschichte zu erfahren. Wenn er nicht bereit sei, darüber zu reden, dann wolle sie auf der Stelle aussteigen. Es war eine eisglitzernde Winternacht. Die Wagenscheinwerfer leuchteten bleich auf der salzbepuderten Landstraße. Statt auf ihre Drohung zu reagieren, schwieg ihr Vater beharrlich weiter. Er konzentrierte sich mit unbewegtem Gesicht aufs Fahren. Irgendwann forderte sie ihn auf, anzuhalten und sie aussteigen zu lassen. Sie sagte, sie werde mit einem anderen weiterfahren. Er hielt nicht an, er wirkte angespannt. In der hügelreichen Gegend war auf Brücken mit Glätte zu rechnen. Und dann plötzlich sagte er: »Deine Mutter ist auch ausgestiegen und mit einem anderen weitergefahren. Das ist meine Geschichte.«

Do saß auf einem der hellgrünen Krankenhausstühle an seinem Bett. Sie wollte sich nützlich machen, aber es gab nichts, was sie hätte tun können. Am Anfang hatte sie ihm immer wieder Hilfe angeboten, ihm Tee geholt, aber er hatte sein Leben lang keinen Tee getrunken und fing jetzt nicht damit an. Sie wollte sein Kopfteil höher oder tiefer stellen, aber er war zufrieden. Endlich begriff sie, daß sie nicht zu Hause war, wo es immer etwas zu tun gab. Gelegentlich besuchten ihn Freunde. Do kannte kaum jemanden. Es war biologisch korrekt, daß er sie als seine Tochter vorstellte, und trotzdem war es ihr auf eine bestimmte Weise unlieb und peinlich. Es kam ihr wie eine unzulässige Verniedlichung vor. Im selben Moment ärgerte sie sich über diese Empfindung, weil sie ihr signalisierte, daß sie sich noch nicht von ihm gelöst hatte.

Einmal sagte er: »Ich habe es nicht als unangenehm empfunden, daß du mir erschienen bist. Nicht auf einer persönlichen Ebene. Ich wußte, daß eine neurologische Störung dahintersteckt, aber das Gefühl, daß du da warst, war schön. Ich bin nicht sehr fantasiebegabt. Früher, als ich im Wagen saß, war die Einsamkeit oft furchtbar und drückend. Ich konnte mich nicht irgendwohin denken. Andere hören im Kopf Melodien oder führen Gespräche. Ich kann das nicht. Ich mußte mich immer pur ertragen, und muß es noch. Und als du vor ein paar Wochen auf einmal ins Zimmer gekommen bist, war das, als wäre ich zum ersten mal nicht mehr mit mir allein. Auf einmal konnte ich reden, in meinem Kopf, weißt du, es war ja alles in meinem Kopf, aber das hat mich nicht gestört. Ich glaube, das Alter ist eine gute Zeit, um verrückt zu werden, es spricht wirklich nichts dagegen. Es war großartig, dich bei mir zu haben, nur leider hat Bosseler herausgefunden, daß es tödlich war. Aber ich sage dir, wenn diese Schmerzen nicht gewesen wären, hätte ich überhaupt nichts dagegen unternommen. Ich hatte ja *mehr*, und nicht weniger. Aber ich kenne mich mit Kopfschmerzen aus: Wenn du dich hinlegst und sie werden stärker, dann mußt du sie ernst nehmen. – Komm, wir setzen uns ans Fenster.« Er stand auf und ging durch den Raum. Do stellte fest, wie schon manchmal in den vergangenen Tagen, daß die Situation und der Verband, der das Zentrum seines Gesichts so schmählich bloßlegte, sie dazu brachten, ihn für schwächer zu halten, als er tatsächlich war. »Zu sterben«, fuhr er fort, als er wieder saß, »wäre in Ordnung, wenn es bedeuten würde, daß die Seele irgendwie durchlässig wird. Meine ist abgeschottet, und das ist schwer zu ertragen. Aber mit diesen Schmerzen in meinem Kopf wäre es nicht gegangen, das Sterben, meine ich, da konnte ich Bosseler nicht widersprechen. Also hat er den Kasten aufgemacht, und nun bist du fort. Ich habe schon versucht, dich zurückzurufen, vorgestern und gestern, aber es ist nichts zu machen, ich kann es nicht mehr. Das heißt nun Gesundheit: Ich bin wieder allein. Ich werde wieder meine MAO-Hemmer nehmen müssen.«

Do reagierte gekränkt. »Ich bin nicht fort. Ich bin *hier*. Ich sitze neben dir. Ist dir das eigentlich klar?«

»Das weiß ich«, sagte er. »Und ich danke dir.«

Sie atmete vernehmlich aus. »Was erwartest du denn? Daß ich auf Knopfdruck erscheine? Ich bin kein pharmazeutisches Produkt. Ich bin keine Pille.«

»Ich habe mich schlecht ausgedrückt.«

»Du hast dich sehr deutlich ausgedrückt.«

Er hob die Hand. »Schon gut. Du hast recht.«

Do schüttelte den Kopf. »Jetzt gibst du wieder einfach nur nach.«

Er sah sie ratlos an. »Worauf willst du denn hinaus?«

Do sprang auf. Sich am Krankenbett zu streiten war furchtbar. Aber sie konnte nicht ihrerseits nachgeben – nicht schon wieder. Sich gegenseitig mit Defensivität zu unterbieten war das Schlimmste.

»Du hast uns nie das Gefühl gegeben, daß du stark bist.«

»Wem? Deiner Mutter und dir?«

»Herrje, Papa, du *willst* es nicht verstehen. Es geht darum … es geht darum, daß wir uns *nehmen* müssen, was wir *wollen*.«

»Ich verstehe wirklich kein Wort von dem, was du sagst.«

»Natürlich nicht. Weil du nie darüber nachgedacht hast. Du hast einfach deine Pillen genommen und fertig. Ich bin so veranlagt wie du, aber ich arbeite dagegen an. Ohne Pillen!«

»Das ist deine Entscheidung.« Er schwieg.

Tränen liefen ihr über die Wangen. »Mit dir kann man nicht reden. Das konnte man noch nie.«

Er wandte ihr sein altes Gesicht zu, in dessen haarloser Maskenhaftigkeit seine Nase doppelt so groß aussah wie sonst. »Es ist eine Krankheit.«

»Ja, ich weiß.«

»Du brauchst nicht zu bleiben«, sagte er. »Das CT hat ergeben, daß sie praktisch das gesamte Tumorgewebe erwischt haben. Die Chemotherapie ist eine reine Vorsichtsmaßnahme. In ein paar Tagen kann ich hier raus und bin wieder ganz der Alte. Ich werde eine Glatze haben, das ist alles. Und auch das geht vorbei …«

Do hörte nicht mehr zu. Auseinandersetzungen wie diese waren für ihn ein unvermeidliches Vater-Tochter-Ritual, das er in bestimmten (wenngleich mit den Jahren länger werdenden) Abständen über sich ergehen lassen mußte wie einen heftigen Gewitterregen. Er hatte die Dinge auf eine medizinische Wurzel zurückgeführt, und damit war er zufrieden. Do würde ihn nicht ändern, und es wurde Zeit, daß sie das akzeptierte.

Am letzten Tag von Dos Aufenthalt kam ihre Mutter ins Krankenzimmer. »Ich habe frische Unterwäsche mitgebracht«, sagte sie zu Dos Vater. »Soll ich jemanden kommen lassen, der die Gelegenheit nutzt und deine Wohnung saubermacht? Manche Ecken starren vor Schmutz. Hier ist deine Post und die Tageszeitung. Wir sollten nicht zu spät fahren, Doris, wenn wir Pech haben, brauchen wir zwei Stunden bis zum Flughafen, man weiß nie, wie es läuft. Mit den Lastern wird es immer schlimmer.«

»Ihr habt noch genug Zeit«, sagte Dos Vater.

Ursel legte zwei Briefumschläge auf die ausgeklappte Tischplatte neben dem Bett und sagte: »Ich mag es nicht, wenn man unter Zeitdruck steht. Du bist *immer* zu knapp losgefahren. Wenn wir eine Einladung zum Abendessen hatten, sah ich immer schon alle vor der dampfenden Suppe sitzen und auf uns warten.«

Er starrte reglos aus dem Fenster. »Ich bin mehr als eine halbe Million Kilometer durch diese Gegend gefahren. Ich kenne hier jede Ampel und jedes Vorfahrtsschild.«

Ursel räumte die Wäsche in den Schrank und sagte zu Do: »Es war mir immer furchtbar unangenehm, zu spät zu kommen. Und wenn ich gesagt habe, drück auf die Tube, war es deinem Vater egal. Dann ist er erst recht langsam gefahren.«

»Weil es unnötig war. Wer soviel unterwegs war wie ich, fährt nicht nach Gefühl, sondern nach Zeitplan. Nicht wahr, Doris, ich wußte immer exakt, wie lange wir noch brauchten.«

»Ja, vielleicht… Ich weiß nicht«, sagte Do vage. Sie wollte der Auseinandersetzung keine neue Nahrung geben.

»Du weißt es nicht mehr?« Seine Augenbrauen verschwanden erstaunt unter dem Verband, und sein Kopf sah mehr denn je aus wie ein Totenschädel. »Aber du hast mich doch immer danach gefragt. Kaum waren wir losgefahren, hast du von hinten mit deiner niedlichen Mädchenstimme gefragt, wie lange wir noch brauchen, und ich habe es dir auf die Minute genau vorausgesagt. Und es hat immer gestimmt. Es war ein Spiel zwischen uns, daran wirst du dich ja noch erinnern.«

»Nicht mehr so deutlich. Ja, mag sein.«

Ursel sagte: »Ein Spiel nennst du das? Diese Fahrten waren ein dramatischer Wettlauf gegen die Zeit. Deine Tochter und ich, wir erinnern uns an kein Spiel.«

»Das habe ich so nicht gesagt, Mama«, widersprach Do.

»Siehst du«, sagte ihr Vater. »Es *war* ein Spiel.«

»Papa, es ist doch völlig egal.«

»Nein, Doris, das ist es nicht«, widersprach er ihr barsch. »Du hast mir vorgeworfen, ich hätte unsere Familie zerstört, aber wer …«

»Das ist nicht wahr, Papa! Hör auf damit.«

Ursel sagte: »Es stimmt aber, Dori. Das hat er.«

Ihr Vater sagte: *»Ich weiß, woran ich mich erinnere.«*

»Bist du dir da *jetzt* noch sicher?«

»Mama!!«

Er sagte: »Es ist mir egal, daß ihr mich für verrückt haltet.«

»Niemand hält dich für verrückt«, sagte Do.

»Ich schon«, sagte ihre Mutter und verließ das Zimmer.

Er starrte immer noch hinaus. Diesige Luft ließ die Hitze draußen zu einer flachen Lichttapete werden; die lange

Hochdruckperiode sollte heute mit Gewittern abklingen. Neben dem hohen Fensterrahmen saß ihr Vater klein und eingefallen da. Do dachte daran, daß sie sich in Kürze über die schwere Luft erheben würde, nicht aber über ihren Schmerz. Sie sagte: »Muß es immer darauf hinauslaufen, daß einer von euch geht?«

»Sie will nur eine rauchen«, sagte ihr Vater.

Der sichtbare Teil seines Gesichts war verbittert in sich zusammengefallen. Do blieb noch ein paar Minuten, aber das Schweigen war unerträglich. Als sie sich zu ihm hinbeugte, um ihn zum Abschied zu küssen, sagte er leise: »Sag mir, Bärchen, daß es dieses Spiel gegeben hat. Ich muß wissen, daß in meinem Kopf alles in Ordnung ist. Bitte sag es mir. *Es war so.*«

»Es wird alles gut«, sagte Do und ging hinaus.

Als sie durch die Krankenhauskorridore ging, fühlte sie sich elend. Es war unverzeihlich, daß sie es als Befreiung empfand, das Gebäude verlassen zu können. Die drückende Sommerluft draußen war so betörend leicht zu atmen, sogar das beigemischte Nikotin, als sie sich ihrer Mutter näherte. Im Auto sagte sie: »Ihr solltet euch vertragen. In eurem Alter!«

»Du meinst, jetzt, wo's ihm an den Kragen geht?«

»Mama, du bist unerträglich.«

»Denk, was du willst. Es ist reine Barmherzigkeit, daß ich ihm immer noch helfe. Ich frage mich, warum ich ihn nicht einfach seinem Schicksal überlasse. Alles, was ich für meine Hilfsbereitschaft ernte, sind wüste Beschimpfungen und Schmähungen. Ich bewundere dich, Dori. Du hast es lange mit ihm ausgehalten, und das war gewiß eine gute

Tat.« Danach schwiegen sie. Auf der Autobahn sagte Ursel: »Ich frage mich aber, ob es nicht sehr riskant und auch ein bißchen leichtsinnig von dir war, Oliver solange mit deinen Kindern allein zu lassen. Weißt du, dieser Geschlechtermischmasch heutzutage ist ja gut und schön, aber er ist und bleibt ja nun ein Mann.«

»Er ist sehr verantwortungsbewußt.«

»An deinem Geburtstag war er's aber nicht«, sagte sie. Da Do nichts entgegnete, fuhr sie irgendwann fort: »Ich hoffe natürlich nicht, daß es auf eine Trennung hinausläuft, Liebes, aber wenn, dann solltest du dir keine Vorwürfe machen. Soll ich dir etwas sagen: Wenn ein Mann mit der ihm angestammten Brutalität eine Frau aus der Wohnung schmeißt, steht's in *Bild*. Wenn eine Frau dagegen einen Mann hinauskomplimentiert, weil sie ihn satt hat, steht's in *Schöner Wohnen*.«

Do entgegnete spröde: »Schön, daß du Witze darüber machen kannst. Ich kann's noch nicht.«

»Sei doch nicht so humorlos, Kind. Das Leben geht weiter. Was war eigentlich mit diesem Zauberer? Du warst so lange mit ihm fort. Vielleicht verstehst du mich ja jetzt etwas besser. Ich mußte bestimmte Entscheidungen treffen, aber warum sollte ich im nachhinein keine Witze darüber machen? Ich finde, du hast ganz richtig gehandelt, auch wenn du nicht darüber sprechen willst. Irgend etwas *muß* ja nun stattgefunden haben, als du mit diesem Schrödinger abgedampft bist. Das ist alles, worauf ich hinauswill. Du brauchst kein weiteres Wort zu sagen.«

Do herrschte sie an: »Du machst es dir zu einfach! Ich könnte niemals so leben wie du, und ich wehre mich gegen jeden Versuch, unsere Schicksale miteinander zu vergleichen. Ich führe ein völlig anderes Leben. *Ich bin nicht wie du*! Dein Versuch, mein Leben zu benutzen, um deins zu rechtfertigen, ist widerlich!«

Ihr Vater behielt recht: Sie brauchten weniger als eine Stunde zum Flughafen. Ursel begleitete Do zum Check-in-Schalter und zur Handgepäckkontrolle. Do ließ sich von ihr küssen, doch steif und ohne sich ihr entgegenzubeugen. Sie wußte, was ihre Mutter als nächstes tun würde: sich im Wagen oder schon auf dem Weg dorthin eine Zigarette anzünden.

Do schritt durch den Metalldetektor und nichts geschah: Sie war nicht da. Von einem bestimmten technischen Standpunkt aus gab es sie überhaupt nicht. Als sie sich umdrehte, nachdem sie ihr Handgepäck entgegengenommen hatte, war ihre Mutter fort. Also war auch sie nichts als eine Erscheinung gewesen, die sich in Luft auflöste, sobald man nicht hinsah.

Das starke Blau des Himmels auf zehntausend Metern gab ihren Gedanken größere Klarheit. Ihr Vater, irgendwo dort unten: Sie hätte ihn nicht so brüskieren sollen. Vielleicht würde er schon bald sterben müssen. Was war sie für ihn? Was war man überhaupt für andere Menschen? Teil eines bestimmten Erinnerungs- und Gedankensystems. Do dachte an Schrödinger. Er hatte sie behandelt wie eine seiner Art-déco-Trophäen: seine Ariadne-Statuette von Preiss & Kassler oder sein Lempicka-Gemälde. Sein Gedankensystem war ein ästhetisches und kein familiäres. In ihrer Erinnerung an ihn mischten sich viele Aspekte, und alle hatten mit Versäumnissen in ihrem Leben zu tun. Es wunderte sie sehr, daß sie ihm um den Hals gefallen war. Es wunderte sie so sehr, daß sie anfing zu glauben, daß es überhaupt nicht geschehen war. Es widersprach ihrem Wesen, aber es *ent*sprach ihren Träumen. Ich habe all das nur geträumt, sagte sie sich. In gewissem Sinne, dachte Do, war das, was andere von einem glaubten und in einem sahen, verläßlicher und realer als das, was man selbst über sich zu wissen meinte. Sie dachte: Man träumt sich nur; was man *ist*, bestimmen die anderen.

Sie stellte sich vor, wie Oliver auf sie wartete: klein und breitbeinig, die Hände auf dem Rücken zusammengelegt und gelegentlich das Gewicht auf die Zehenspitzen vorverlagernd, zwei- oder dreimal, um anschließend wieder zu erstarren. So würde es sein, wenn sie ankäme. Wollte sie ankommen? Unter dem Flügel, der starr wie ein Fakir auf der Landschaft lag, zogen erste Häuserblocks vorüber, Industriegebiete und Randbezirke. Sie waren in etwa so weit vom Zentrum entfernt wie jenes Viertel, in dem sie selbst wohnte. Es beruhigte sie zu sehen, wie klein solche Viertel waren und wie groß der Rest der Stadt. Man konnte sich trennen; es gab genug Platz für alle.

Als Do Oliver nach der Landung sah, fragte sie sich, ob sie ihn küssen sollte. Bisher hatte sie nie darüber nachdenken müssen, aber jetzt war es nicht selbstverständlich. Oliver küßte sie – sie spürte: aus Gewohnheit. Er nahm ihr den Koffer ab und erkundigte sich nach ihrem Vater. »Die Ärzte sind zufrieden«, sagte sie. »Aber was sollen sie auch sonst sagen, nachdem sie ihn selbst operiert haben? Wer sagt schon, ich hab's verpfuscht.«

Plötzlich sagte er: »Ich werde ein paar Dinge aufschreiben. Ich glaube, das sollte ich tun. Bringst du mir eine dieser schwarzen Kladden mit, die ihr verkauft?«

Sie sah ihn an und sagte: »Oliver, was ist los? Findest du das normal?«

Er schwieg. Sie holten Jenny und Jonas bei Helma und Mark ab, aßen zu abend und schickten die Kinder ins Bett. Die beiden spürten, daß etwas in der Luft lag, und gehorchten.

Als sie das Geschirr in die Spülmaschine räumten, sagte Oliver: »Heute war Schrödinger bei mir im Laden.«

»Ach ja?«

»Ich nehme an, du weißt, daß er fortzieht?«

»Nein, wußte ich nicht«, sagte sie. Sie spürte Olivers Mißtrauen: Er glaubte ihr nicht.

»Er geht nach Wien.«

»Nach Wien?«

»Er hat dir nichts davon gesagt?«

Hatte er? Do füllte Messer und Gabel in den Besteckkorb. »Es ist wohl besser so.«

Oliver sagte: »Er hat mir ein Geschenk gemacht. Dieses Radio, das er in seiner Wohnung hatte. Es steht jetzt bei mir im Laden und macht sich nicht schlecht. Ein Wilcox-Gay Röhrenempfänger. Er meinte, er liege ihm sehr am Herzen. Und er meinte übrigens, *du wüßtest, wieso.*«

Do hätte beinahe darüber gelacht. Sie räumte gerade einen Teller in die Maschine, und Oliver bekam nicht mit, daß sie amüsiert war. So war er. Balthasar, der Röhrenempfänger. Und sie liebte ihn schon fast wieder dafür, daß er es allen Ernstes fertig brachte, seine Existenz auf einen Kalauer zu reduzieren. Dieser eigenartige, obszöne Mann.

Oliver sagte: »Wir sollten über dich und Schrödinger sprechen.«

Sie richtete sich auf: »Wir könnten auch über dich und deine Geliebte sprechen. Aber weißt du, ich hatte viel Zeit nachzudenken.«

Oliver unterbrach sie. »Do, er hat mir eine Flasche Rotwein für dich mitgegeben. *Als Erinnerung an irgendein Tête-à-tête*!«

Do kam ruhig zum Tisch. »Sag mir nicht, daß du annimmst, ich sei für eine Flasche Rotwein zu haben.« Er schwieg. Nach einer Weile fuhr sie fort: »Oliver, ich glaube, das ist unser Problem. Wir haben wirklich die Orientierung und die Maßstäbe verloren. Und ich sage bewußt: *wir*. Ich sage dir etwas sehr Schlichtes. Ich habe meine Eltern erlebt, und ich will nicht, daß es so endet.«

Er sagte: »Wir schlafen seit einem halben Jahr nicht mehr miteinander.«

Sie nickte. »Das weiß ich. Und du meinst, es liegt an mir?«

Die Frage irritierte ihn. »An wem denn sonst? Was willst du von mir hören? Daß du eine attraktive Frau bist. Soll ich vor dir auf die Knie fallen?«

»Das ist gar keine schlechte Idee«, sagte sie und setzte sich. »Und sie steht nicht einmal auf meiner Liste. Vorhin im Flugzeug sind mir fünf Punkte durch den Kopf gegangen, an die wir uns halten sollten. Es ist eine Art Plan, um unsere Ehe zu retten. Bist du interessiert?« Draußen begann es leise zu regnen, und sie fuhr fort: »Erstens: Ich will *nicht* wissen, mit wem du deine Affäre hattest, aber wenn du sie fortsetzt, werde ich mich scheiden lassen. Zweitens:

Ich will kein Wort mehr von dir über mich und Schrödinger hören. Ich könnte einiges darüber sagen, und es stimmt, daß nicht alles davon für dich erfreulich wäre. Aber ich möchte, drittens, daß wir wirklich neu anfangen. Ich möchte nicht, daß wir für den Rest unseres Lebens alte Gefechte austragen und von bestimmten vorgefertigten Bildern voneinander nicht mehr loskommen. Es ist furchtbar, ich könnte es nicht ertragen. Viertens: Fang wieder an, mich zu zeichnen! Als wir uns kennengelernt haben, konntest du gar nicht aufhören damit, und das war mindestens so gut wie Sex. Es geht eben nicht nur darum, bestimmte Pinsel in bestimmte Töpfe zu stecken – das ist *meine* Auffassung und die der überwiegenden Mehrheit meines Geschlechts.«

»Und du glaubst, das wird funktionieren?«

»Was wäre denn die Alternative?«

Nach einer Weile sagte er: »Was ist mit dem letzten Punkt. Du hast von fünf Punkten gesprochen.«

Sie sah ihn an. »Fünftens: Du wirst nie wieder zaubern.«

Do schlüpfte aus ihren Hausschuhen und stieg die Treppe hinauf. Die Holzdielen unter ihren Fußsohlen waren warm und eskortierten ihren Weg ins Schlafzimmer mit vertrautem Knarren. Sie öffnete das Fenster und ließ frische Luft ein. Der Regen wisperte seine sanfte, magische Philosophie in den Kronen der Sommerlinden. Der intensive Geruch des feuchten Rasens würde Do für immer an ihre Kindheit erinnern. Daran, wie ihr Vater den Rasen gemäht hatte, Zeile für Zeile, so wie man ein Buch las. Die zwei Wochen bei ihrem Vater hatten sie pathetisch gemacht. Sich lieben, Kinderkriegen, operiert werden – alles war eigentlich doch pathetisch. Im Garten erkannte sie einzelne Gehölze, die Eibe und den inzwischen verblühten Flieder, feuchtschimmernd unter dunklem Wolkenlila. Sie dachte: Kein Therapeut der Welt würde meinem Vorschlag, den Mantel des Schweigens über ein halbes Jahr voller Fehler zu decken, auch nur die geringste Aussicht auf Erfolg einräumen. Sie hörte Oliver in der Küche hantieren. Sie hatte ihn gefragt, ob er Angst davor habe, den Rotwein zu öffnen? – *Wieso Angst*? – *Die Flasche stammt von einem Zauberer*. – Eine Zeitlang hatten sie das gemocht: nackt im Bett liegen, Rotwein trinken und sich lieben. Vielleicht gab es einen guten Grund, Oliver in dem Glauben zu lassen, sie habe ein Verhältnis mit Schrödinger gehabt; es war eine einfache Gleichung, die ihre Ehe ausbalancierte: Sie waren quitt. – *Jenny und Jonas haben ein Recht darauf. – Reicht denn das? Was ist mit uns? Worauf haben* wir *ein Recht? – Auf uns. – Ich weiß nicht, Do. – Aber* ich *weiß es.* – Die Feuchtigkeit würde Moos über eine Zeichnung wachsen lassen, hier ganz in der Nähe. Do schloß das Fenster wieder, es sollte nicht zu kühl werden im Zimmer. Das Haus hatte sich tagsüber aufgeheizt. Auf den Nachttischen stand jeweils ein Funkwecker; sie wichen nie voneinander ab, irgendeine Instanz zwang sie in den gleichen Takt. Vielleicht war auch das Verstreichen der Zeit eine Illusion. Do hörte Oliver die Treppe hochkommen. Sie wußte, daß er ein Tablett mit der Rotweinflasche und zwei alten langstieligen Gläsern in den Händen hielt. Es war ein Balanceakt. – *Ich glaube, das geht mir zu schnell. – Das werden wir ja sehen, wenn wir dort sind. – Wenn wir wo sind? – Wo schon? In unserem Schlafzimmer.* – Do drehte sich um und zog die Vorhänge zu. Olivers Schritte im Flur riefen das gleiche vertraute Knarren hervor wie die ihren vor wenigen Minuten. War es wirklich möglich? Es war dunkel im Zimmer. Gleich würde Oliver die Tür öffnen. Und sie fing an, sich auszuziehen.

| | | | |
|---|---|---|---|
| 16 | 3 | 2 | 13 |
| 5 | 10 | 11 | 8 |
| 9 | 6 | 7 | 12 |
| 4 | 15 | 14 | 1 |